新
滿清十三皇朝
一
問鼎天下
許嘯天 著

前言

《滿清十三皇朝》從宮闈秘辛的角度，抒寫清室帝王與名媛的戀情及悲劇，連帶也反照了整個清代的軍政和外交大事，文筆細膩，情節緊湊，堪稱是民俗講史演義的佳作。

「白雲明月漾微瀾，空外秋聲落遠灘，燕子磯頭中夜起，一天星斗大江寒。」從中國近代史的發展脈絡來看，當以慈禧太后爲首的滿清守舊勢力發動「戊戌政變」，摧毀「百日維新」的假相，造成康、梁逃亡海外，六君子死於刑場的結果之時，專制王朝的覆亡命運，其實即已注定。

當歷史的恩怨情仇逐漸塵埃落定之後，人們不免發現：滿清王朝從興盛到衰亡，其實正是數千年來，中國所有專制王朝歷史的一個縮影。事實上，若是從宮闈悲劇與兒女私情的角度看來，滿清統治者還往往表現出歷代帝王所罕見的、軟弱的人性色彩。而這是民俗文學極感興趣的題材，甚至，有時在民俗文學的領域裏，那些叱吒風雲、一呼百諾的人間帝王，往往也不過是逃不脫命運播弄的傖夫俗子，可哂亦復可憫。

正統的史學家對宮闈秘聞雖然難下定論，但在民俗傳說之中，順治帝與董小宛的故事，即不啻是典型的帝王戀愛悲劇。富有四海的順治，連自己最心愛的戀人都無力維護，所以在董小宛死於宮禁之後，看破紅塵，出家爲僧，永遠離開了骯髒的宮廷政治，不失爲一位多情的人物；較之他的叔父多爾袞，爲了迷戀長嫂，不惜弑兄奪權，人品之高下，確實不可以道里計。但萬乘之尊也不能免於情慾之苦，亦於此可見一斑。

乾隆帝與香妃的故事，簡直有如順治帝與董小宛之戀的翻版。但風流自賞而其實格調低俗的乾隆，顯然只是將人間絕色的香妃，視爲是珍奇愛寵的玩物；所以香妃慘死之後，竟無悲戚的表現，所以後來更有私暱馬佳氏的同型悲劇。「鬱鬱佳城，中有碧血」，與董小宛相較之下，香妃的命運，顯然更爲悽慘。所以後來咸豐帝迷戀懿貴妃，而懿貴妃一旦正位爲慈禧太后，即以垂簾聽政的專橫作風，接收了滿清王朝兩百年的帝業，也種下了這一帝業永墮沉淪的種子，未始不可視爲巧妙的歷史嘲謔。

而光緒帝與珍妃的悲劇戀情，正是這一歷史嘲謔的高潮所在。在慈禧太后的長期壓制之下，淡雅端麗的珍妃，已是有意革新自強的光緒帝精神上唯一的支柱。然而，戊戌禍起，瀛台落日，滿清變法維新的唯一希望，既隨譚嗣同的飲刀就義而歸於幻滅；連光緒帝生命中最後的愛戀對象珍妃，也在不久後庚子事變，兩宮西行的混亂時刻，由慈禧下令推入御井，埋骨塚香，結束了中國歷史上，最後一幕帝王與美人的悲劇戀情。

而當光緒帝終於得知訊息之際，他心目中最美麗的形象，已經永遠消逝；恰如整個中國專制王朝的傳統，也即將永遠消逝一樣。正是：「落花無言，人淡如菊，書之歲華，其日可讀。」

目錄

第一回　美人恩重

翠巒列枕，綠野展茵；春風含笑，杏花醉人。在這山環水繞，春花如繡的一片原野裏；黃金似的日光，斜照在一叢梨樹林子裏。那梨花正開得一片雪白，迎風招動；那綠頂紫領的小鳥，如穿梭似的在林子裏飛來飛去。從高枝兒飛到低枝兒。震得那花瓣兒一片一片的落下地來；平鋪在翠綠的草地上，好似一幅綢子上繡著花朵兒一般。夾著一聲聲細碎的鳥語，在這寂靜的林子裏，真好似世外桃源一般。

正靜悄悄的時候，忽然遠遠的聽得一陣鈴鐺響，接著一片嬌脆說笑的聲音；當頭一匹白馬，馬背上馱著一個穿紫紅袍的女孩兒。

看她擎著白玉也似的手臂，一邊打著馬，斜刺裏從梨樹林子裏跑了出來；後面接二連三的，有兩個姑娘也騎著馬，從林子裏趕出來。放眼看去，一個穿翠綠旗袍的年紀大些，約莫也有二十歲前後了；一個穿元色旗袍的，年紀大約十七八歲。

她兩個一邊趕著，一邊嘴裏笑罵道：「小蹄子！看妳跑到天上去？」看看趕上了，那女孩兒笑得伏在鞍轎上，坐不住身；後面一個姑娘，拍著手笑嚷道：「倒也！倒也！」

這穿紅袍的女孩兒一個倒栽蔥，真的摔下馬來。一片綠油油的草地，這女孩兒躺在上面，真好似睡在軟褥子上一般。這娃子正要掙扎著爬起身來，後面兩個姑娘，已經趕到面前；她們急急跳下馬來，搶上前去，一個按住肩兒，一個騎在她胸脯子上，按了個結實。再一齊擄起了袖子，數她的肋骨；那地下的女孩子，笑得她衹是雙腳亂掙。她擎起了兩條腿兒，袍幅下面露出蔥綠色的褲腳來，一雙瘦凌凌的鞋底兒，向著天。她們玩夠多時才放手，讓她坐起來。

這小女孩望去，年紀也有十五六歲了；長著長籠式的面龐兒，兩面粉腮兒上擦著濃濃的胭脂，一雙水盈盈的眼珠子斜溜過去，向那姑娘狠狠的瞪了一眼，接著「嗤」的一聲笑了出來。這一笑，真是千嬌百媚，任你鐵石人看了也要動心。

那年紀大的姑娘指著她，對那穿著元色旗袍的姑娘說道：「二妹子，妳看三妹子，又裝出這浪人的樣兒來了。」

那三妹子笑說道：「我浪人不浪人，與妳們什麼相干？」說話的當兒，那大姑娘蹲下身去，擎著臂兒，替她三妹子攏一攏鬢兒；說道：「妳看梳得光光的後鬢兒，出門來便弄毛了；回家去給媽見了，又要聽她嘰咕呢。」

那三妹子一邊低著脖子，讓她姊姊給她攏頭；一邊嘴裏嘰咕著說道：「還說呢？回家去，媽問我時，我便說兩個姊姊欺侮一個妹妹。」

原來她姊妹三人，梳著一式的大圓頭；油光漆黑，矗在頭頂上，越顯得嬝嬝婷婷。那兩片後鬢，直披在腦脖子後面；襯著白粉也似的頸子，便出落得分外精神。前鬢兒邊，各自插著一朵紅花；越顯得眉清目秀，唇紅齒白。

一會兒，那二姑娘拔著一手把小草兒來，三人團團圍坐鬥草玩兒。正玩得出神，忽聽得一聲吹角響，大姑娘嚷道：「爹爹回來了，咱們看去！」

三姑娘回頭看時，果然見她父親跨著一匹大馬，領頭兒跑在前面；後面跟著一大群騾馬，有七八條大漢，手裏拿著馬鞭子，各自騎著馬趕著。望去黑壓壓的一串，慢慢的在山坡下走過去。三姑娘看見了，便去下她兩個姊姊，急急爬上馬背，飛也似的趕了過去。

這裏大姑娘和二姑娘，也各自騎上馬背跟在後面。她父親斡木兒，遠遠的見他女兒趕來，便停住了馬候著；他是最喜歡三姑娘的，看著三姑娘一匹馬跑到面前，便在馬背上摟了過來，和自己疊著坐在一個鞍子上，一面說笑著走去。

走了一程，遠望山坳裏露出一堆屋子來；那屋子也有五六十間，外面圍著一圈矮矮的石牆。

斡木兒回過頭來，對他的同伴說道：「我們快到家了……」

一句話不曾說完，忽聽得半空中「嗚嗚嗚」一陣響；三枝沒羽箭落在他馬前。斡木兒看了，臉上陡的變了顏色；祇說得一聲「嗯！」便氣得他鬍鬚根根倒豎，眼睛睜得和銅鈴一般大。說道：「他們又來了嗎？」便回過頭去，高聲嚷道：「夥計！留神呵！我們又有好架打了！」

那班大漢聽了，齊喝一聲：「拿傢伙去！」便著地捲起一縷塵土，飛也似的向山坳裏跑去；她姊妹三人也跟著快跑。三姑娘一邊跑著，一邊回頭去，看看布庫里山尖兒上，早見有一個長大漢子，騎著馬站著。好似在那裏獰笑呢。靜悄悄的一座山鄉，一霎時罩滿了慘霧愁雲；斡木兒家裏，人聲鬧成一片。

斡木兒的大兒子諾因阿拉，趴在屋脊之上，不住的吹那角兒，嗚嗚的響著；這一村裏的人聽了這聲音，知道又要械鬥了，便個個跳起身來，于裏拿著傢伙，往屋外飛跑。也有騎牲口的，也有走著的。榦木兒領著頭兒，一簇人約有三五百個，一齊擁出山坳來；山坳口原築著一座大木柵門，他們走出了柵門，榦木兒便吩咐把柵門閉上，娘兒們都站在柵門裏面張望。

那布庫里山北面梨皮峪的村民，和這山南面布爾胡里的村民，原是多年積下的仇恨；兩村的人常常尋仇雪恨，一言不合，便以性命相搏，到如今已有三年不打架了。

這一天，梨皮峪的人打聽得榦木兒從嶺外趕得一群騾馬回來；梨皮峪有一個村主，名喚猛哥，已是一個六十多歲的老頭兒，他膝下有一個兒子，名喚烏拉特，出落得一表人才，臂力過人，他常常帶領村眾過山去報仇，總是得勝回來，這布爾胡里村上的人，吃他虧的已是不少，人人把這烏拉特恨入骨髓，如今他又帶領一大群村民過山來，意欲劫奪那一群騾馬。

他一個人立馬山頂，先發三枝沒羽箭，算是一個警報；後來見榦木兒領了大隊人馬出來，也便把槍桿兒一招，那梨皮峪的村民跟著他，如潮水似的衝下山來。到得一片平原上，兩邊站成陣勢，發一聲喊，刀槍並舉，弓箭相迎；早已打得斷臂折腿，頭破血流。

榦木兒騎在高大的馬上，指揮著大眾；見有受傷的，忙叫人去搶奪回來，抬到柵門裏面去。那班娘兒們忙著包腿的包腿，紮頭的紮頭；便是那榦木兒的三個女兒，也擠在人堆裏幫著攙扶包紮。

她姊妹三人，大姑娘名叫恩庫倫，二姑娘名叫正庫倫，三姑娘名叫佛庫倫；恩庫倫已嫁了丈夫，正庫倫已經說定了婆家，祇有佛庫倫，還不曾說得人家。

她三姊妹都長得美人兒似的，尤其佛庫倫長得格外標緻；平日村坊上的男子們見了佛庫倫，誰不愛她。便是沒有話說，也要上去和她兜搭幾句，借此親近美人的香澤；無奈這布爾胡里村坊上男子雖多，卻沒有一個看得上她的眼的。見了這班男子，連正眼也不肯瞧他一瞧。

如今見自己村坊里的人和別人打架，不覺激發了她義憤的心腸，便幫著她母親姊姊在柵門裏看管那班受傷的；一會兒攙扶這個男人，一會兒安慰那個男人，一會兒替他們包紮傷口，一會兒拿水漿牛奶餵他們吃。

說也奇怪，那班受傷的人，凡是經過三姑娘服侍的，便個個精神抖擻，包好了傷口，又再跳出柵門去廝打。

這一場惡鬥，布爾胡里的村民，和前三年大不相同；人人奮勇，個個拚命。看看那邊梨皮峪的村民漸漸打敗下來；那烏拉特站在馬背上，看看自己的村民漸漸有點支持不住了，他便大喊一聲，跳下馬來，舞動長槍，向人叢裏殺進去。

那枝槍舞得四面亂轉，大家近不得他的身；讓出一條路來，他直奔斡木兒馬前。斡木兒眼明手快，看看他到來，便在馬上挽弓搭箭，「颼」的一聲，那烏拉特肩窩上早中個著；祇聽得他大喊一聲，轉身便走。這裏斡木兒拍馬追去，三五百村民跟著大喊：「快捉烏拉特！快捉烏拉特！」

這時梨皮峪的村民，見頭兒受了傷，人人心驚，個個膽寒；大家轉身把烏拉特一裹，裹在人叢裏，向山頂上逃去。這裏面獨惱動了一個諾因阿拉，他在三年前和梨皮峪的人械鬥，曾中烏拉特一箭；如今他見烏拉特也中了一箭，他如何肯捨？便緊緊的在後面追著，一心要把烏拉特生擒活捉過來，要報他一箭之仇。

他逢人便殺，見馬便刺；把這梨皮峪的人殺得落花流水，東奔西逃，他們到這時，只恨爹娘不給他多生兩條腿跑得快些。看看殺到布庫里山頂上，離自己人也遠了；那梨皮峪村民也七零八落，逃的逃，死的死，剩下不多幾個了，但是那仇人烏拉特兀是找尋不到。諾因阿拉到底膽小，不敢追過嶺去；便停槍勒馬，跑下山來。

這一遭，布爾胡里人得了大勝，便人人興高彩烈，狂呼大笑；立刻斬了三頭牛，六隻豬，十二頭

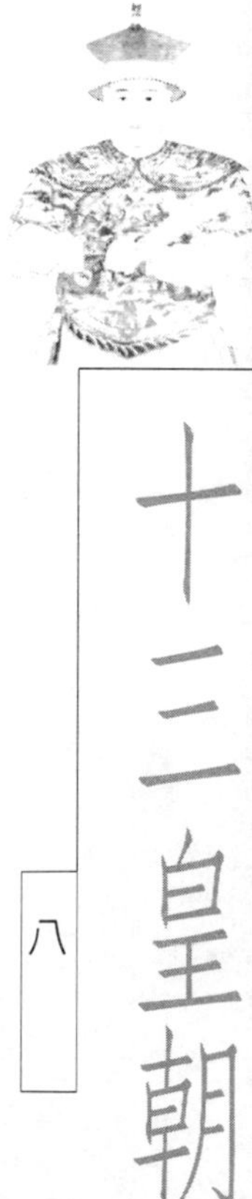

羊，一百隻雞，召集了許多村民，男女老小，在榦木兒院子裏大吃大喝起來，恩庫倫姊妹三人，也跟著她爹娘吃酒；這一夜是四月十五，天上圓圓的掛上一個月兒，照在院子裏，分外精神。

那佛庫倫姑娘，重勻脂粉，再整雲鬢；在月光下面走來走去，那臉上出落得分外光彩。引得那班吃酒的人未飲先醉；祇聽得滿院子嚷著三姑娘的名字，有幾個仗著酒意，蓋住臉，上去和她胡纏，惱得三姑娘一溜煙避出院子去玩月兒。

天上明月，人間良夜。這布爾胡里地方，位置在長白山東面；胡天八月，冰雪載途，又在這萬山叢沓之中。雖說是偏僻荒涼，絕少生趣；但是一到了這春夏之交，一般也是清風入戶，好花遍野。

如今這佛庫倫，是人間絕艷、天上青娥；長在這山水窮僻之鄉，毳幕腥氈之地，她孤芳獨賞，對此良辰美景，便不覺有美人遲暮之歎。回想到布爾胡里的村民，都是一般的勇男蠢婦，絕少一個英姿飄爽的男兒，可以和我佛庫倫配得良匹的。

她想到這裏，又回想到日間那個烏拉特；他立馬山頭的那種英雄氣概，後來他指揮村民，直衝柵門，他那面龐兒越發看得親切，真可以稱得「唇紅齒白、眉清目秀」八個字。像我佛庫倫，倘能嫁得這樣一個夫婿，才可稱得才子佳人，一雙兩好呢。如今我和他是世代仇家，眼見得這段姻緣，祇得付之幻影空花了。

這是佛庫倫女孩兒的心事，她站在院了外面，抬著脖子，一邊望著月兒，一邊鉤起了她一腔情思。這個心事，除現在我做「滿清十三皇朝」的人外，在那時，祇怕只有天空中的一輪明月知道罷！

佛庫倫想到心煩意亂的時候，使忙撇下；忽然想起那布爾胡里湖邊的夜景，一定不弱。這湖邊是她和兩個姊姊常常去遊玩的，離家門又不遠，她便悄悄的一個人分花拂柳的走去。繞過山坡，便露出一片湖水來；這時四山沉寂，臨流倒影。湖面上映著月光，照得如鏡子一般明淨。

她揀一塊臨水的山石上坐下，一股清泉從山腳上流了下來，流過石根，發出潺潺的響聲來；佛庫倫到了這時，變得心曠神怡，胸中塵俗都消。她仰著臉，只是怔怔的看著天上的月兒；忽然聽得山腳下微微有人喘息的聲音，接著窸窸窣窣一陣響，從長草堆裏爬出一個人來。佛庫倫見了，不覺嚇了一大跳；正要聲張起來，祇見那人抬起頭來，他的面龐映著月光，佛庫倫認得便是那烏拉特。

這時，她一寸芳心不覺一陣跳動；忙把手絹兒按住了朱唇，靜悄悄的站在一旁看他。祇見烏拉特在地下趴著，可憐他渾身血跡模糊，臉色青白，嘴裏不住的哼著；他掙扎著挨到那泉水邊，低下頭去，伸著兩手，掬起泉水來往嘴裏送。一連吃了幾口，才覺得精神清爽些。誰知他一回頭，見一個美人兒站在他面前，不覺嚇了一跳；便喘著氣問道：「姑娘，可是布爾胡里村中的人麼？」佛庫倫聽了，不好意思和他答話，便微微的點了一點頭。

烏拉特見了，便顫危危的站了起來，一步一步的向佛庫倫身邊走來；佛庫倫看了，以為他要來報仇，忙轉過身要逃去。

那烏拉特在後面氣喘吁吁的說道：「我烏拉特受了重傷，如今叫姑娘看見了，料想要逃也逃不脫身；姑娘妳也不用回去驚動大眾，我有一柄刀在這裏，請姑娘把我的頭割下來，拿回村去。一則，也顯了姑娘的功勞；二則，我死在美人兒似的姑娘手裏，也是甘心的。」

他說著，從懷裏拔出一柄刀來，忽榔榔一聲丟在地下，他自己的身子也跟著倒了下來。

佛庫倫聽他話說得可憐，又見他撲倒在地面上，身子動也不動，一時倒也弄得她進退兩難；等了半晌，佛庫倫便忍不住上前去扶他起來。

誰知那烏拉特傷口痛得早已暈絕過去，他那衣襟上的血跡沾了一大塊，那血水還是潺潺的流個不住；不覺打動了佛庫倫的慈悲心腸，便伸手插在他肋下，慢慢的把他的身子拖到水邊。屈著一條腿，把烏拉特的頭枕在自己膝蓋上；輕輕的把他衣襟解開，把自己的一方手絹蘸著水，替他洗去血跡，又扯下他一幅衣襟來，替他紮住傷口。

這時，烏拉特的臉迎著月光，越發覺得英秀動人；他的鼻息，直衝在佛庫倫的粉腮兒上。佛庫倫正在細細的打量他的面貌，忽聽他嘴裏喊出一聲「啊唷」來；烏拉特醒過來，睜開眼，見自己倒在美人兒懷裏，不覺微微一笑。佛庫倫羞得忙推開他的身子，一甩手要走去；誰知那隻左手被他攥得死緊，任妳如何掙扎，他總死捏住不放。不覺惱了這位美人，就地上拾起那柄刀來，向烏拉特的手臂上砍去。

烏拉特卻毫不畏懼，祇是抬著脖子，不住嘴的說道：「幾時再得和姑娘相見，說說我感謝姑娘的心意？」

佛庫倫說道：「你要和我相見麼，除非到真真廟裏去！」她一句話說完，「嗤」的笑了一聲，一甩手，轉身去的無影無蹤了。

藍關雪擁，巫峽雲封。布庫里山東面，有一座孤峰；壁立千仞，高插雲霄，從布爾胡里村望去，好似駱駝頸子，昂頭天外；村裏人便喚它做駱駝嘴。那駝嘴峰子隱約望去，紅牆佛閣，好似有一座廟宇；村裏的人每每要爬上峰去探望探望，苦得羊腸石壁，無可攀援。況又是終年積雪，無路可尋；一到春夏之交，有一股瀑布，從駱駝嘴上直瀉下來，長空匹練，直注湖底。山下面便是布爾胡里湖，到這時水勢

澎湃，早把入山的路徑沒入水底裏去了。一到秋天，四山雲氣又迷住了桃源洞口。

所以村裏人雖想盡千方百計，終不得見廬山真面。因此這一座孤廟，總如海上仙山，可望而不可即；村裏人便把這座廟宇稱做「真真廟」。村裏人有一句話：「你要相見麼，除非到真真廟裏去。」這是說不容易見面，和不容易到真真廟裏去一般。佛庫倫姑娘對烏拉特說這句話，祇因和他是世代仇家，不容見面的意思。

閒話少說，這時候又過了一個月，布爾胡里村上早又是四望一白，好似銀世界一般；村坊裏人農事早罷，便各自背著弓，騎著馬，向山之巔水之涯，做那打獵的營生。榦木兒也帶著五七個大漢，天天到西山射鵰去。

有一天，他射得好大一頭獐，扛在肩膀上，嘻嘻哈哈的笑著回來；恩庫倫和佛庫倫接著進去。一個眼錯，她姊妹三人在後院子裏，商量生烤獐肉下酒吃；榦木兒一腳跨進院子去，那獐肉氣味正薰得觸鼻，便嚷道：「好香的肉味啊！」

一眼見她姊妹三人正烤著火，吃得熱鬧；榦木兒便嚷道：「來！來！來！咱們大家來吃，莫給她姊妹們吃完了我們的！」

一招呼，便來了十二三個；都是一家人，男女老小，便團團圍住大嚼起來。

吃到一半，斡木兒指著他三姑娘，笑說道：「小妮子！人小心腸乖！便瞞著人悄悄的吃這個，也不知道我和妳大哥去打得這隻獐來，多麼的累贅呢？妳們女孩子們，祇知道圖現成！」

一句話，說得佛庫倫可不服氣了；她把粉脖子一歪，哼了一聲，說道：「女孩子便怎麼樣？爹爹莫看不起我們女兒，明天我和姊姊上山去，照樣捉一隻來給爹爹看。」

斡木兒聽了，也把頸子一側，說道：「真的麼？」

佛庫倫說道：「有什麼不真！」

斡木兒說道：「拿手掌來！」

佛庫倫真的伸過手去，和她父親打了手掌。

頓時引得屋子裏的人哄堂大笑，都說：「明天看三姑娘捉一頭大獐呢！」

俊犬快馬，禿袖蠻靴。第二天一早，佛庫倫悄悄的拉著她兩位姊姊，出門打獵去。三匹桃花馬，馱著她們三個美人兒，一溜煙上了東山；到得山坡上，各自跳下馬來，每人牽著一頭狗，東尋西覓。

見那雪地上都是狼腳印子，恩庫倫說道：「二位妹妹，我們須要小心些，這地方有大群的狼來過

了，還留著爪印兒呢。我們要在一起，不要走散才好。」

佛庫倫一邊答應著，一邊只是低著頭找尋。

一會兒，祇見那頭黑狗兒仰著脖子叫了一聲，飛也似的跑到那山崗子下面去，在壁腳上一個洞口，用牠的前爪亂扒亂抓；佛庫倫跟在牠後面，知道洞裏面有野獸躲著，忙向她兩個姊姊招手兒。

正庫倫和恩庫倫見了，便悄悄的走上去；見壁子下面有三個洞，西面一個洞大些。忙把腰上掛著的網子拿下來，罩住了洞口，對著那小洞裏放了一記鳥鎗；突然有六七頭灰色野兔跳出洞外來。一霎時被網子網住了，左衝右突，總是逃不脫身；把個佛庫倫歡喜得什麼似的，兩手按住那網子，只是嘻嘻的笑。

正庫倫上去，把網子收起，把六隻兔子分裝在她三姊妹的口袋裏。

正庫倫說道：「我們雖捉得幾頭兔子，三妹子在爹爹跟前，曾誇下海口，說去捉一隻獐來；我想那獐兒是膽小的，必得要到荒山僻靜的地方去找才有呢。」

恩庫倫聽了，說道：「二妹子說得有理。」

佛庫倫說道：「既這樣，我們何妨到駱駝嘴下面找去？」

三姊妹齊說一聲不錯！重又走下山坡來，跨上馬，繞過山峽去；便見那駱駝嘴高矗在面前。那布爾胡里湖緊靠著山腳；這時湖面上祇看見層冰斷木，凍水不波。她三人騎著馬，繞著湖邊走去；在那盡頭，便露出一條上山的路徑。

這山勢十分峻險，又是滿山鋪著冰雪，不容易上得去；大家下得馬來，攀藤附葛的上去。走了一程，這三個姊妹已是嬌喘吁吁，香汗涔涔；正庫倫一抬頭，見那山壁子上飛出一群野鷹來，便嚷道：「大姊，快射！」

那恩庫倫這時也看見了，忙抽箭挽弓，「颼」的一聲，一枝箭上去，一隻鷹跟著翻身落下地來；她的狗名叫黑兒的，見了嗚的一聲，飛也似的上去，含在嘴裏。她姊妹這當兒，便在路旁一塊山石上坐下，說些閒話，把身邊帶著的乾糧，掏出來大家吃了一個飽。

那黑兒嘴裏含著死鷹，送到恩庫倫跟前。佛庫倫又誇讚大姊姊眼力手法如何高強，又說：「怪不得大姊夫見了姊姊害怕！」

正說時，正庫倫一眼瞥見一隻山狸，遠遠的沿著山壁子走來；她急忙從她大姊手裏搶過弓箭來，也是「颼」的一箭，射中在山狸的脊梁上。那山狸正在雪地下翻騰，那頭黑兒也跑去攔頸子一口咬住，拖

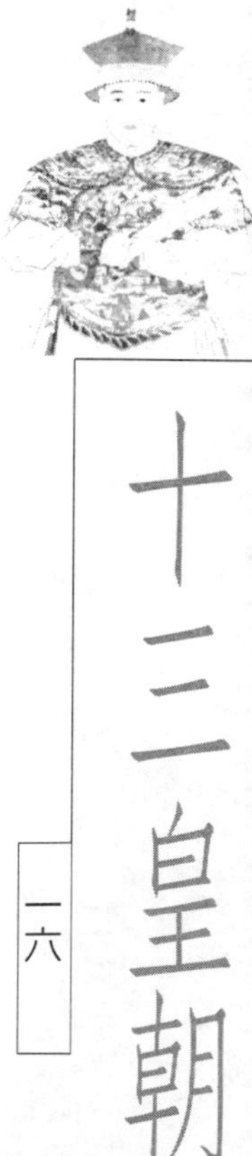

到正庫倫跟前。

佛庫倫看了，便嚷道：「好哇！妳兩個上得山來，都得彩頭；獨我沒有嗎？」

她話不曾說完，祇聽得山崗子上有獐兒的叫聲，佛庫倫聽了，一拍手說道：「好哇！我的也有了！」

說著，便站起身來，挾了弓箭，也不等她姊姊，急急繞過山崗子去；恩庫倫在後面喚她，她也不睬。正庫倫看看佛庫倫去得遠了，忙在後面趕上去；恩庫倫看看，祇剩下她一個在山腰裏，便也只得跟著上去。

山陡路滑，一步一步的挨著；挨了半天，看看前面不見她兩人的影子。誰知才轉過山腰，祇聽得正庫倫在前面哭喊；恩庫倫心下一急，腳下一緊，忙追上去。一看，祇見正庫倫連爬帶跳的向山壁子上走去；她往前一看，不覺嚇得她身子軟癱了半邊。

原來那佛庫倫在半山上，正被一隻斑斕猛虎攔腰咬住，往林子裏死拽；那頭黑兒，也嚇得倒拖著尾巴，跟在正庫倫身後狂吠。一轉眼，那大蟲拖著佛庫倫，向林子裏一攢便不見了。

嚇得恩庫倫號咷大哭，她和正庫倫兩人死力掙扎著趕上前去；到得林子裏，四面一找，靜悄悄的不見蹤跡，也聽不到佛庫倫的哭喊聲。再看看雪地上的足跡，只見一陣子亂踏；到了林子西面，便找不出腳印兒來了。

她姊妹兩人心裏十分慌張；一邊哭著，一邊喚著，四處亂尋。看看天色昏黑，也找不出一絲形跡來。正庫倫心下急了，祇見她大喊一聲，一縱身向山下跳去；虧得恩庫倫眼快，忙上前去抱住了。兩人沒有法想，祇得淒淒慘慘的尋路下山；回得家去，把這情形一層一節對她們父親說了。她兩人話沒有說完，滿屋子的人便號咷大哭起來，她母親格外哭得傷心，逼著她丈夫，要連夜上山去找尋。

榦木兒也懊悔昨天不該和她賭手掌，說這句玩笑兒話，逼得她今天鬧出這個亂子來。當下便招呼了許多夥計，擎槍提刀，燈籠火把，一大簇人上山找尋去。

第二回　白山情緣

卻說佛庫倫離開了她兩個姊姊，搶上山崗子去，四下裏看時，靜悄悄的也不見獐兒的蹤跡；正出神的時候，忽覺得頸子後面鼻息咻咻，急回過脖子去看時，不覺啊喲一聲，驚出一身冷汗來。急拔腳走時，可憐她兩條腿兒軟得像棉花做成的一般，休想抬得動身體。

原來她身後緊靠一簇松樹林子，林子裏奔出一隻斑斕猛虎來；那虎爪兒踏在雪上，靜悄悄的聽不到聲息。待到佛庫倫回頭看時，那隻虎已是在她背後拱爪兒了。

佛庫倫到底是一個女孩兒，有多大膽量，有多大氣力；那隻虎把牠屁股一擺，尾巴一剪，呼的一聲吼，像人一般站了起來。拿著牠那兩隻蒲扇似大的爪兒，在佛庫倫肩頭一按；可憐她一縷小魂靈兒早出了竅，倒在地下，一任那大蟲如何擺佈去，她總是昏昏沉沉的醒不回來。

隔了多時，她祇覺得耳根子邊有人低低的叫喚聲音；佛庫倫微微睜眼看時，她一肚子的驚慌變成了

一肚子的詫異。原來那老虎說起人話來了，祇聽他低低的說道：「姑娘莫怕，我便是烏拉特。」

看他把頭上的老虎腦袋向腦脖子後面一掀，露出一張俊秀的臉兒來；站起來把身體一抖，那包在他身上的一層老虎皮，全個兒脫下來，渾身緊軟皮衣，越顯得猿臂熊腰，精神抖擻。

他身後站著五七個雄糾糾的大漢，烏拉特吩咐把繩椅搬過來，自己去扶著佛庫倫坐在上面；低低的說道：「姑娘莫害怕，這繩子是結實的。」

他一擎手，祇見那山壁子上繩子一動，把個佛庫倫掛在空中；嚇得她祇把眼睛緊緊閉住，那身體好似騰雲駕霧似的，直向山峰上飛去。忽然繩子頓住了，睜眼看時，原來這地方已在駝嘴峰頂，真真廟前。

什麼是真真廟，原來是山峰上一大塊紅色岩石，好似屋簷一般，露出一個黑黝黝的山洞來。從山下望上去，好似一座紅牆的小廟。

這時烏拉特也上了山頂，洞裏面走出兩個女娃子來，上前扶住了佛庫倫；佛庫倫向洞門走去，洞口遮著一幅大紅氈簾。揭起簾子，裏面燈光點得通明；祇見四壁掛著皮幔，地下也鋪著厚毯子，炕上錦衾繡枕，鋪陳得十分華麗。

佛庫倫在炕上坐下，祇是低著頭，說不出話來；那烏拉特上前來，作了三個揖，又爬下地去磕頭。羞得佛庫倫站起身來，轉過脖子去，再也回不過臉兒來。

祇聽得烏拉特跪在地上，說道：「我烏拉特生平是一個鐵錚錚的漢子，咱們梨皮峪地方，美貌的姑娘兒們也不知道有多少，我從不曾向她們低過頭；自從那天月下見了姑娘，又蒙姑娘許我在真真廟裏相見，我的魂靈兒便交給姑娘了。行也不是，坐也不是，吃也沒味，睡也不安。我便費盡心計，上這山尖兒來鋪設這間洞房；又怕明火執仗的來打劫，惱了姑娘，又害姑娘得了不好的名兒；便天天在暗地裏打聽，如今打聽得姑娘要上山來打獵，便假裝是一隻猛虎，在山崗子下守候；天可見憐，姑娘果然來了。姑娘現在既到了此地，可也沒得說了；是姑娘自己答應在真真廟裏見面兒的，我拚了一輩子的前程，在這山洞子裏陪伴姑娘。」

一個何等要強的佛庫倫，給他一席話，說得心腸軟了下來；從此跟著烏拉特，在山洞子裏，暮暮朝朝的度那甜蜜光陰。眼看著一個英雄氣概的男子，低頭在石榴裙下，便說不出的千恩萬愛。他倆在洞子裏促膝圍爐，淺斟低酌，倒也消磨了一冬的歲月。

到得春天，佛庫倫偶爾在洞門口一望，祇見千里積雪，四望皎然；又看看自己住的地方，真好似瓊樓玉宇，高出天外。又向西一望，見山坳裏一簇矮屋，認得是自己的家裏；她想起自己的父母，這時不知怎的悲傷，便不由得兩行淚珠兒落下粉腮來。急忙回進洞去，坐在岊沿上，祇是掉眼淚。

烏拉特見了，忙上前來抱住她，低低的慰問；這時佛庫倫心中，又是記念父母，又是捨不得眼前的人兒。經不得烏拉特再三追問，她便把自己的心事說出來；烏拉特聽了，低著頭想了一會兒，說道：「拚著我的一條性命，送姑娘回家去罷！」

佛庫倫聽了，連連搖頭，說道：「這是萬萬使不得的！我家恨你深入骨髓；如今你又搶劫了我，我爹爹如何肯和你干休？你此去，一定性命難保；你不如放我一個人回去，我見了父母，自有話說。」

烏拉特聽說佛庫倫要離開他，忍不住落下幾點英雄淚來；說道：「姑娘去了，怎的發付我呢？」這句話，說得佛庫倫柔腸百折；她心想：「咱們布爾胡里地方的男子，都是負心的；難得有這樣一個多情人兒，可惜我家和他是世代冤仇，眼見這段姻緣是不能成功的了。罷罷罷！拚了我一世孤單，我總要想法子和他做一對白頭偕老的夫妻。」

當時她便對烏拉特說明了：「我此番回家去探望一回父母，算是永遠訣別；早則半載，遲則一年，總要想法子來找你，和你做一對偕老夫妻。——祇是怕到那時，你變了心呢？」

烏拉特聽了，便向腰裏拔出一柄刀來，在臂膀上戳了一個窟窿；那血便如潮水般湧出來，他忙拿酒杯接住，送到佛庫倫嘴邊去，佛庫倫喝了半杯，剩了半杯，烏拉特便自己吃了。這是他們長白山地方上人最重的立誓法，意思是說誰違背了誓盟，便吃誰，殺死了喝他的血。

當時烏拉特臂上吃了一刀，佛庫倫一時不忍離開他，忙替他掩好了傷口，服侍他睡下。兩人又廝守了十多天。

一天晚上，天上一輪皓月照著山上山下，像水洗的一般；佛庫倫和烏拉特肩並肩站在洞口望月，忽然又勾起了佛庫倫記念父母的心事。烏拉特便吩咐掛下繩椅，兩人握著手，說了一句「前途珍重」，那繩椅沿著山壁，飛也似的滑了下去；烏拉特站在山頂上，怔怔的望著，直到望不見了，才嘆了一口氣，回進洞去。

這裏穌木兒自從丟了女兒佛庫倫以後，天天帶人到山前山後去找尋，一連尋了一個月，兀自影蹤全無；把個穌木兒急得抓耳摸腮，長吁短嘆。她母親也因想念女兒，啼啼哭哭，病倒在床；她兩個姊姊親眼看到妹子被老虎拖去，越發覺得悽慘：想起她妹子來，便哭一回說一回。一家人都被慘霧愁雲罩住了，再加上門外冰雪連天，越發弄得門庭冷落，毫無興趣。

看看過了冬天，又到春天；恩庫倫到丈夫家裏了，丟下正庫倫一個人，悽悽慘慘的，每天晚上爬到匠上陪伴母親，手裏拈著一片鞋幫兒，就著燈光做活計。心裏想起妹妹死得苦，一汪眼淚，包住眼珠子。忽見門帘子一動，踅進一個人來；抬頭看時，那來的不是別人，正是全家人想念著的三姑娘佛庫倫。

正庫倫見了，一縱身向前撲去；喊了一聲：「我的好妹子！」她母親從夢中驚醒過來，歡喜得摟在懷裏喚心肝寶貝，一時驚動了全家老小，都搶進屋子來看望；幹木兒拉住了他女兒問長問短。

佛庫倫扯著謊，說道：「我當時昏昏沉沉的被老虎咬住了，奔過幾個山頭；恰巧遇到一群獵戶捉住老虎，把我從老虎嘴裏奪下來。看看腰上已是受了傷，便送到他家去養傷；他家有一個老媽媽，照看我十分周到。過了兩個月，我的傷才好，接著又害了寒熱病。他家住的是帳篷，我病得昏昏沉沉的時候，跟著他搬來搬去；誰知越搬越遠，到我病好時，一打聽，原來被他們搬到璦陽堡去了。」

幹木兒聽了，說道：「哎喲！璦陽堡，離這裏有八百里地方呢！我的孩兒，妳怎得回來的呢？」

佛庫倫接下去說道：「幸虧在路上遇到他們的同夥，說到東北長白山射鵰去；孩兒便求著他們，把孩兒帶回家來了。

一席話說得兩位老人家千信萬信；這一夜，佛庫倫依舊跟著正庫倫一被窩睡。到了第二天，恩庫倫也知道了，忙趕回來；姊妹三人，唧唧噥噥說了許多分別以後的話。佛庫倫拉住了她大姊，不放她回家去。從此以後，她姊妹三人依舊在一處吃喝說笑；布爾胡里全村的人，也不覺人人臉上有了喜色。

寒冬過了，春來遲暮；看看四月天氣，在江南地方，正是「開到荼靡花事了」的時候，在長白山下，兀自桃李爭妍，杏花醉眼，花事正盛呢。布爾胡里山前後村坊上一班居民，久蟄思動；春風入戶，輕衫不冷，各自要到山邊水涯去遊玩遊玩。這時駱駝嘴上一股瀑布，便挾冰雪直瀉而下；自夏而秋，奔騰澎湃，沒日沒夜的工作著。在山下的居民，便是睡在枕上，也聽得那一片水聲。

這水聲聽在別人耳朵裏，沒有什麼難受；獨有聽在佛庫倫耳朵裏，便覺得柔腸寸斷，情淚爲珠。因此村中紅男綠女，人人出外遊玩，獨有佛庫倫悶坐在家裏，不輕出房門一步；她想起了在駱駝峰頂上，和烏拉特的這一番恩愛，早已癡癡迷迷的魂靈兒飛上山頂去了。她母親以爲她是害病，急得四處求神拜佛；獨有恩庫倫暗暗的留神，早有了幾分懷疑。

這一天，榦木兒因他女兒害病，便去請了一個跳神的來，在院子裏做法事，全家男女和鄰舍，都擠在一塊看熱鬧。恩庫倫趁這空兒溜進房去；見她妹妹獨自一人盤腿坐在匠上發怔。她上去摟住佛庫倫的頸子，悄悄的說道：「小鬼頭！在外面幹的好事？打量妳姊姊看不出來嗎？」

佛庫倫被她頂頭一句罩住了，答不出話來；祇是兩眼怔怔的向她大姊臉上瞧著。

恩庫倫看了，越發瞧料了七八分，便說道：

「妳且慢和我分辯，聽妳姊姊細細說來：妳說給老虎拖去，咬傷了腰；後來雖說把傷養好了，怎麼現在腰眼上，沒有一點傷疤？又說接著害寒熱病，我們關外人凡是害寒熱病的，一二十天不得便好；便是好了，那臉上的氣色，一時也不能復原。況且據妳說，跟著他們住在帳篷裏，搬來搬去；這游牧的生涯，何等辛苦，妳又是受傷大病之後，如何沒有一點病容？如何沒有一點風塵氣色？妳才回家的時候，我細細看妳；不但沒有一點憔悴氣色，反覺得妳的面龐兒比從前圓潤了些。妳告訴我在外面受苦，我看妳說話的時候，不但沒有愁容，卻反有喜色：這是妳故意嘴上說得苦惱，肚子裏自然有妳快活的事情。

再說到妳跟著那班獵戶，東裏走到西裏；妳和一班陌生男人住在一處，萬萬保不住妳的身子的。妳想咱們關外地方的男子，誰不是見了娘兒們就和餓鬼一般似的？何況妹妹又在落難的時候，他們又是一班粗蠻獵戶，妹妹又長得這樣一副標緻的面龐兒，又跟著他們住在帳篷許多日子；妹妹妳有什麼本領，保得住妳的身子？那時妹妹倘然保不住身子，回家來不知要怎樣的苦惱傷心；如今妹妹回來，卻一點沒有悲苦的樣子。這獵戶一節，便是妹妹扯的謊。可是做姊姊的有一句放肆話，妹妹不要生氣；我如今看定妹妹決不是女孩兒了！不但不是女孩兒，且肚子裏已有孩兒了！」

佛庫倫聽到這裏，不由地粉臉漲得通紅，「啊」的叫了一聲，卻接不下話去；恩庫倫不容她分說，便接下去說道：

「妹妹這幾天病了，爹娘為了妹妹的病，急得六神無主；其實妹妹哪裏是病，簡直是小孽障在肚子裏作怪！妹妹不用抵賴，妹妹雖不肯告訴我，妹妹那種懶洋洋的神氣，早已告訴我了。妹妹不是常常嘔吐嗎？不是嚷著腰痠嗎？不是愛吃那酸味兒嗎？這樣樣都是小孩兒作怪的憑據。

爹娘祇因一心可憐妳，被妳一時瞞住了；我做大姊的，是過來人，妳怎麼瞞得？再者，妳自己拿鏡子照照看，妳的眉心兒也散了，還和我混充什麼小姑娘呢？好妹妹，妳還是和我老實說罷！妳在外面怎麼鬧的？」這一席話，說得迅雷不及掩耳。

佛庫倫這幾天，正因離開她那心上人兒，很不自在；又因肚子裏種下禍根，抱著一肚子的羞愧悲愁，找不到一個可以商量的人；聽她姊姊一番又尖刻又親熱的話，不由得心頭一擠，眉頭一鎖，小嘴兒一噘，賣起瓢兒來了。一扭頭，倒在她姊姊懷裏，抽抽噎噎哭得柔腸婉轉。雲鬢蓬鬆；恩庫倫上去摟著她，勸著她，佛庫倫這才把自己的委屈情形，一五一十的說了出來。

恩庫倫聽了，怔了好半晌，說道：「這才是饑荒呢！妳想咱爹爹也算是這布爾胡里村上的一位村長，這村坊上的人，又多麼看重妹妹？去年窩家隻半袅的兒子，打發人來說媒，咱爹爹也不肯給；如今給他知道他寶貝的女兒，給咱村裏的仇人糟蹋，叫他老人家這一副老臉嘴，擱到什麼地方去？這個風聲傳出去，不但是咱爹爹村長的位置站不住，便是妹妹也要給全村的人瞧不起。妹妹肚子裏的孩子，咱村裏的人決不會容他活在世上的。」

恩庫倫說到這裏，佛庫倫從匹上跳下地來，直挺挺的跪在地下；嘴裏不住的說：「姊姊救我！」

恩庫倫一面把佛庫倫扶起來，拿手帕替她拭去了眼淚。正無法可想的時候，忽見正庫倫一腳踏進房來；見她三妹子哭得像帶雨梨花似的，忙上前來問時，佛庫倫暗暗的對她大姊遞眼色，叫她莫說出來。

恩庫倫說：「咱們自己姊妹，不用瞞得；況且二妹子原比我聰明，告訴她，也好有一個商量處。」

接著便把佛庫倫如何與烏拉特結識，如何肚子裏受了孕，從頭至尾，說個明白。正庫倫聽了，嚇了一大跳，儘是睜看眼，目不轉睛的怔怔的向佛庫倫臉上看著。

佛庫倫被她看得不好意思，忽見正庫倫一拍手說道：「有了！」

恩庫倫忙拉著她，連連追問：「二妹子有了什麼好計策呢？」

正庫倫坐上匟來，三姊妹臉貼臉，聽她悄悄的說道：「咱們不是常常聽人說，高句麗的始祖朱蒙，是柳花姑娘生的嗎？她姊妹三人，大姊姊柳花姑娘，二姊姊葦花姑娘，三妹妹萱花姑娘；那柳花姑娘，也是女孩兒，有一天她獨自一人站在後院裏，天上掉下顆星來，攢進柳花姑娘的嘴裏，便養下這個朱蒙。高句麗人說他是天上降下來的星主，大家便奉他做了國王。如今，三妹妹也可以找一樣東西吞下肚去，推說是這東西落在肚子裏，變成了孩兒；過幾天養下孩兒來，倘是男孩兒，村坊上的人也許奉他做村長呢。」

恩庫倫聽了這一番話，頓時恍然大悟；佛庫倫還不十分相信，說道：「怕使不得吧？」

恩庫倫說道：「怎麼使不得？妳沒聽得爹爹也曾和咱們說起，中國古時商朝的皇帝，他母親簡狄和妃子三個人，在池塘裏洗澡，天上飛過一隻黑雀兒，掉下一個蛋來，簡狄吞在肚子裏，便養下商朝契皇帝來？如今咱們趁天氣和暖的時候，也到布爾胡里湖洗澡去，那湖邊上不是長的紅果樹嗎？三妹子吞下一個紅果去。……」

三人正說得出神，外面跳神也跳完了，走進一群人來，都是鄰舍的姊妹們，圍住了匹，拉著佛庫倫的手，問長問短；佛庫倫這時肚子裏有了主意，那臉上的氣色也滋潤了，精神也旺了。大家說：「到底菩薩保佑，跳神的法術高，所以三姑娘好得這樣快？」幹木兒老夫妻兩個看了，也放心了許多。

匹練孤懸，銀瓶倒瀉。布爾胡里湖上，這時又換了一番景色：一泓綠水，翠嶂顧影；沿山萬花齊放，好似披了一件繡衣。一股瀑布直瀉入湖心；水花四濺，岩石參差。兩旁樹木蓊茂，臨風搖曳；兩行花草直到山腳。那山腳下的石塊，被水沖得圓潤潔滑，湖底澄清，游魚可數。布爾胡里村裏的姑娘們，因為這地方幽靜，常常背著人到湖裏來洗澡；兩岸森林，原是天然的屏障。

這一天，恩庫倫姊妹三人，偷偷的到這瀑布下面來洗澡；她三人露著潔白的身體，在水面上自在游泳。一群一群的蜂兒蝶兒，也在她們雲鬢邊飛來飛去。佛庫倫在水裏戲耍多時，突覺得四肢軟綿綿的沒有氣力，便游近岸邊，揀了一塊光潔的山石坐下；猛回頭，見那駝嘴峰上，青山依舊，人事全非，不覺仰著脖子，怔怔的癡想。

正出神的時候，忽聽得一陣鵲兒聒噪的聲音，從北飛向南去；飛過佛庫倫頭頂時，半空中落下一顆紅果來，不偏不斜，恰恰落在佛庫倫的懷裏。佛庫倫拾在手裏看時，見它鮮紅得可愛；忽聽恩庫倫在一旁說道：「三妹子，快把這紅果吞下肚去，這是老天賞給妳的呢。」

佛庫倫聽了，心下會意，便一張嘴，把這紅果吞下肚去了。接著正庫倫和恩庫倫也爬上岸來，揩乾了身上的水，各自穿上衣服，走回家去。

她三人在路上把話商量妥了，一走進屋，恩庫倫便把鵲兒銜著紅果，落在三妹的嘴裏，三妹吃下肚去，覺得肚子裏酸痛等一派鬼話，哄過了她爹娘。過了一個多月，佛庫倫的肚子果然慢慢的大了起來；她母親看了詫異，再三盤問，佛庫倫死咬定說是吃紅果起的病。

她母親急了，找了村裏有名的大夫來瞧病，也看不出她有什麼病症來；她和丈夫榦木兒商量，榦木兒說：「我也看三姑娘的肚子有些蹊蹺，咱們不如去請薩滿來問問罷。」

這句話一說出，嚇得佛庫倫胸頭小鹿兒亂撞；原來他們長白山一帶的人民，都十分信仰薩滿。薩滿是住在佛堂裏的女人，傳說這女人法力無邊，人民倘有疑惑不決的事去求薩滿，薩滿便能把菩薩請來，告訴你吉凶禍福；如今佛庫倫聽她爹爹說要去請薩滿，深恐菩薩把她的私情統統說出來，心中如何不急。

當下她也不敢攔阻，一轉背求她二姊，把大姊姊去喚了來；姊妹三人在屋子裏唧唧噥噥的商量了半天，恩庫倫想出一條主意來，說：「索性弄鬼弄到底，如此如此，……那時三妹子生下孩兒來，管教妳全村的人，人人敬重，個個羨慕。」說著，佛庫倫從衣包底裏，拿出一粒圓眼似大的東珠來，交給她大姊；恩庫倫懷裏藏了東珠，悄悄的踅到後街去找薩滿說話。

隔了一天，斡木兒果然把薩滿請來，祇見四個廟祝抬著一張神桌；那神桌四腳向天，薩滿便盤腿兒坐在桌底板上。四個廟祝各抱著一條桌腿，把她送進斡木兒的院子裏去；這時，斡木兒的院子裏擠滿了人，大家聽說斡木兒家裏請了薩滿，便一齊趕來看熱鬧。看那薩滿，原來是一個乾癟的老婆婆，手裏捏著一枝長菸桿兒；恩庫倫見了，忙搶上前來扶進屋子去。

這時屋子裏燒著香燭，供著三牲；屋子中間掛著一幅黑布，從屋樑上直垂下地來。薩滿上去向地下蹲了一蹲，行過禮兒；斡木兒領著他妻子兒女，也向神壇行了禮。薩滿抽了一筒菸，踅到黑布後面去；這時滿屋子的人都靜悄悄的，恩庫倫捏著一把冷汗，佛庫倫胸頭亂跳，臉色急得雪也似的白。

停了半晌，祇聽得布簾裏面重滯的嗓音說道：「菩薩叫布爾胡里村長斡木兒聽道。」

那榦木兒聽了，忙上去趴在當地，他兒子諾因阿拉也跟著跪下；聽那薩滿接著說道：「你女兒佛庫倫，前生原是天女；祇因此地要出一位英雄，特叫神鵲含胎，寄在你女兒肚子裏。生下來這孩子，將來是了不得的人物，你們須好好看待他；他是天上的貴種，不能姓你們的姓，如今我預先賞他一個姓一個名。將來這孩子生下地來，不論他是男是女，總給他姓愛親覺羅；他的名叫布庫里雍順。」

那薩滿說到這裏，便再也不做聲了。榦木兒知道她話說完了，忙磕了三個頭，站起來；那薩滿也從布簾裏轉了出來，大家送她出門。

這一回，把個諾因阿拉快活得在院子裏亂嚷亂跳，說：「咱爹爹做了村長，咱妹妹索性生出天神來了！」

這句話，一傳十，十傳百，一霎時傳遍了全村；那班村民從這一天起，不斷的送禮物；有送雞鵝的，有送棗栗的，也有送一腔羊一腔豬的，也有幾戶人家合送一頭牛的；榦木兒的倉庫裏都堆滿了。

佛庫倫的肚子一天大似一天，她母親每天殺雞宰豬的調理她。到了第六個月時，果然生下一個又白又胖的男孩兒來；眉眼又清秀，哭聲又洪亮，全家人歡喜得像得了寶貝似的。遠近街坊上的人，都過來看看這個小英雄。佛庫倫想起烏拉特那種英雄氣概，又看看懷中的乳兒，便說不出的又是歡喜，又是傷感。

一年容易又春風，這愛親覺羅布庫里雍順，出世已是一週歲了；斡木兒揀了一個好日子，祭堂子謝天。前三天，便在院子裏立下一對石樁，樁上豎一枝旗杆，旗杆上裝著一個圓斗，斗裏面裝滿了豬牛羊肉，高升在杆頂上，算是祭天的意思。過了三天，便是正日；一早起來，便有許多村民進來道喜，院子裏一字兒排列著三頭牛，三隻豬，三頭羊，還有雞鴨鵝鴿許多小牲口。中央神壇上，供著釋迦牟尼、觀世音、關公三位神道。燒上大爐子的香，神壇四面又燒著蠟油堆兒；那火光煙氣，直衝到半天。

布爾胡里村上的家長，都盤腿兒坐在神壇兩旁，兩面圍牆腳下，都擠滿了人頭，個個伸長了脖子等那跳神的。停了一會兒，四個跳神的女人連串兒走進院子來；看她個個打扮得妖妖嬈嬈，頭上插著花朵，臉上擦著脂粉，小蠻腰兒，粉底鞋兒，腰帶上又掛著一串鈴兒，一扭一捏的走著。走一步，那鈴兒便叮叮響著。

他一手握著一柄鑾刀，一手拿著一根樺木杆兒，杆上也掛著七個金鈴兒；四個人走到神座前，一齊蹲下地去。行過禮，站起來，各佔一方；忽槨槨搖動樺木杆兒，嘴裏唱著，腳下跳著。身後有八個老婆婆，各自手裏拿著樂器；也有彈月琴的，也有拉絃索的，也有吹笙的，抑揚宛轉，跟著跳神的腳步來來去去，看得大家眼花撩亂，神魂飄蕩。

跳夠多時，便有四個大漢抬著一隻活豬；一人提一條腿兒，飛也似的走到神壇跟前放下。那位薩滿便慢慢的走過來，捧著酒瓶，向豬耳朵裏直倒；那豬連搧著耳朵，大家看了，拍手歡呼說：菩薩來享受了。兩個大漢拿起快刀，割下兩個豬耳來，供在神壇上；那班跳神的女人，又圍著豬，跳了一陣，唱了一陣，把豬抬去洗剝。

這裏把神壇撤去，許多客人圍著翰木兒，向他道喜；諾因阿拉便招呼人在院子裏安設座位。祇見院子裏滿地鋪著蘆蓆，蓆上面鋪著褥子，中間安設坑桌；每十個人圍著一個坑桌坐下。

諾因阿拉和他妹妹恩庫倫招呼客人；看看客已坐齊，大約得六七十席。翰木兒便吩咐上肉，便見屋子裏連串兒走出六七十人來，個個頭上頂著大銅盤，盤上盛著一塊一尺正方來闊的白煮豬肉；接著又捧出六七十隻大銅碗來，裏面滿滿的盛著肉湯，湯裏浸著一個大銅勺。

每一個客人面前，擱著一個小銅盤；每一席上，擱著一個小磁缸，滿滿的盛著一缸酒，翰木兒站在上面，說一聲請，大家便動手，把酒缸捧來呷一口酒，一個一個遞過去，都喝過了；便各自的從懷裏拿出解手刀來，割著肉片兒吃著。

這肉和湯都是淡的；客人都從衣袋裏拿出一疊醬紙來，這紙是拿高麗紙浸透了醬油晒乾的，看他們都拿紙泡在肉湯裏吃著。滿院子祇聽得喊添肉添湯的聲音，把這許多伺候的人，忙得穿梭似的跑來跑去。

榦木兒站在當地，四面看著，他快活得掀著鬍子，笑得閉不攏嘴來。這一場吃，直到夕照銜山，才各自罷手；大家滿嘴塗著油膩，笑嘻嘻的上來向主人道謝。正熱鬧的時候，忽見一個孩兒，斜刺裏從人堆裏擠進來；湊在榦木兒耳邊，低低的說了幾句話。把個榦木兒氣得兩眼如銅鈴似的，鬍鬚像刺蝟似的；大喝一聲，箭也似的直向大門外跑去。

第三回　自成一國

卻說翰木兒屋子後面，粉牆如帶，繁花如錦；一樹馬櫻花折著腰兒，從牆缺裏探出頭來，那花瓣兒一片一片的落下地去。牆根邊這時有一對男女，靜悄悄的坐著；那女的便是佛庫倫，男的正是烏拉特。佛庫倫軟靠在烏拉特懷裏，一邊哭著，一邊訴說她別後的相思和養孩兒的痛苦；烏拉特一邊勸慰著，一邊伸手替她抹眼淚。正是千恩萬愛，婉轉纏綿；那一抹斜陽紅上樹梢，也好似替他兩人含羞抱恨。

這時翰木兒的外孫兒印阿，是恩庫倫的兒子，年紀也有十二歲了；他正爬在樹上採花兒，一眼見牆根下一對男女對泣著，再定睛看時，認得那男人是烏拉特，女人便是阿姨佛庫倫。這烏拉特，是布爾胡里村上男女老小人人認識他的，也是人人切齒痛恨，不忘記他的；印阿一時興頭，也忘記了忌諱，便悄悄的去告訴了他公公翰木兒。

翰木兒是一村之長，又是一個好勝的老頭兒，叫他如何忍得？便立刻跳起身來，趕出大門去，要和烏拉特去廝拚。這時村坊裏有一個霍集英，長得高大身材，氣力又大；全村的人，除了斡木兒以外，要算他最得人心。當時他見了，忙搶上前去，一把拉住斡木兒；問起情由，斡木兒又不好說得。這時客人未散，大家便圍著印阿；印阿被他們逼得沒有躲閃處，祇得一五一十的說了出來。他母親恩庫倫在一旁聽了，捏著一把冷汗。

大家聽完印阿的話，便面面相覷，一時裏說不出話來；霍集英一轉身，把斡木兒兩手捉住，反綁起來，同時大家翻過臉來，把斡木兒全家老小一齊捉住，綁在院子裏的大樹上。一面霍集英帶了四五十個大漢，趕到後院子，悄悄的埋伏在牆頭上；霍集英自己爬在樹梢頭，側著耳朵聽時，他兩人唧唧噥噥，正談到情濃時候。

忽聽得一聲大吼，如半天裏起了霹靂似的，牆頭上跳下許多人來；有一個大漢，從烏拉特頭頂兒上跳下來，騎在他頸脖兒上，被烏拉特一聳肩，那人直摔在五七丈以外，腦袋碰在石塊兒上死了。這時佛庫倫嚇得祇向烏拉特懷裏頭躲，霍集英見了，怒不可當，趕上前去搶奪；烏拉特一手摟著佛庫倫，倒退在牆角裏，騰出一隻手來，揪住人便摔，也有被他摔死的，也有被他腳踢著受了傷，倒在地下哼的。

烏拉特位置站得好，氣力又大，一時被他弄翻了一二十人，看看奈何他不得。可是村裏的人越來越多；有許多人拿著刀槍蜂擁上去；正在亂哄哄的時候，忽然半空中飛來一條套馬繩子，烏拉特一時措手不及，連臂兒腰兒都被它套住了。隨手一曳，掀翻在地上；八九十人一齊擁上去動起手來，拿他上下十幾道繩子綑綁起來，綁得和粽子相似。佛庫倫也被他們綁住了，一齊推進院子來。

霍集英坐在當地審問，烏拉特一句也不躲賴，把上一回如何受傷，如何躲在湖邊林子裏，如何在月下與佛庫倫相見，如何佛庫倫答應他在真真廟裏相見，以及如何上駱駝嘴去打掃山洞，如何假裝猛虎劫佛庫倫上山峰，又如何在山洞裏結下恩情，如何送她下山，如何打聽得佛庫倫生下孩兒，如何暗地裏通消息與佛庫倫第三次相見，商量帶了孩兒逃回梨皮峪，同做長久夫妻……從頭至尾，說得一字不漏。兩旁的人個個聽的咬牙切齒；許多女人都拿手指著佛庫倫，罵她不識恩仇，不愛廉恥，頓時院子裏鬧盈盈的嚷成一片。

霍集英站起來，喝住眾人，便招呼了十二個在村中管事的家長上去，商量了一會兒；大家都說這私通仇家的罪名，咱村裏祖宗一向傳下來是該燒死的，如今咱們也把烏拉特、佛庫倫和愛親覺羅布庫里雍順三人拿去燒死。至於榦木兒身爲村長，他女兒做下這丟臉的事情，也該把他全家人趕出村去。

這番話，大家聽了都說快意。當夜便把烏拉特、佛庫倫和他們孩兒三個人，關在一間屋子裏；又把榦木兒兩老夫妻和正庫倫、諾因阿拉四個人關在一間房子裏。恩庫倫原也有罪，祇因她兒子印阿有報信的功勞，將功贖罪：又因爲她是已經出嫁的人，便依舊放她回丈夫家去。

第二天，在村口山坳裏，搭了一個臺子，臺上舖了許多麻　柴草引火之物；遠近村坊裏的人，從早起便圍在臺下看熱鬧。直到正午時分，祇見一簇人，拿著板門抬著烏拉特和佛庫倫二人，那小孩子也綁在佛庫倫懷裏，一會兒推上了臺子，臺上豎著兩根木柱，他兩人緊緊的被綁在木柱上。

看烏拉特時，依舊是笑吟吟的臉不改色；祇有佛庫倫低垂粉頸，那眼淚如斷線似的珍珠，滴個不住。布庫里雍順在他母親懷裏，也哭得聲嘶力竭；臺下許多人都圍著、看著、笑著、罵著、跳著，鬧成一片。

停了一會，佛庫倫睜眼看時；見她爹娘和哥哥、姊姊垂頭喪氣的在前面走著，後面一大群村民個個肩上掮著刀槍，押著走出村去。祇見恩庫倫一個人哭哭啼啼，跟在後面送著。

走過臺下的時候，她母親抬起頭來，喚了一聲：「我的孩兒！」最後被臺下一班閒看的人，連聲喊打，推出山坳去了。佛庫倫眼前一陣昏黑，便暈絕過去。隔了多時，一陣一陣濃煙衝進鼻管，驚醒來看時，那臺下早已轟轟烈烈的燒著；一條一條火焰像毒蛇舌頭似的，直向她身上撲來，可憐嚇得她渾身亂顫。

烏拉特回過頭來，衹說得一句：「我害了姑娘！」忽聽得臺下一聲吶喊，接著山坳上如潮水似擁下一大群人來；個個執著刀槍，見人便砍，猛不可當。

烏拉特認識是自己村裏的人，便大聲喊道：「快來救我！」便跳上五七個大漢來，在火焰堆裏斬斷繩索，搶出人來。這時佛庫倫的兩條腿已是軟了，一步也動不得；烏拉特挾著她，從臺後面縱下地去。一個人擎著大劈刀砍來，烏拉特一抬腿，踢在那人脈息上；一鬆手，忽榔榔一柄刀落在地下。

烏拉特搶過刀來，舞動得颼颼地響；十多個人跟著他，近不得他的身。烏拉特且戰且退，直返到布爾胡里湖邊，趕進松樹林子；看看追兵遠了，便扶起佛庫倫來，揀了一塊山石坐下息刀。看懷中孩子時，早已呼呼入睡。佛庫倫衹說得一聲慚愧！烏拉特急向她搖手，原來林子外面又十多個追兵，在四下裏搜尋。

正緊急的時候，忽然懷裏的孩兒「哇」的一聲哭起來，給林子外面的追兵聽得了，急搶進林子來。烏拉特拉著佛庫倫沿湖逃去，那地方左是峭壁，右是深淵，佛庫倫一顛一蹶在林子裏走時，那懷中的孩兒越是哭得響亮。看看後面的追兵越近了，烏拉特便站住腳，手裏橫著刀，等待廝打；他一邊揮手，叫

佛庫倫快逃。

佛庫倫無可奈何，離了烏拉特，抱著孩兒，向前走去；轉過山峽，那孩子越哭得厲害。佛庫倫深怕追兵從背面抄過來，這時一個女人，一個孩兒，性命肯定難保。

這地方正是駱駝嘴下面，一股瀑布，疾如奔馬；那淺灘上卻擱著一隻獨木舟，佛庫倫見景生情，立刻有了主意。忙把孩兒抱到獨木舟上，把船推下湖去；這地方正當急湍，船被一股急流沖著，便如射箭似的，瞬息千里。佛庫倫看看船去遠了，聽不見哭聲了；便在湖邊上跪了下來，禱告佛爺爺，保佑她的兒子。

正傷心的時候，忽然後面伸過兩隻手來把她攔腰抱住；佛庫倫嚇了一跳，急回頭看時，原來是烏拉特。看他渾身血跡，氣喘吁吁，不住的微笑；問時，原來那班追兵被他殺得半個不留。問起孩兒，佛庫倫便說放在獨木船裏，沿湖水氽下去了。烏拉特到了這時，也不禁傷心起來，對著湖面出了一回神，兩人手挽手的，向山腳下的樹木深處走去，慢慢的不見他兩人的影兒了。

山環水繞，柳暗花明；一股桃花春水依著綠草堤岸，曲折流去。流到一個幽靜所在，鳥鳴東西，樹影婆娑，這水勢便遲緩下來了。

一個垂髫女郎一手提著一個水桶，低著頭，慢慢的走到堤邊；見了這浪漫春光，不覺勾起了她一腔心事。她且不汲水，一蹲身，坐在一株梨花樹下；那樹身倒掛在河邊，一片一片花瓣兒落在水面上，如天上明星似的，動也不動。那一灣春水，越覺得十分明淨。

這女郎看了，便向天嘆了一口氣，說道：「好花易謝，春光易逝！我百里長在這窮荒偏僻的地方，眼前都是一班勇男蠢漢，哪裏有一個是俊秀男兒？我如今年紀已是三十六歲了，女孩兒家最好的光陰都已過去；眼見得把我這如花美眷，埋沒在這似水年華裏罷了！我便是願嫁，哪裏有一個是配做我丈夫的？」

這百里姑娘，在三姓地方，也算得是一個出類拔萃的女子；模樣兒長得又好，心眼兒又聰明，三姓地方誰不願意娶她去做媳婦？但是她卻不把這班蠢男子放在眼裏。她母親早已故世，祇有一個父親，名叫博多里，自小如掌上明珠一般寶貝她，每次勸她嫁丈夫，總被他女兒搶白一頓，哭鬧一場便罷了。

看看他女兒年紀，直蹉跎到三十六歲光景，做父親的更急了；這一天，博多里又對他女兒提起婚姻的事情，說西山上穆俄爾家裏，他大兒子匾順長得身體魁偉，牲口又多，田地也不少，意思要勸百里嫁給他。

百里姑娘說：「穆俄爾顧順是一個粗魯漢子，每回打架的時候，祇知道強姦娘兒們，誰願嫁這兇惡光棍！」當時不免和她父親頂撞了幾句，又說：「願一生一世守著身子做女孩兒，不嫁丈夫了。」她說完話，提著水桶，到河邊來汲水：見了這一副春景，不覺勾起了方才的心事，怔怔的看著水發怔，這一顆心跟著水，不知道流到什麼地方去了。

正寂靜的時候，忽聽得耳邊「颼」的一聲，一枝箭破空飛來；不偏不邪，正正射在那株梨花樹上。接著遠遠的起了一片吶喊的聲音，祇慌得百里姑娘玉容失色，忙低著頭走到堤下面去躲著；耳中祇聽得人聲嘈雜，也有喝打的，也有哭喊的。

原來這三姓地方，自從老村長明德死了，三姓的人，大家搶村長做；每搶一回，便打一回。各自拿著刀槍，逢人便殺，見人便刺；每打一回，也不知送了多少性命？看看過了三五個年頭，打也打過八九回了；這村長的交椅，還沒有人敢坐。如今春光明媚，正是田地忙的時候，三姓的人在田裏碰到了，一言不合，便拔刀相見。

這一場打，直打得血流遍野，屍積成堆；嚇得百里姑娘躲在堤下，不敢探頭兒。正驚惶的時候，忽見一個女人哭喊著，連滾帶跌的向堤岸上逃來；後面一個大漢飛也似的追來。看看追近了，如餓虎撲羊似的，抱住那女人，按在地上便要強幹；一任那女人在下面哀求悲啼，他總不肯放手。

一會兒，那大漢站起身來，百里姑娘留神看時，原來不是別人，正是那西山上的穆俄爾顧順。百里姑娘正探頭時，那大漢一眼瞥見了，便翻身過來捉她；急得百里姑娘忙向水心裏跳時，接著又聽得「颼」的一聲，一枝箭飛來，不偏不倚的正射在那大漢的耳門裏。從左邊耳朵攢進，又從右耳朵攢出；大漢啊喲喊了一聲，倒在地下死了。看那枝箭兀自鼓著餘勇，向河心裏飛去。

說也奇怪，這時河心裏有一隻獨木船，正從上流頭氽下來，那枝箭恰恰的飛進船去了。這裏原是河身的彎曲地方，水勢流到堤便要停住；那時獨木舟也輕輕的靠了岸。

忽然聽得小孩兒的哭聲從船裏傳出來；百里姑娘忙搶上去看時，見一個孩子仰天倒在船底裏，手腳不住的動著，張著嘴哭著，一枝箭離他頭頂二三分，恭恭正正在船板上插著。再看這孩兒時，長得肥胖白淨，十分可愛；百里姑娘忙上去抱在懷裏，那孩子立刻停了哭。

這當兒，堤岸上已經擠了許多人，見這孩子，大家搶著上來抱他；那孩子在水面上待了一夜，又是驚慌又是飢餓，如今見有人抱他，他立刻止住了哭，見了人衹是嘻嘻的笑。

這時博多里也在人堆裏，見了這孩子十分可愛，便上去抱在懷裏，打開他的衣襟來一看；見頸子上掛著一個黃布袋子，袋子外面有薩滿的符咒。

打開袋子，掏出一張紙來；上面寫道：「他母親前生原是天女，祇因此地要出一位英雄，特叫神鵲含胎，寄在天女肚子裏：他是天上的貴種，不能姓你們的姓，他姓愛親覺羅，名叫布庫里雍順。」

這一片話，是當時榦木兒聽了薩滿的話，找人記下，特地做一個袋子掛在他胸前，算是闢邪的意思；不想如今給三姓地方人看見了。

到底博多里年老有主意，當時，他立刻站起來對大眾說道：「我們三姓地方，年年為了搶奪村長的位置，死的人不知有多少；如今天上送下這位英雄來，是我三姓地方的福氣，我勸諸位看在這位英雄面上，從此大家便罷了手，我們便拜這位小英雄做了村長。他是天人下凡，總能夠保佑我們人人平安。」

這時有三五百人圍著聽著，他們個個打得頭破血出，心裏正萬分懊悔的時候；聽了博多里的一番話，不覺感動起來，大家你看著我，我看著你，忽然個個淌下淚來，伸著臂膊，你抱住我，我抱住你，嗚嗚咽咽痛哭起來。哭過一陣，大家便趴在地下，一齊向這小孩子磕頭。

這時，百里姑娘懷裏抱著小孩兒，受大家的跪拜，不由她不嬌羞靦腆，露出盈盈一笑來。眾人拜過了，站起來，忙忙打掃道路；把倒在地面上的死人抬去掩埋了。在這河邊暫時搭起一座蘆草棚子來，外

面用布帳子罩住；百里姑娘抱著小村長住在裏面。棚子外面，三姓的人公舉了二十位年老的家長陪伴著；一面派人打掃一座屋子出來，預備給小村長久住。

到了第二天，屋子收拾停當，有四個大漢交叉著手臂，小村長騎在他們的臂膀上，抬著進屋子去，後面男女老小村人二三十跟隨著。

說也奇怪，這位小村長合該與百里姑娘有緣；他只要離開百里姑娘，便哭個不住，必得百里姑娘上去拍著安慰著，他便嘻嘻的笑起來。因此大家商議，便請百里姑娘陪伴小村長，住在一間屋子裏；從此他的吃喝衣穿，通通由百里姑娘小心照料。說也奇怪，這三姓地方，自從小村長來了以後，便也風調雨順；人心快樂。

光陰如箭，不覺又是十六年工夫。布庫里雍順出落得一表人才，相貌十分清秀。三姓地方的女孩兒見了，誰不願嫁他？但是在布庫里雍順心裏，祇有這位百里姑娘；他睡也跟著百里姑娘，吃也跟著百里姑娘。

這位百里姑娘，這時已有五十二歲了，祇因她長得十分標緻，望去還好似三十多歲的人。絕世風姿，可憐遲暮！在旁人看這百里姑娘，孤芳空老，覺得十分可惜；但在百里姑娘，自從有了這小村長以後，和他朝夕廝纏，倒也很能解得寂寞。

這小村長是天生成的一位英雄，他在八九歲時，便懂得騎馬射箭；村裏許多年長的，天天跟著他爬山過嶺，探勝尋幽。不消幾時，這三姓地方的地勢遠近，都被他察看得明明白白。到了十二歲時，他便把三姓地方整理起來；這位百里姑娘又是女中豪傑，空閒的時候，常和這位小村長講些人情世故，又說如何可以收服三姓地方的人心，如何可以整理三姓地方；小村長一一聽在耳內，一面便召集了十四個村裏年長有力的，派他們做管事人，把三姓地方分做十四段，每一段設一個管事人，照料地方上的公事。

又挑選四百個身材高大、氣力強壯的，編成車隊；天天在村外空場上，教練騎馬射箭掮槍舞棍，熬練得十分勇猛。又在自己村坊左右前後，豎起一圈木柵來，開著高大的柵門；每到天晚，把柵門關上，放出牲口來吃草。

自從有了柵門以後，三姓地方從來沒有走失牲口、偷盜牛馬的事；又派了夜不收，在四面柵門查夜。因此村民人人高枕無憂，人人感激這位小村長的功德無量。這雖然是小村長的功德，卻也全是百里姑娘的計謀，因此、這小村長越發覺得這百里姑娘可敬可愛。

說也奇怪，這布庫里雍順一出門去，騎在馬上，雄赳赳氣昂昂，很有英雄的氣概；村民見了他這副威儀，便人人害怕。待得一踏進門，見了百里姑娘，這身子便如軟股糖兒似的軟了下來。

十七歲的男孩兒，還跟著百里姑娘寸步不離，常常坐在百里姑娘身旁微笑著；有時便倚靠在姑娘膝前，好似小孩兒跟著他母親，百里姑娘從小管養著這位小村長，卻也成了習慣，常常和他說笑著解解悶兒，有時伸手摸摸他的脖項頭面。

布庫里雍順到親熱的時候，便拿兩手捧著百里姑娘的手兒，喚幾聲姊姊。到了晚上，他便跟著姊姊一床兒睡；一切冷暖起臥的事情，都是百里姑娘照看著。他兩人雖說耳鬢廝磨，肌膚相親；一個是處女，一個是童身，卻是乾乾淨淨，各不相擾的。

直到了布庫里雍順二十歲時，看看三姓地方人口一天多似一天，兵力一天強似一天，地上出產的米麥，也一天豐富似一天；空下來的時候，村長便帶了一班兵士們，到樹林深處打獵尋樂。

正打得熱鬧的時候，布庫里雍順一眼見林子外面一片廣場上，有七八十頭牛馬，四散在場上吃草；他心中忽然起了一個貪念，便發一個號令，叫兵士們出去搶掠。兵士們得了號令，便趕出林去，四面包圍起來；把許多牛馬圍住在中央。

那養牛馬的，原是俄漠惠野地裏的一種游牧人種，他們都住在帳篷裏；聽說有人來搶他的牛馬，便

各各帶了兵器，趕出去攔阻。

你想，三姓的人何等強悍？既上了手，如何肯罷休？霎時兩面的人一齊動起手來，刀來箭迎，兵去將當；好好一片草地，殺得鬼哭神號，天愁地慘。

打夠多時，那俄漠惠人慢慢的有點支持不住了，便丟了牛馬，向北逃去；布庫里雍順率領兵士趕過山頭，又殺死了幾個人，才回轉馬頭，把他們的帳篷牛馬，一股腦兒擄回村去。村裏人見村長小小年紀，便有這等膽量，越發敬重他：當時便有許多人趴在地下迎接他。

布庫里雍順直走到自己屋子前下馬，早有百里姑娘迎接；村長把擄來的馬匹帳篷，給百里姑娘看過。百里姑娘見有一對黑馬，長得十分俊美，便對村長說了，把這一對馬留下，其餘的都賞給管事人和那些兵士們。從此布庫里雍順做出味兒來了，常常帶著兵士們四處去搶劫；他仗著自己人多力壯，每次出馬，沒有不得勝回來的。

這俄漠惠地方在長白山的東面，望去好大一塊平原；中間茂林豐草，原就是放牧牲口的好地方。因此在這平原上常常有人來游牧。不想這三姓地方的村長，萬分強項，自從有了布庫里雍順以後，便不許人到這地方來游牧，倘然來時，便連人帶牲口都擄去。這威風一天大似一天，便有左近的村坊前來投降；布庫里和他們約定，鳴角爲號，誰家有事，便吹起角來，大家來救應。不到三年工夫，便收服了十二三個村坊，因此那村坊上的管事人，便商量公舉布庫里雍順做一個貝勒。

有一天，三姓地方的十四個管事人爲頭，率領左近村坊裏的管事人，在村中空地上開了一個會；上面搭了一座高臺，把布庫里雍順請出來，坐在臺上，大家在臺下拜他。後面幾千個村民，也跟著頂禮膜拜，拜布庫里雍順做了十四村的貝勒；拜過之後，大家便在空地上吃酒吃肉。

這位新貝勒，便去請了百里姑娘出來，兩人在臺上對面坐著吃著；從辰時吃到午時，吃得大家酒醉肉飽，便手拉手兒跳舞起來。一邊跳著，一邊唱著。貝勒看了也十分歡喜，在臺上也拉著百里姑娘的臂兒跳舞；跳了一陣，貝勒忽然想起那對黑馬，便吩咐左右衛兵，瞞著眾人，偷偷的下了臺，和百里姑娘走出了柵門，跳上馬背，一對黑馬，馬磨馬耳，人擦人肩，並著向俄漠惠曠野地方跑去。

一面跑著，一面說笑著，不知不覺跑出了一座大樹林子；回過頭來看看後面許多村落，早在雲樹縹緲之中。百里姑娘許久不騎馬了，今天一口氣跑了許多路，早跑得嬌喘細細，香汗涔涔；貝勒在一旁看了這情形，忙扶她下馬，兩人手挽手兒，走到前面一處牆跟上坐下。

這時貝勒坐倒在百里姑娘旁邊，兩人靜悄悄的一句話也不說，仰著脖子，祇是看那天上的飛雲；那

百里姑娘櫻唇微動，一陣一陣鼻息吹在貝勒面上，只覺得一陣甜香。貝勒心頭一動，忙翻過身來，撲上前去，捧住百里姑娘的手兒，不住的接吻；說也可憐，這百里姑娘年紀快六十歲了，還是一個女孩兒的身子。這接吻的勾當，今天和貝勒算是破題兒第一遭；這位六十歲的老處女心上不免感動起來，便也回過頭來看著貝勒，只一笑。

兩人正談話的時候，飛鳥兒都飄飄的飛在半空：他們也沒有留神，耳中也聽不到什麼。待到他們回過去，抬起頭來看時，早見一隊兵士們，靜悄悄的站在他們面前；後面又跟著許多村裏的百姓，個個對他兩人笑瞇瞇的。把個百里姑娘羞得粉臉通紅，恨不得有地洞鑽下去；耳中祇聽得幾百人齊聲嚷道：「貝勒大喜啊！百格格大喜啊！三姓的百姓大喜啊！」

嚷過了，一齊上來；男的簇擁著布庫里雍順，女的簇擁著百里姑娘上了馬，大家圍在他倆的馬前馬後，走著喝著，直送到屋子裏。一面有十四個管事人上來，勸貝勒便在當夜娶百里姑娘做福晉；貝勒答應了，管事人出去，便召集了村坊上許多百姓，把這件事對他們說了。全村的人個個高興，人人踴躍；頓時角聲到處吹動，貝勒府前空地上人山人海擠滿了。

場中立著大旗杆，有四個薩滿全副打扮，上前來祭堂子；貝勒和福音也跟著拜過。四下裏，百姓一片歡呼聲；接著有十六個跳神的女孩兒，打扮得千伶百俐，在中間跳著，又有十四村的管事人齊來送禮賀喜；貝勒便留他們在空地上吃酒吃肉。這一吃，直吃到黃昏時候；院子裏燒著天燈，他們兀是嚷著添肉添酒，鬧得不肯罷休。

貝勒這時也喝得酩酊大醉，百里福晉扶著他進屋子去，雙雙睡倒，做了百年的好夢。

到了第二天，百里福晉醒來，想想自己父母在時，爲了婚姻之事，也不知操了多少心；總是自己看不中男人，直蹉跎過去。如今，不想六十歲的老處女卻嫁了這二十歲的少年貝勒；看來這位貝勒，又是個有兒女恩情、英雄肝膽的。我如今嫁了他，卻不可埋沒了他男兒的志氣；須得要拿出我平生的智謀來，幫助他做一番事業，才不枉和他做一場夫妻。

福晉想定了主意，貝勒正從夢裏醒來，見了這位新娘娘，和他並頭睡著；雖說是一個老美人了，但在枕上望去，還很風韻。貝勒伸手過去，把福晉拉住了手，十分親熱；福晉便在被窩裏，和他商量國家大事。

第一件事情，就是要把全村的人搬去一個山水險要的所在，築起城堡來，自成一國；一面多練兵士，出去併吞鄰近的部落，慢慢的成一個大國。那時莫說一個貝勒，便是做一個可汗，也是份內的事。

貝勒聽了福晉一番話，頓時雄心勃勃，從被窩裏直跳起來；立刻召集了十四村的管事人，商量遷地築城的事情，大家十分贊成。

貝勒又問起：「這裏附近可有什麼山水險要的地方？」一句話不曾說完，祇見門帘一動，一個花枝招展似的福晉走了出來。大家忙搶上去行過禮。

第四回　女眞崛起

卻說百里福晉雖是做新娘娘，但她是十分關心國家大事的；她站在屏門後面，聽貝勒和眾人商量築城的事情，她便一掀門帘，娉娉婷婷的走了出來。大家見她脂光粉氣，儀態萬方，不由得心中十分敬愛，一字兒站了起來，請下安去。貝勒也站起來，讓她並肩兒坐下。

福晉便開口言道：「貝勒不是要找一個山水險要的所在，築我們的城池嗎？我自幼兒便聽得我父親常說：離此地西面三里路，穿過俄漠惠的人樹林子，原有一座鄂多里城；這座城池，原是我祖宗造著的。祇因我祖宗自被明太祖打出關來以後，便退守著這座鄂多里城；後來又被蒙古人打進城來，殺的殺，燒的燒，可憐好好一座錦繡城池，到如今弄得敗井頹垣。

那時咱們元朝的子孫東流西散；後來蒙古人走了，才慢慢的又回到舊時地方來，成了這十四座村落。如今貝勒不要做大事便罷，倘要建功立業，依我的愚見，不如把咱們全村的人搬到鄂多里城去。那地方三面靠山，一面臨水，地勢十分險要；原有舊時建築的城牆，如今我們修理起來，比到從新建築一座城池總要省事得多。」

福晉說到這裏，貝勒便接著說道：「百聞莫如一見，福晉既然這樣說，我何妨親自去察看一遭？」大家聽了，都說不錯，立刻走出屋子，各自跳上馬背；三四十匹馬，著地捲起一縷塵土，穿過樹林，度過俄漠惠平原，眼前便露出一帶牆垣來。

那牆根高高低低依著山腳，繞一個大圈子。貝勒定睛看時，不覺微微一笑，過去在福晉耳朵邊，低低的說了幾句。福晉聽了，不覺臉上泛起了一朵紅雲。原來這地方，便是前日他兩人，並肩兒坐在石上接吻的地方。前日他們坐的一方大石，便是鄂多里城腳。這也是他夫妻二人合該重興滿族；所以在這三生石上，結下良緣。

當時他夫妻兩人騎在馬上，四面一望；祇見一帶山崗，從東北角上直走下來，三面環繞著，好似一把交椅一般，把鄂多里城緊緊抱在懷裏。一股牡丹江水勢如騰馬，從西北流來；原是一個進可以戰，退可以守的所在。貝勒看了，不覺大喜；一面出榜，召集人工，一面和管事人天天在貝勒府裏籌劃遷居的事情。

好個貝勒，真是公爾忘私，國爾忘家；他整整的忙了三年工夫，居然把這座舊時的鄂多里城，重新建造起來，望去蜿蜒曲折，好一座雄壯的城池。城裏街道房屋，也粗粗齊備；十四座村坊的百姓一齊搬了進去，頓時人馬喧騰，雞鳴犬吠，成了一所熱鬧市場。

城中央造了一座貝勒府，貝勒夫妻兩人便住在裏面。到了第二年時，福晉居然生了一個兒子；這時福晉已是六十四歲了，生下來的男孩兒卻是聰明結實，全城的人誰不歡喜。頓時家家供神，替他祝福。

這時貝勒天天帶了兵馬出城，四處征伐；那時忽刺溫野人沿著黑龍江岸，向西南面下來，十分兇惡。見人便殺，見牲口便搶；連明朝的奴兒干政廳，也被他燒毀了。海西一帶的居民，逃得十室九空。看看忽刺溫野人已經直逼到長白山腳下；布庫里雍順貝勒聽了不覺大怒，便親自帶了兵隊，埋伏在長白山腳下，見野人來了，便迎頭痛擊。打得他棄甲抛盔，不敢正眼看鄂多里城。

從此鄂多里的名氣一天大似一天，四處來投降的部落一天多似一天；貝勒便一一收撫他們，教導他們如何練兵，如何守地。這裏十多年工夫，都吃的一口安耽茶飯。

百里福晉直到八十八歲時死了；鄂多里地方死了這個老美人，不但全城的人痛哭流涕，便是那雍順貝勒，也朝思暮想，神思昏昏。想一回，哭一回，好似小孩子離了奶媽子一般；弄得他茶飯無心，啼哭

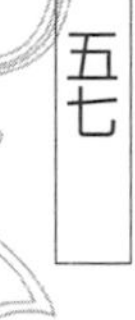

無常，慢慢的成了一個病症，跟著他千恩萬愛的妻子一同死去了。這裏全城的管事人，公舉他兒子做了鄂多里貝勒；這鄂多里貝勒倒也勤儉愛民，太平過去。

這樣子，子又傳孫，孫又傳子，那國勢一天興旺似一天，歷代的貝勒都遵著雍順貝勒的遺訓，教練著許多勇猛強悍的兵士，由貝勒帶著到處攻城略地。看看那鄰近的城池，都被他收服下來了；東北一帶地方，是海西真忽刺溫野人的地界。

講到忽刺溫野人尤其兇悍；他自從在雍順貝勒手裏吃了一個敗仗以後，雖不敢再來侵犯鄂多里城，但鄂多里人也不敢來侵犯他。鄂多里西南面，有一座古埒城，又有一座圖倫城；這兩座城池，地方又肥美，天氣也溫暖，鄂多里人早已看得眼熱，刻刻想去併吞它。後來到了春天時候，馬肥草長；鄂多里貝勒帶了大隊兵士，到古埒城去威逼他投降。

這時古埒城外，滿眼望去都是營帳；刀戟如林，兵士如蟻。古埒一個小小的城池，平日全靠明朝保護；如今突然被鄂多里兵圍住了，便是要喚救兵也來不及。在它西面的圖倫城，緊接遼西；遼西城裡有一個明朝的總兵鎮守著。圖倫城主看看事機危急，便悄悄的派人到遼西去告急；遼西總兵立刻派了大隊人馬，前去救應；祇差得一步，那古埒城早已被鄂多里人收服去了。

那總兵官十分生氣，派了差官去見鄂多里貝勒；埋怨他不該併吞天朝的屬地。鄂多里貝勒見明朝的總兵出來說話，十分害怕；他祇推說是一時手下的游牧百姓不好，誤入古埒城，如今既蒙天朝責問，情願連自己也做了明朝的屬國，年年進貢，歲歲來朝。

那時遼西總兵聽了他一派花言巧語，當即轉奏朝廷；鄂多里貝勒便派了十二個管事人，帶著許多野鳥異獸、人參貂皮，跟著到北京城去進貢。明朝皇帝見鄂多里人來進貢，便用十分好意看待他，傳旨在西偏殿賜宴；管事人出京的時候，又賞他許多金銀綢緞。鄂多里貝勒得了明朝的賞賜，覺得萬分榮耀；拿著賞賜的物件，四處去誇耀著。

這時海西人和忽剌溫野人，見鄂多里如此榮耀，心中便萬分妒忌；兩個貝勒商量著，也派人到明朝進貢去。進貢的是：馬，貂鼠皮，舍利孫皮，青海，兔鳴，黃鶯，阿膠，海牙這許多東西。這個風聲傳到鄂多里貝勒耳朵裏，怕海西人和忽剌溫得了好處，便又派人到中國去第二回進貢。

明朝皇帝看了這情形，知道這三處地方的人，各存嫉妒之念，便給他們一個公平交易，把鄂多里改稱建州衛，忽剌溫改稱女真衛，海西改稱海西衛，貝勒都加封做指揮使。鄂多里貝勒從此改稱建州衛指揮使。

那建州自從有了指揮使以後，越發兵強馬壯，到處擄掠。他又怨恨明朝，是他第一個進貢，不該和女真衛、海西衛一樣看待；他第三回派人到明朝去進貢時，要求皇上加封。

這時宣德皇帝看看建州衛人一天強似一天，便想了一個以毒攻毒的計策：要借重建州的兵力去壓服海西女真人，便又加封他做建州衛的都督。給他一印一信，叫他世世代代守著；另外又賞綵緞四表裏，折紗絹二疋。封管事人做都指揮，賞他綵緞二表裏，絹四疋，折紗絹一疋。做都督滿了三年的，再賞他大帽金帶。

從此以後，建州衛都督便目中無人；他在鄂多里城裏便大興土木，仿北京的樣子，造了許多宮殿。又在百姓家裏，挑選了十多個美貌的女孩兒送進宮去，做他的妃子。都督天天摟著妃子吃酒，夜夜捧著妃子睡覺；兵也不練、零事也不管，派了都指揮到四處百姓家裏搜括銀錢，供他一人的使用。弄得天怒人怨，民窮財盡；再加上田地連年荒年，那歷任的都督祇知道享福行樂，百姓天天在野地裏凍死餓死，他也毫不過問。

這時女真衛指揮使，見建州衛都督官級在他以上，心中很不甘服；趁他都督在沉迷的時候，便悄悄的派了兵隊，到建州衛城外四處村落地方來，強搶土地，姦淫婦女。那都指揮官趕到都督府裡去告急，可笑那都督左手抱著美人，右手拿著酒杯；聽了都指揮的話，還迷迷糊糊的說道：「我們尋快活要緊，百姓的事，由他們去！」

那都指揮官求發兵去保護百姓，都督笑笑說道：「明天我要帶兵士們出城打獵去，誰有空工夫去保護百姓呢！」那都指揮聽都督說的不像話，便氣憤憤的走出府來；這時府外聚集了許多百姓，打聽府裏的消息。都指揮扼要的對大眾說了，氣的人人咬牙切齒，祇聽得轟天雷似的發一聲喊，說道：「我們去殺了這昏都督再說話！」眾人一窩蜂似的擁進府去。

這時候，府裏的衛兵要攔也攔不住；外面人越來越多，擠著七八百人，在刀架上奪了刀槍，打進後院。都督正抱著兩個妃子在那裏說笑；才一回頭，頭便落地。可憐一班脂粉嬌娃，都被他們一個個拖出院來，姦死的姦死，殺死的殺死；剝得赤條條的，七橫八豎，拋在院子裏。都督的母親妻子，也被亂民殺死；最可憐的是一個十六歲的女孩兒，祇因她是都督的女兒，被許多人綁在柱子上拿火燒死。

這一陣亂，從午牌時分亂起，直亂到申牌時分；都督府裏殺得屍積如山，血流成河，真是殺得半個不留。事過以後，查點人數，獨獨少了都督的兒子范察。

這范察是都督最小的兒子，年紀才得十一歲；這一天正跟著一班兵士們在城外打獵，一頭兔子從他馬前走過，他便把馬肚子一拍，獨自一人向山坳裏追去。

看看越追越遠，那頭兔子便也去得影跡無蹤；范察無精打采，放寬了韁繩，慢慢的踱著回來。才走出山坳，忽聽得一株大樹背後，有人唧唧噥噥說話的聲音；范察雖說年紀小，卻是機警過人，當時他便停了馬蹄，側耳靜聽。祇聽得一個人說道：「如今我們把都督一家人殺得乾乾淨淨，祇漏了這小賊范察；從來說的斬草須除根，如今新都督派我來把范察哄進城去，那時連你也有重賞。」

范察聽到這裡，也不等他說完，撥轉馬頭便跑；後面兵士見走了范察，便也拍馬趕來。二三十匹快馬，一陣風似向前趕去；范察一人一馬，在前面捨命奔逃。看看快追上，他急扯住轡頭，向樹林子裏一繞，繞到岔道上去；范察心生一計，看看天色漸晚，樹林中白茫茫的起了一片暮色，他便跳下馬來，把馬趕到小道兒上去，自己忙脫下衣服來，罩住頭臉，又折了一枝樹枝來，頂在自己頭上，下身埋在長草堆裏，直挺挺的站著，動也不敢動。

這時夕照銜山，鴉鵲噪樹；說也奇巧，便有一群鵲兒從遠處飛來，聚集在范察頭上的樹枝噪噪。那一隊追兵，一陣狂風似的在他面前跑過；嚇得范察連氣也不敢喘一喘，直到那追兵去遠了，才低低的說了一聲：「慚愧！」

正要丟下樹枝走時，誰知那追兵又回來了！到樹林外面一齊跳下馬，到林子裏面來找尋。這時直把個范察急得魂靈兒出了泥丸宮，癡癡呆呆了半晌，清醒過來一看，林子裏早已靜悄悄的，不知什麼時候，那追兵已經去了。范察急急丟下樹枝，向長草堆裏奔去；一會兒眼前已是漆黑，伸手不見五指；他在黑漫漫的荒地裏跑著，正是慌不擇路，不分東西南北的亂跑了一陣。

眼前忽然露出微微的燈光來，他便努力向燈光跑去；跑到一個地方，一帶矮牆，裏面紙窗上射出燈光來。范察忙上去敲門，裏面走出一個老頭兒來，問：「什麼地方的小孩兒，深夜裏敲人門戶？」范察上去，祇說得一句：「我爹爹娘娘！」便號咷大哭起來。

原來這時范察想起他父母被人殺死，不由得痛入心肝；回心一想，我如今逃難出來，不能給人道出我的真實情形。忙打著謊語，對老頭兒說道：「我跟著父母出來打獵，走到淺山裏，遇到狼群，父母雙雙都被野狼子拖了去；所有行李馬匹都丟得乾乾淨淨，祇逃出了一個光身人兒。可憐我人生路不熟，在山裡轉了一天一夜，才轉到這個地方，求你老人家搭救我罷！」

老頭兒看他面貌清秀，說話可憐，便收留了他，拉他走進屋子去，見炕上一個老婆婆和一個姑娘，盤腿兒坐著，湊著燈光在那裏做活計。那個姑娘，年紀和范察不相上下；她一邊聽她父親說話，一邊溜過眼來看著范察，從頭到腳打量著，臉上露出微微的笑容來。

原來這人家姓孟格，老頭兒名圖洛，是世代務農；傳到圖洛手裏，老夫妻一對，膝下祇有一個女兒。他們正盼望來一個男孩兒，也可以幫著照看田裏的事情；如今果然來了一個男孩兒，相貌又是十分清秀，他兩老如何不樂。當時便把范察收留下了，每天叫他幫著看牛看羊；范察是一個富貴嬌兒，如何懂得這些營生，虧得圖洛的女兒喬芳和他說得上，在一旁細細的教導他。

光陰如箭，一轉眼又是六年工夫，范察十八歲了；他和喬芳姑娘情投意合，你憐我惜，從早到晚，真是寸步不離。圖洛夫妻倆也看出他們的心事來了；便揀個好日子，給他兩人交拜天地，成了夫婦。范察到這時，才把自己的真實情形說了出來；喬芳姑娘聽說她丈夫是都督的兒子，不禁嚇了一跳。但是那建州衛這時正是強盛的時候，也奈何他不得。

一轉眼，圖洛老夫妻倆一齊死了；再過幾年，范察夫妻倆也跟著死了。這一所田莊，傳給范察的兒子，兒子傳給孫子，一代一代的傳下去；傳到他孫子孟特穆手裏，便成了一座大莊院。一望八百畝田地，都是他家的；還有十二座山地，種著棉花果樹。院子裏養著二三百個壯健大漢，空下來的時候，也講究些耍刀舞棍；練得一身好武藝。原來孟特穆也是一位天生的英雄，他知道自己是富貴種子，不甘心老死在荒山野地裏，做一個莊稼人；因此他天天教練著這班大漢，刻刻不忘記報他祖宗的仇恨。

直到孟特穆四十二歲時，他報仇的機會到了，建州衛都督帶了一班軍士們，在蘇克蘭滸河，呼蘭哈達山下，赫圖阿哈地方打獵。那呼蘭哈達山如圍屏一般，三面環抱，兩峽對峙；中間露出一線走路，祇容一人一騎進出。孟特穆打聽得這個消息，先帶了三百名壯丁去埋伏在山峽裏。

這時，建州衛都督正在赫圖阿哈平原上往來馳驟，忽聽得一陣狼嗥的聲音，從山峽裏發出來，都督忙一揮手，向山峽口跑來。後面跟著四十個親兵，直跑進山峽裏面，四面靜悄悄的，祇見一片叢莽，並沒有狼的影跡；都督正懷疑時，祇聽得一聲吶喊，四下裏伏兵齊起，齊向都督馬前奔來。

都督正撥轉馬頭走時，那山峽口早被亂石抵住；兩面混戰一場，這四十名親兵和都督，一齊被他們綑住。孟特穆吩咐一聲殺，壯丁們一齊動手，如切菜頭似的，手起刀落，滿地滾的都是人頭；看看殺了二十多個人，那都督嚇得在地上磕頭求饒，情願把達川城池和都督印信一齊獻還。

孟特穆看他說得可憐，便點頭答應；一面派一百名壯丁，押著都督往後面走著；自己則帶著二百名壯丁，先走出峽口去。把如何祖宗被害，如何今天報仇，對兵士們說了；那兵士們見都督被擒，大家便趴在地下磕頭，願意投降新都督。孟特穆便帶了這班兵士，耀武揚威的走到建州城裏，取了都督的印信；一面派人到明朝去請封，一面把舊時的仇人一齊捉住，揀那有名的殺了，其餘的統統趕出城去。這時，明朝依舊把孟特穆封做建州衛都督。

孟特穆爲不忘報仇起見，把都城搬到赫圖阿哈住著；娶了一房妻子，生下兩個兒子來。大兒子名叫充善，第二個兒子名叫褚宴；充善又生了三個兒子，大兒子名叫妥羅，第二個兒子名叫妥義謨，第三個兒子名叫錫寶齊篇古。錫寶齊篇古又生了一個兒子，名叫福滿；福滿卻生了六個兒子：第一個德世庫，第二個劉闡，第三個索長阿，第四個覺昌安，第五個包朗阿，第六個寶實。

福滿做了都督，把位置傳給覺昌安，又造著五座城池；德世庫住在覺爾察地方，劉闡住在阿哈河洛地方，索長阿住在河洛噶善地方，包朗阿住在尼麻喇地方，寶實住在章甲地方；這五座城池離赫圖阿喇地方，近約五里，遠的二十里，統稱寧古塔貝勒。

這六位貝勒，出落得個個英雄，孔武有力；遠近的部落，見了都害怕。祇有西面的碩色納部落，生了九個兒子，自小喜歡搬弄武器；閒著無事，四處打家劫舍，鄰近部落吃了他的虧，也是無可如何。東面又有一個加虎部落，生了七個兒子，也和狼虎一般，到處殺人放火。

有一天，碩色納部落的九個兒子，趕到加虎部落裏去比武。兩家說定，誰打敗了便投降誰；他兩家弟兄從上午打起，直打到下午，祇得一個平手。後來加虎部落裏有一個人，能夠連跳過九頭牛身；碩色納的九個弟兄看了，十分佩服，兩家便結做兄弟，說定了有福同享，有禍同當。

正說話時，忽見人堆裏擠進一個少年來；生得面如撲粉，唇若塗脂。他也不招呼人，大腳闊步，走到那九頭牛身旁；兩手攀住牛角，使勁一扭，那牛「啊」的一聲叫喊，早已扭斷頸子，倒在地下死了。那第二頭牛、第三頭牛，如法炮製；一霎時，那九頭牛都給他結束了性命。他一揮手，後面來了二十多個大漢一齊動手，扛著牛便走。

這時碩色納部落的人和加虎部落的人，再也耐不住了；便一齊上前去攔住了，和他講理。那少年也不多說話，拔出拳頭便打人；不知他哪裏來的一副神力，凡是近他身的，都被他摔到三五丈外，倒在地上，爬不起身來。

這兩個部落的人看了十分惱怒，齊聲說道：「這不是反了麼！」一聲喊，一齊撲上前去，把那個少年和二十多個大漢團團圍住，困在垓心；那少年不慌不忙，指揮那二十多個大漢，各人背靠背，四面抵敵著。

從下午打起，直打到黃昏人靜；那少年卻不曾傷動一絲一髮，倒是這兩部的人，被他們打倒了許多。正不得脫身的時候，忽聽得正南角上發出一聲喊，接著捲地狂風似的，來了一隊兵馬；這兩部的人，看看不是路，忙丟下這少年轉身逃去。一個前面跑，一個後面追；看看追到一個大村裏，村落前面攔著一帶木柵。這兩部人逃進了村落，把柵門緊緊閉住；那少年領著這隊人馬，在柵前討戰。兵士們百般辱罵，過了一會，柵門開處，裏面也出來一隊人馬；兩隊人馬接住，便在村前大戰起來。那少年的兵馬是久經戰陣的，也不把這班村人放在眼裏；不多時，早已如風掃落葉似的，把村裏的人馬打得落花流水。少年一拍馬，搶先進了柵門；後面兵士也跟進去，見人便殺，見物便擄。

可憐碩色納部的九個弟兄，卻死了四個；加虎部的七個弟兄，也死了三個。其餘的一齊綑綁起來，押在馬後，被這少年帶進城去。這少年不是別人，正是福滿的孫子，寶實的兒子，名叫阿哈納渥濟格；他跟著父親住在章甲城裏，長得好一副俊秀的面貌，又是一副銅筋鐵骨。他也聽得人傳說，碩色納和加虎兩部落的人如何難惹；他卻偏要去惹一惹。

這一天，果然大獲全勝回來，把擄得的牲口婦女，獻與父親；他父親寶實不敢自私，便去轉獻給都督覺昌安。覺昌安一面賞了渥濟格的功，一面檢點人馬，重又再到碩色納、加虎兩部落去查看一回；把左近二三十個村坊，都收服了。

從此凡五嶺以東，蘇克蘇滸河以西二百里地方，都歸入建州衛部下。這渥濟格立了這次大功以後，覺昌安便留他住在自己城裏，和他一同起坐，十分親愛；渥濟格面貌又長的得人意兒，裏面福晉格格沒有一個不和他好。覺昌安的福晉，很想給他做一頭媒，勸渥濟格娶一房妻室；渥濟格說：倘沒有天下第一等美人，他願終身不娶。

這一天，他跟著叔父出東城去打獵，那座山離城很遠，便帶了篷帳住在山下；第二天，渥濟格清早起來，獨自一人跨著馬，向樹林深處跑去。見一群花鹿在林子外面跑著；他便摸了一摸弓箭，一拍馬向前跑去。

誰知那群花鹿聽得馬蹄聲響，早已去得無影無蹤；看看對面也有一座林子，渥濟格便又趕進林子去；睜眼看時，卻見一個花枝招展的美人兒，低鬟含羞，騎在馬上。把個目空一切的英雄，早看得眼花撩亂、有口難言，魂靈兒也飛去半天了。

第五回　部落恩仇

桃花馬上紅粉嬌娃；看她一雙小蠻靴，輕輕的踏住金鐙，一雙玉纖手緊緊的扣住紫韁。回眸一笑，百媚橫生。渥濟格跨在馬上，怔怔的看著；魂靈兒虛飄飄的，幾乎撞下馬來。那美人兒看他呆得可笑，又回過頭來，低鬟一笑，勒轉馬頭跑去；這渥濟格如何肯捨，便催動馬蹄，在後面緊緊跟著。八個馬蹄如串了線似的，一前一後走去；看看穿過幾座林子，抹過幾個山峽，那美人兒忽地不見了。

這地方是個山谷，四面高山夾住，好似落在井圈子裏；腳下滿地荊棘，馬蹄被它纏住了，一步也不能行動。渥濟格癡癡迷迷的，如在夢中；那顆頭如博浪鼓似的，左右搖擺著找尋那美人。一眼見那個妙人兒，立馬在高崗上，對他微微含笑；渥濟格見了，好似小孩子見了乳母似的，撲向前去。無奈滿眼叢莽，那馬蹄休想動得一步；渥濟格急了，忙跳下馬來，撥開荊棘，向叢莽中走去。

那樹枝兒刺破了他的頭面，刺籐兒割破了他的衣袖，他也顧不得了，腳下山石高高低低，跌跌仆仆的走著。可憐他跌得頭破血流，他也不肯罷休；賣盡氣力，走到那山崗下面。看看那峭壁十分光滑，上去不得。渥濟格四面找路，也找不出一條可以上山的路，祇有那高崗西面，在半壁上略略長些籐籮；渥濟格鼓一鼓勇氣，攀籐附葛的上去。幸得有幾處石縫，還可以插下腳去；爬到半壁上，已經氣喘吁吁，滿頭大汗。

渥濟格也顧不得這許多，便鼓勇直前；看看快到山頂，那山勢愈陡了。誰知渥濟格腳下的石頭一鬆動，噗落滾下山去；這時渥濟格腳下一滑，身體向後一仰，跟看正要跌下山去，那山崗上的美人看了，到底不忍，便急忙伸出玉臂來，把渥濟格的衣領緊緊拉住。渥濟格趁勢一躍，上了山崗；一陣頭暈，倒在那美人的腳下。

這美人看渥濟格的臉兒倒長得十分俊美，心中不覺一動；又看他遍身衣服扯得粉碎，如蝴蝶一般。那頭臉手臂，都淌出血來。那美人從懷裏掏出汗巾來，輕輕的替他拭著；汗巾子上一陣香氣，直刺入渥濟格的鼻管裏。

他清醒過來，睜眼看時，正和美人兒臉貼臉的看個仔細；一張鵝蛋似的臉兒，搽著紅紅的胭脂，一雙彎彎的眉兒，下面蓋著兩點漆黑似的眼珠。發出亮晶晶的光來，射在她臉上，覺得異樣動人。再看她額頭上罩著一排短髮，一綹青絲，襯著雪也似的脖子，越發覺得黑白耀眼；最可愛的，是那一點怎也似的朱唇，嘴角上微含笑意。

渥濟格趁她不留意的時候，便湊近臉去，在她朱唇上親了一個嘴；那美人霍的變了臉，緊蹙著眉峰，滿含著薄怒，一摔手，轉身走去。渥濟格急了，忙上去拉住她的衣角兒。

那美人回過臉來，正顏厲色的問道：「你是什麼地方的野男人？」一句話不曾完，便「颼」的拔出刀來便砍。

渥濟格伸手去攀住她的臂膀，一面把自己的來蹤去跡說明白了；又接著說了許多求她可憐的話。那美人聽他說是都指揮的兒子，都督的姪兒；知道他不是個平常人。又看看他臉上十分英秀，聽他說話又是十分溫柔；便把心軟了下來，微微一笑，把那口刀收了回去。

渥濟格又向她屈著膝，跪了下來，說願和她做一對夫妻。那美人聽了，臉上罩著一朵紅雲，低著頭說不出話來；禁不住渥濟格千姑娘萬姑娘的喚著，她便說了一句：「你割了你的頭髮來。……」一甩手，跨上馬；飛也似的下崗去了。

這「割下頭髮」來一句話，是他們滿洲人男女講私情最重要的一句話；意思是說男人把頭髮割去了，不能再長，愛上了這個女人，不能夠再愛別的女人了。女人拿了男人的頭髮，這一顆心從此就被男人絆住了。

那美人說這句話，原是心裏早已愛上了渥濟格，祇因怕羞，便逃下山去了。這裏渥濟格聽了這美人嬌滴滴、甜蜜蜜的一句話，早已把他的魂靈從身子裏提出來，直跟著那美人去了。他怔怔的站著，細細的咀嚼那一句話的味兒，不由得他哈哈大笑起來；笑過了，才想起自己不曾問那美人的名姓，家住在什麼地方。

他想到這裏，便拔腳飛奔，直追下山崗去。你想，一個步行，一個騎馬，如何追得上？渥濟格一邊腳下追著，一邊嘴裏「姑娘姑娘」的喊著；追到山下，滿頭淌著汗，看不見那美人兒的蹤跡。渥濟格心中萬分懊恨，一轉眼，見他自己的那匹馬卻在那裏吃草；他便跨上馬，垂頭喪氣的回去了。

到得都督府裏，他伯母見他身上血跡斑斕，身上衣服破碎，不覺嚇了一大跳；忙問時，渥濟格便一五一十的說了出來。他伯母和他姊姊聽了，不覺笑得前仰後合。他姊姊還拍著手說道：「阿彌陀佛！這才是天有眼睛呢！我娘好好的替你說媒，你卻不要；今天說什麼美人，明天說什麼美人，如今卻真正說出報應來了！」

渥濟格這時正一肚子骯髒氣沒有出處；又聽他姊妹們冷嘲熱罵，把他一張玉也似白的臉兒，急得通紅，雙腳頓地，說道：「我今生今世若不得那美人兒做妻房，我便鉸了頭髮，做和尚去！」

正說著，他伯父覺昌安一腳跨進房來；見了他姪兒問道：「你怎麼悄悄地回來了？我打發人上東山上找你去呢。」

他福晉笑著說道：「你知道嗎！這位小貝勒在東山上會過美人來呢！」

覺昌安忙問：「什麼美人？」

他大格格又搶著把這番情形告訴她父親，接著渥濟格「噗」的跪在地下，求他伯父替他想法子去找尋那美人；務必要伯父做主，把那美人娶回家來。他伯父原是很愛他姪兒的，便滿口答應，說：「既是在咱們附近地方的女孩兒，想來不難找到的；我的好孩子，你不要急壞了身子。」

從此以後，覺昌安便傳出命令，去找尋那美人；不消三五天工夫，便把那美人查出一個下落來。原來那美人並不是寧古塔人，是那巴斯翰巴圖魯的妹妹；原長得有沉魚落雁之容，閉月羞花之貌。今年二十歲了，她哥哥十分寵愛，遠近各部落裏的牛彔貝勒都向巴斯翰來說媒，巴斯翰總一概拒絕；他心裏早有了一個主意，他想：「我妹妹這樣的一個美人胚子，非嫁一個富貴才貌樣樣完全的丈夫不可。」因此

凡是有人說媒的，他看不上眼的，便也不和妹子商量，一概回絕。

過了幾天，覺昌安忽然派人來向巴斯翰求親；巴斯翰見堂堂都督居然來向他求婚，當初以爲是都督自己要娶去做福音，心中萬分願意。祇是覺昌安年紀大些，怕對不起妹子；不然都督的兒子要娶他妹子去做妻房，年紀又輕，將來又是一位都督，倒也可以算得富貴雙全。

待那人開出口來，卻是替都督的姪兒來說媒，心裏已是有幾分不願，又聽說在東山上和他妹妹見過面，難保裏面沒有調戲的事情，心裏越發不願意。祇是礙於都督的面子，不好十分決絕的回覆；祇好說：「請渥濟格小貝勒自己來當面談談，咱們先結一個交情，慢慢的提親事罷。」在巴斯翰的意思，也想要看看這渥濟格的品貌如何。

過了幾天，那渥濟格居然來了；一走進門，便大模大樣的。他自以爲是都督的姪兒，你這區區一個巴圖魯，真不在我眼裏。當下他便對巴斯翰說道：「令妹在什麼地方？請出來咱們見見。」

巴斯翰聽了，不由得勃然大怒；便冷冷的說道：「舍妹生長深閨，頗守禮教，不輕易和男子見面的。」

渥濟格說道：「我和她將來有夫妻之份，見見也不妨事。」

巴斯翰不待他說完，接著說道：「這婚姻的事情，小貝勒卻來得不巧了；昨天我已經把舍妹的終身許給別人了。」

渥濟格忙追問：「許給了什麼人？」

巴斯翰說道：「是我妹子自己作主，許給董鄂部酋長克輸巴顏的兒子額爾機瓦額了。」

渥濟格不聽此話時猶可，聽了此話，不由得他三尸神暴跳，七竅內生煙；兩隻眼珠子睜大了，說不出話來。

半晌，才說得一句：「果然是令妹自己作主的麼？」

那巴斯翰冷笑一聲，不去睬他。渥濟格急了，「颼」的拔出一柄腰刀來，巴斯翰以為他要廝殺，忙也拔下腰刀來拿在手裏。誰知渥濟格並不是殺人，祇見他一舉刀，把那枝辮髮齊根割了下來，向桌上一丟，說道：「請你拿這個去給令妹看，我渥濟格今生今世若不得令妹為妻，也算不得一個頂天立地的奇男子！」說著，他便頭也不回，大腳步走出門去了。

這裏額爾機瓦額原也曾向巴斯翰求過親，他的人品才貌，巴斯翰也深知道，勉強也配得上他妹子；如今見事情急了，巴斯翰便給他個迅雷不及掩耳，在三天以內，真的把他妹子嫁到董鄂部去。這個風聲

傳到渥濟格耳朵裏，愈加恨入骨髓。

不多幾天，那額爾機瓦額一個人騎著馬，在八達山下閒逛；忽然從山坳裏跳出九個大漢來，七手八腳，把額爾機瓦額拖下馬來，九柄鋼刀一齊下去，早斬成肉泥。隔著兩天，克轍巴顏才在山中找出他兒子的屍首來。巴顏膝下祇有這個兒子，叫他如何不傷心痛恨？他一面收拾兒子的屍首，一面查拿兇手。到處貼下告示，說倘有人知道兇手的名姓，便賞一百頭牛，一百匹馬，金子十斤。

這個消息一傳出去，便有人沸沸揚揚說：「九個兇手裏面，也有一個名叫渥濟格的；祇因渥濟格是建州衛都督的姪兒，沒有人敢來出首。」

可憐的瓦額，好好一個英俊男子，祇因娶了一個美貌妻子，便送去了自己的性命！屍首抬進城去，他父親巴顏看見親生兒子遭人毒手，弄得血肉模糊，心中好不淒慘；抱住屍身，一場大哭，他媳婦兒也跟著嬌啼宛轉，一聲郎君，一聲兒夫，哭得一屋子的人個個酸心，人人下淚。

正在傷心時候，外面報說：「巴斯翰巴圖魯來了！」

巴顏正要出去迎接，巴斯翰已經走進內院來；見了他妹妹，一把拖住。他妹妹跪在哥哥面前，口口聲聲說：「要求哥哥替丈夫報仇！」

巴斯翰勸住妹妹的哭，一面對他親家巴顏說道：「我在外面打聽得殺死你兒子的，不是別人；正是那建州衛都督的姪兒渥濟格。」

巴顏聽了，使十分詫異；忙問：「渥濟格和我兒子前世無仇，今世無怨，為什麼要下這般毒手？」

巴斯翰被他一句話問住了，一時回答不出話來；回過頭去，向他妹妹看了一眼。

他妹妹起初見丈夫遭人毒手，滿肚子懷著怨恨，如今聽那兇手是渥濟格，不覺臉上一紅，心腸一軟。回想到從前，和他在山崗上相見的那種癡情的樣兒，後來親自上門來求親，割下頭髮來，那種熱烈的愛情，我原不該辜負他的。祇因我哥哥一時固執，打破了我兩人的姻緣；如今鬧出這一場禍來，真是前世的冤孽！她想到這裏，見她哥哥正回過頭來看她，由不得她低低的嘆了一口氣，拿羅帕掩著粉臉，踅進內房去了。

這裏巴斯翰見妹妹進去了，才把那渥濟格和他妹妹的前因後果，原原本本的說了出來。

巴顏不聽猶可，一聽了這個話，不禁氣憤填膺，開口便罵：「老糊塗！你妹妹在家裏結識了情人，不該害我的兒子。」

巴斯翰也不肯讓他，兩親家在屋子裏竟對罵起來。他們關外人性情十分暴躁，一言不合，便拔刀相見；當時，他兩親家竟各自拔下佩刀來。兩廊下的侍衛，聽屋子裏鬧得不成樣子，忙進去勸開了；一面把巴斯翰送出去，這裏巴顏的福晉，也出來把丈夫勸了進去。

他兩老夫妻看看膝下空虛，終日愁眉淚眼，十分淒慘。巴顏終究耐不住，到了第七日時，全身換了戎裝，上了大校場；喚齊部下各城章京，各自帶了本城的軍隊，齊集聽令。巴顏站在將臺上，把渥濟格如何謀殺瓦額，建州衛人如何欺侮董鄂部人，說得慷慨淋漓。部下的兵士聽了，個個摩拳擦掌，髮指目裂。巴顏教訓過一番，接著步馬兵士操演陣圖；到晚，各自搭帳休息。巴顏這夜也不回家，露宿在營帳裏。

帳外火把燒得通明，一聲聲吹角傳在耳朵裏；巴顏獨坐帳中，想起兒子死得可憐，不由他滿腹悲憤，好似萬箭攢胸。正寂寞的時候，忽見侍衛進來報說：「外面有奉哈達汗和索長阿部主來見！」巴顏聽了，不覺嚇了一跳。

這奉哈達汗是關外數一數二的國王；他手下有雄兵一萬，名城數十座，都聽他的號令，輕易不出來找人的，如今連夜到董鄂部來，一定有什麼重大事件。

巴顏忙迎接出去一看，奉哈達的兵隊也有二三十人，遠遠的紮住。奉哈達汗騎在馬上，見了巴顏，

忙跳下馬來，笑容滿面；兩人手拉手兒的走進帳來，索長阿部主也跟在後面。三人坐下，巴顏吩咐預備酒席；一會兒酒席擺齊，巴顏讓奉哈達汗坐在首位，索長阿部主坐了客位。

酒過三巡，奉哈達汗便開口說道：「我連夜到此，不爲別事，聽得你和建州衛都督的姪兒渥濟格，結下了深仇；兩家各自調動兵馬，預備廝殺。我如今來給你兩家做一個和事佬，可好麼？」

奉哈達汗說到這裏，便停住了暫時不說；巴顏一肚子的怨氣，叫他一時如何答應得下？祇是低著脖子不說話。

奉哈達汗接著又說道：「你兒子是被九個強盜殺死的，九個強盜裏面，也有一個名叫渥濟格的；你須明白，這個渥濟格不是那個渥濟格。那個渥濟格，是堂堂都督的姪兒，他豈肯做這樣盜賊狗竊的行爲？如今都督覺昌安爲兩家和氣要緊，特意找我出來，給你兩家講和。現在他姪兒渥濟格親自帶了牛羊金帛，在營門外聽令；你若肯時，便吩咐傳他進來，當面謝過罪，還叫他拜在你的膝下，做一個乾兒，解了你多少寂寞。你若不肯，我也帶著三五千精兵在此，若誰先動手，我便打誰。」

奉哈達汗說到這裏，立刻把臉沉了下來。巴顏害怕他的勢力，不容他不答應；回想到殺子之仇，又萬無講和之理。他儘自沉吟著，講不出話來。

忽然耳邊一片鑼鼓喇叭的聲響，外面接二連三的報進來說：「渥濟格公子親自來犒師，現在營門外，聽候部主的命令。」巴顏看看奉哈達汗兀自沉著臉；索長阿部主眼睜睜看到他臉上，露出一種兇惡的神氣來，不由他不點頭答應。

侍衛出去，一片聲嚷說：「請渥濟格公子！」

一會兒，公子大腳闊步的走進來；見了巴顏，急搶上幾步，行了全禮，又退下去，恭恭敬敬的站在一旁。巴顏起初見了渥濟格，原是一腔憤怒；一轉眼看到渥濟格那種英俊秀美的風度，站在眼前，好似玉樹臨風。他原是很喜歡男孩兒的，見了不由心腸不軟下來。怎麼又禁得起渥濟格滿嘴的乾爹長乾爹短，早把他一肚子的冤仇，丟向爪哇國裏去了。

營門外擺列著大擔的牛肉羊肉，大籮的金銀綢帛，犒賞軍士；那軍士得了賞賜，便齊聲嚷道：「多謝公子！」

營帳裏面重新擺上酒席，渥濟格親自把盞勸酒；巴顏年老貪杯，又是這樣英俊少年站在他跟前，耳朵裏聽著親密的話語，不覺開懷暢飲，早把他灌得酩酊大醉。

當夜三個人都留在帳中，寄宿一宵；到了第二天一清早起來，巴顏帶領著進城，直到部主府中。又帶領渥濟格到內院去拜見福晉，把收渥濟格做乾兒，和兇手也是一個名叫渥濟格的原因說明了。

那福晉見了渥濟格這樣一個漂亮人物，早歡喜得無可無不可；她膝下正苦寂寞，見了這乾兒，便留他在府裏，每天給他好吃好玩。這時，他媳婦見了渥濟格，一個是新寡文君，一個前度劉郎；兩人背著人，說不盡的舊恨新歡，山盟海誓。

快樂光陰，容易過去，渥濟格在府中一住十天。渥濟格自己也帶著一千兵士來，駐紮在城外；他們看看渥濟格進城去，不見他出來，以為被巴顏殺死了；大家鼓噪起來，把一座城池團團圍住，口口聲聲說：「還我主將！」

外面報進府去，渥濟格正和他的心上人在花園中說笑遊玩，難捨難分；後來還是那媳婦想出一條計策來，慫恿他去對巴顏說：「董鄂和建州衛本是一祖所生；現在分做十二處，形勢渙散，倘有別處兵馬來到，怕一時照顧不到。還不如兩家合在一起，如今建州衛兵強將廣，你老人家搬進建州城去住，有我叔叔保護著，也可以過幾天安閒歲月，享些年福，免得提心吊膽。」

這一番話果然打動了巴顏的心，他帶著妻子媳婦，跟著渥濟格搬到建州城去住。建州都督覺昌安不費一兵一卒之力，得了董鄂部許多城池；渥濟格又因和巴顏一處住著，頗多不便，便又在董鄂部中取得兩處部落，和他的心上人搬去，一塊兒住著。

他叔姪兩人，從此威名一天大似一天，佔據的城池也一天多似一天。索長阿部主在一旁看了，心中不安，深怕建州人慢慢的侵犯到他的地界上來，便打發自己的兒子吳泰，去求他親家哈達萬汗王台借兵。

這時王台手下，稱女真部族，有城池二十餘座，精兵數萬；人人見了害怕。當時王台便答應借他雄兵五千，保守各處城池。說定建州衛人倘然不犯我們的地界，我們也各守疆土，不去侵犯別人；但是聽說建州都督覺昌安的五個兒子，好似五個大蟲，各自帶了兵馬，到處侵城略地，打劫村坊。

大兒子名禮敦巴圖魯，第二個兒子名額爾袞，第三個兒子名界堪，第四個兒子名塔克世，第五個兒子名塔克篇古。這五個兒子裏面，要算禮敦格外英雄出眾；他在千軍萬馬之中，往來馳驟，匹馬當先，如入無人之境。

這時他們直打到蘇克蘇滸河部，把全部的城池都收服下來。部中有一座圖倫城，祇因不肯投降建州人，被他殺得屍骨如山，血流成河；滿州地方各部落聽了這個消息，人人嚇得魂飛魄散。

王台看看事情緊急，便派人到明朝進貢，又密奏建州人強橫不法的話。明萬曆皇帝便想借重他，以毒攻毒的意思；又查到王台的祖父速黑忒，也曾受過明朝的封號，便封王台做哈達部的右都督官，又吩咐遼東經略使，派兵送他回部。

王台得了明朝的榮寵，便十分強橫起來，各處部落投降他的，也一天多似一天；他在中間暗暗的出死力抵抗建州人和蒙古人，不讓他們侵犯明朝的疆土。覺昌安親自帶兵和他打仗，也吃了一個敗仗，建州人便把王台恨入骨髓。

這時建州地方有一個健將，名叫王杲；他手下有一大隊狼虎兵，爬山如虎，渡河如狼。他兵隊所到的地方，不用交戰，便嚇得敵人下馬歸降。五嶺以東一帶地方，都是他一個人收服下來的。覺昌安也便另眼看待他，常常備下酒席，兩人在府中相對吃酒。

有一天，是他們滿州人的娘娘節；各處娘娘廟裏打唱跳神，十分熱鬧，家裏也備下酒菜，接待賓客。那時都督府中，自然也不用說，賓客如雲，酒肉如林。王杲便要算裏邊的一個上客，他帶了兒子阿太入席。

這時阿太年紀祇十八歲，長得好似玉樹臨風，英秀又不在渥濟格以下。酒吃到一半，裏面覺昌安的妃子打發人，拿出許多荷包煙袋來，要賞給親族子姪輩的。那時阿太也得了一個荷包，席散以後，照例

要到內室去謝賞；阿太也隨著眾人進去，這天家中大開筵席，那五位貝勒的福晉，也各各帶了子女，都在府中赴席。

其中要算塔克世的大福晉喜塔喇氏，長得最標緻，能說能笑，滿屋子祇聽她說笑的聲音。她一見了阿太，便一把拉住了他，說道：「啊唷！長得好俊的小子！」說著便把他推到覺昌安妃子身旁去。

她婆婆已是老眼昏花，把阿太拉近身去，對他臉上身上仔仔細細的看著；把個阿太看得不好意思，嫩臉通紅起來。喜塔喇氏和塔克世的次妻納喇氏，在一旁拍手大笑。還有禮敦的福晉和妯娌們，也都團團圍定了看他。

妃子笑說道：「人家嬌生慣養的，哪裏見過妳們這班潑辣女人的陣仗兒？還不快放尊重些。妳們不看見他小臉兒漲得通紅了，怪可憐的。」

接著，納喇氏說道：「婆婆天天抱怨找不到一個好女婿，如今這位奇兒，大概可以上得婆婆的眼了？我們快不要錯過了，留住他在府裏，配我們的女孩兒呢！」

一句話提醒了妃子，說道：「好啊！我們把大孫女兒配給他罷。」大孫女兒，便是禮敦的大女兒，也長得面龐圓潤，體格苗條。

當時禮敦的福晉聽了，便接著說道：「婆婆說好，總是好的；您老人家的眼光，決不有錯。」正說著，都督從外面進來；他本來有聯絡王杲的意思，一聽了這個話，便竭力慫恿說好。禮敦夫妻兩人，原不願把女兒嫁到遠地去；祇因父母作主，他也不敢反抗。

不多幾天，都督府裏便辦起喜事來，當然十分熱鬧；建州部下各處章京，不消說都來送禮賀喜；便是蘇克蘇滸部、渾河部、王甲部、哲陳部、納殷部、鴨綠江部、兀集部、瓦爾喀部、庫爾哈部、吳喇部、葉赫部……滿州地方有名的部主都來道賀，都督派人一一招待。

這一場熱鬧，算是建州地方數一數二的大事。那阿太娶了大孫女做妻子，那大孫女面貌長得十分標緻，性情又十分和順，夫妻兩人又十分恩愛，那岳父岳母和妃子又看待得他十分好；他落在溫柔鄉中，真有樂不思蜀的樣子。

到底大孫女關心丈夫的前程，悄悄的去替阿太求她的祖父。都督看在自己孫女兒面上，便封他到古埒城去做一個章京。大孫女得了這個功名，心中十分快樂；忙催著她丈夫動身，到古埒城去到任。

誰知阿太兒女情長，英雄氣短，祇是迷戀著妻子不肯去；一任他妻子再三勸說，他總是不去。不覺惱了這位夫人，她把臉上的胭粉一齊洗去，又把身上穿著的一件錦繡旗袍，扯得一片一片如蝴蝶一般；

撲又翻身，跪在她丈夫跟前，嗚嗚咽咽的哭個不住。阿太也摟住他妻子，撲簌簌的滴下眼淚來。

第六回　努爾哈齊

說到這位大孫女，原是她祖母十分疼愛的。她又長得乖巧，討人歡喜；全府上下的人，沒有一個不稱讚她。遠近部落的貝勒，打聽她長得標緻，都來求婚；都是她祖母做主，要把孫女婿一齊招贅在家裏，因此耽擱下來。直到嫁了阿太章京，大孫女爲丈夫的前程起見，再三催著丈夫到古埒城去，阿太的意思，要帶了妻子一塊兒到任去，無奈她祖母不肯，大孫女心中也是捨不得她丈夫，因此兩人在房中哭得十分悽慘。侍女見了，慌忙去報與喜塔喇氏；喜塔喇氏報與婆婆知道。

妃子聽得了，說道：「這可不得了！可不要哭壞我那寶貝嗎？」說著，忙站起身來，要自己去看；納喇氏和喜塔喇氏在兩旁扶著，後面四個媳婦，還有許多侍女，尾隨著走到大孫女房裏去。

那大孫女聽說祖母來了，忙抹乾了眼淚，迎接出去；妃子一見她孫女雲鬢蓬鬆，衣襟破碎，便嚷道：「這可了不得！你們小兩口子才得幾個月的新夫妻，便打起架來了嗎？」說著，拿起旱煙桿兒，沒

頭沒臉的向她孫女婿打去；說道：「我這樣嬌滴滴的孫女兒，怎麼禁得你這莽漢子磋折？」

大孫女見了，忙搶過去抱住了煙桿，把自己毀裝勸駕的話說出來。

妃子聽了，才點點頭說道：「這才像咱們做都督人家的女孩兒！」說著，又回頭去對阿太說道：「你祖岳父好意給你一個官做做，你怎麼這樣沒志氣，迷戀著老婆不肯去？我的好孩子！你快快前去！我替你養著老婆，你放心，她是我最疼愛的孫女兒；你去了，我格外疼愛她些；包在我身上，把她養得白白胖胖的。」

一句話，引得一屋子的人大笑起來；獨有阿太一個人，還哭喪著臉。

妃子再三追問他：「你怎麼了？」阿太撐不住「哇」的一聲哭了，跪下地來，把願帶著妻子一塊上任去的話說了出來。

大孫女趁這個機會，也並著肩跪下地去；妃子一看，嘆了一口氣，說道：「好！好！女心外向，妳也要丟了我去嗎？」說著，禁不住兩行眼淚掛下腮幫來。眾人忙上前勸住，喜塔喇氏把她婆婆扶回房去。

這裏禮敦巴圖魯的福晉，和她女兒在房裏商量了半天；他小夫妻兩人口口聲聲求著要一塊兒到古埒城去，禮敦的福晉也無可如何，祇得替女兒求著公公。

到底她公公明白道理，說：「女孩兒嫁雞隨雞，嫁犬隨犬，如何禁得她住？」便揀了一個日子，打發他夫妻兩人上路。

到了那日，內堂上擺下酒席，替阿太夫妻兩人餞行；大孫女的親生父母卻不敢哭，倒是覺昌安的妃子和塔克世的福晉喜塔喇氏，哭得眼眶腫得和胡桃一般。便是覺昌安到了這時，也不覺黯然魂銷。

禮敦和塔克世弟兄們，怕父母傷心過份，壞了身體，便催促著阿太夫妻二人趕速起程。福晉們一齊送到內宅門分別，貝勒們送到城外分別；獨有覺昌安和塔克世父子二人，直送到古埒城才分別。

覺昌安回到建州城，那王杲又新得了明朝的封號，封他做建州右衛都督指揮使。那建州地方的各貝勒章京，又都來向王杲道賀，擺下酒席，熱鬧了三天。覺昌安這時年老多病，又常常惦念孫女兒，身體十分虧損；便把都督的位置，傳給他第四個兒子塔克世，自己告老在家，不問公事。好在王杲做了指揮使，很能鎮壓地方，便也十分放心。

說到王杲這人，性格原是十分暴躁，到處喜歡拿兵力去壓服人；自從得了明朝的封號以後，越發飛揚拔扈，便是建州都督也有些駕馭他不住了。這時他收服的地方很大，明朝的總兵也見了他就害怕。他年年進貢的時候，也不把明朝的長官放在眼裏；明朝進貢的規矩，每年在撫順地方開馬市；各處部落都拿土產去進貢，長官坐在撫夷廳上驗收。

上上馬一匹，賞米五百，絹五疋，布五疋；中馬，賞米三石，絹三疋，布三疋；下馬，賞米二石，絹二疋，布二疋；駒，賞米一石，布二疋。每遇王杲進貢，偏要拿下馬去充上上馬，硬要討賞；那長官爲懷柔遠人起見，便也將錯就錯的收下了。

誰知道，這王杲越發得了意，照進貢的規矩，那各部落貝勒一律站在撫夷廳階下，等候長官驗貢分賞完了，便賞各貝勒飲酒食肉。獨有這王杲不服法令，他等不得長官分賞，便搶上廳去，趴在椅子上，搶著酒菜便吃；左右的人見他來得兇惡，便也不敢和他爲難。他單是搶奪酒肉，倒也罷了；誰知他酒醉飯飽，便撒酒瘋，對著長官拍桌大罵。

明朝的官吏看看他鬧得不成樣子，便吩咐左右把他扶下階去，一面通告建州都督，下次不可再差王杲進貢。那塔克世知道王杲大膽，敢當廳辱罵明朝長官；卻以爲十分得意，第二年仍舊打發王杲去進貢，那王杲越發鬧得不成樣子。別的貝勒看看王杲可以無禮，我們爲什麼這麼呆？便也個個拔扈起來。

到降慶年間，有一位長官卻十分有膽量；他預先派了許多兵士，駐紮在撫夷廳兩廂，自己當廳坐著。看看王杲大搖大擺的走來，他是走慣了的，一腳便跨上廳來，祇聽得兩旁兵士一聲吆喝，那廳上的侍衛早拿著長槍，把王杲趕下廳去。後來驗到王杲的馬匹又是十分瘦弱；長官把他傳上廳去，呵斥了一陣，退回他的馬匹，也不賞米絹，也不賞酒肉。

王杲覺得臉上沒有光彩，快快而回；一肚子怨氣無可發洩，便沿路殺人放火，關外的百姓被他殺得叫苦連天。明朝的總兵知道了，反說長官不好；奏明皇帝，把長官革了職。王杲知道了，越發長了威風；他每到進貢的時候，便帶了許多兵馬，在撫順附近地方胡鬧。到馬市散了，他也不退兵；常常引誘明朝的百姓到他營裏去綑綁起來，要他家人拿十頭牛馬去贖回。倘然遲了一步，他便把人殺了。

這時有一個撫順的客商，趁著馬市的時候，到清河鑀陽寬甸一帶去做些買賣；經過王杲的營盤，被王杲拖進營去綑綁了起來。他的外甥裴承祖，是做撫順的游擊官；得了這個消息，便親自到王杲營裏去求情。王杲便冒充他舅舅的筆跡，把他哄進營去，一齊綑綁起來，破他的肚子，挖他的心肝。裴承祖帶來的幾個兵士，也一齊被他殺死。

這個消息報到總兵衙門裏，總兵大怒；一面奏報皇帝，一面點起兵馬，準備廝殺。王杲還不知進退，依舊是姦淫擄掠，無所不爲。到十月裏的時候，在半夜裏，王杲忽然被明朝兵將四面圍住；一支鐵甲軍直衝進營來。這許多韃子兵都人不及甲，馬不及鞍；被殺得屍橫遍野，血流滿地。王杲赤著一雙腳，逃出後營；爬過山頭，息住腳一看，足足丟了一千四百多兵。

王杲知道敵不住了，回家的路也被明兵攔住；打算投到蒙古去，走到撫順關外，見關樓上掛著榜文，又畫著自己相貌，榜文上寫著：「捉得王杲，賞銀一千兩。」

王杲看了，不由得倒躲；祇得退回舊路，在深山裏面躲著。過了幾天，看看躲不住，便想起那哈達萬汗王台一向是認識的，我如今何不找他去？當下帶了他殘餘的兵馬，到哈達地方；見了王台，把以上情形細說一遍。王台聽了，便擺上酒席，替他壓驚。王杲見王台如此看待他，心中說不出的感激，當夜便安睡在客帳裏。

正好睡的時候，忽然驚醒起來；見屋子裏燈火照得雪亮，自己身上被十七八道麻繩綁住了，動也不能動。王杲大聲叫喊起來，祇見王台踱進帳來，手裏捧著令旗，口中大聲說道：「奉明總兵李成梁將令，捉拿王杲反賊。」說著，也不容王杲分辯，上來八個大漢，把王杲打入囚籠，連夜送到撫順關去。

那總兵李成梁坐堂審問；王杲也不抵賴，一一招認了。李成梁吩咐擺酒，一面和王台在廳上吃酒，一面叫劊子手動手，在院子裏把王杲殺了。

第二天，李成梁申報朝廷，明朝皇上聖旨下來，封王台爲龍虎將軍。李成梁趁此把鳳凰城東面，寬甸一帶地方收服下來。這王台得了明朝封號，便一路耀武揚威的回去，自有許多部將前來賀喜。王台在將軍府裏大排筵宴三天，各部將吃得酒醉飯飽；王台在席面上吩咐部將，回去整頓兵馬，預備去爭城奪地。

這個消息傳到了建州都督耳朵裏，那塔克世正因明朝殺死了他的右衛都督指揮使，心中老大不快活；又聽王台帶兵馬到處攻城略地，那許多小部落又因王台得了明朝的封號，便紛紛的投降於他。看看他兵隊侵犯疆界，快到寧古塔一帶地方；那寧古塔許多貝勒，便一齊趕到建州地方，在都督府中議起事來。

這六位貝勒年紀已老，覺昌安又是體弱多病，一切公事都由他兒子塔克世料理。會議的時候，聽說王台如何強盛，大家面面相視，一籌莫展。塔克世看了這樣子，不覺嘆了一口氣，說道：「我們堂堂愛親覺羅氏的子孫，空擁有這許多城池，難道去抵敵一個區區的王台，都抵敵不住麼？」

正在議論的時候，祇聽得身後有一個人，大聲喊道：「王台是我們世代的仇人，我祖我父，不可忘了！」

大家回頭看時，祇見一個大漢面目黧黑，衣服破碎，站在屋角裏；圓睜兩眼，嘴裏不住的哼著，原來這時候是十月天氣，在關外地方，雪已經下得很大；這大漢身上祇穿了一件破碎的薄棉衣，怎麼不要冷得發哼。說也奇怪，這塔克世一見了這大漢，便拔下刀來，搶上前去要殺他。他大哥禮敦巴圖魯看見了，忙上去攔住；那塔克世嘴裏，還是「賤人」、「畜生」的罵不絕口。

你道這大漢是誰？便是塔克世的大兒子努爾哈齊。塔克世一共有五個兒子，第二個兒子舒爾哈齊，第三個兒子雅爾哈齊和這個努爾哈齊，都是大福晉喜塔喇氏生的；第四個兒子巴雅齊，是次妻納喇氏生的；第五個兒子穆爾哈齊，是他小老婆生的。

講到納喇氏的姿色，又勝過喜塔喇氏；喜塔喇氏在日，因爲她是大福晉，自然不敢輕慢她。誰知到了努爾哈齊十歲時，喜塔喇氏一病死；那納喇氏便把大福晉生的三個兒子看做眼中釘一般，常常在她丈夫跟前挑眼，說他弟兄三人有滅她母子心思。

塔克世聽了納喇氏的話，便勃然大怒，拿著大刀，趕著努爾哈齊要殺他；努爾哈齊忙去躲在他祖父覺昌安懷裏。他祖父原是很愛這個大孫子的，如今塔克世發怒，自己又年老，無力阻止他，祇得含著一眶眼淚，對努爾哈齊說道：「我的好孩子！你父親今天要取你的性命，你快離了此地罷！」說著，祖孫兩人摟抱著大哭一場；哭過多時，覺昌安悄悄的給他些銀錢，陪著他去辭別父親。

誰知他父親聽了納喇氏的話，心中早已厭惡他弟兄三人，說道：「你既要去，便帶了你二弟三弟去；走得越遠越好，從此以後不要見我的面！」

努爾哈齊無法可想，祇得帶了舒爾哈齊、雅爾哈齊二人，啼啼哭哭走出建州城去，走到半路上，弟兄三人坐下地來，努爾哈齊把祖父給他的銀錢拿出來，三人平均分了。說道：「我們三人各奔前程罷！倘然有一天出山之日，總不要忘記我們弟兄今天的苦處。」說著，三人揮淚而別。

努爾哈齊寄住在一家獵戶家裏，每天上山去採些松子，掘些人參，到就近村市中叫賣。後來他採的松子，掘的人參，一天多似一天，堆積起來，打聽得撫順市上，這兩樣東西能賣得好價錢，便向獵戶問明白了路徑，就向撫順市奔去。

這時是初夏天氣，在滿洲地方正是大雨之期，傾盆似的雨點，向努爾哈齊身上打來，四處山水大發，平地頓成澤國。可憐他一個富貴子弟，祇因父親有了偏心，弄得他有家難奔，有國難投；他在狂風大雨中走著，早淋得似落湯雞一般，衣服濕透。

好不容易，千山萬水，到了撫順市上；打開布包來一看，那人參松子早已腐爛得不成模樣。他錢也花完了，身體也走乏了；真是山窮水盡，英雄落魄之時。努爾哈齊想到傷心之處，不禁號咷大哭起來。

他嗓子十分宏亮，祇聽得四處山鳴谷應；這時早驚動了一個老獵戶，姓關，原是山東地方人，十二歲時跟他父親渡海來到此處，以打獵爲生，他也學得一手好本領，又懂得幾下拳腳，今年六十四歲了，追飛逐走，還是十分輕健。因天雨日久，他便在家休息；忽聽得曠野之中有人哭聲，聲音又十分宏亮，他知道不是一個平常人，忙過去一看，果然好一條大漢，燕頷虎頸，螂腰猿臂，是位英雄。他忙勸住了哭，意欲邀他到自己家裏去。

第七回　圖倫城主

卻說努爾哈齊正哭到悲傷之處，忽見有人來問他；他英雄末路，正望人來挽救，既有人問他，他豈有不回答之理？回心一想，自己是堂堂一位都督的兒子，倘然老老實實說出去，豈不叫父親丟臉？當下他便胡謅了幾句，祇說自己死了父母，流落他鄉。那關老頭子見他可憐，便拉他回家去，好茶好飯看待他。

關老頭子家裏既沒有老小，有時他上山打獵去，便囑咐努爾哈齊在家裏好好看守門戶；空下來的時候，就在門前空地上指導他幾下拳腳。努爾哈齊又生得聰明，不到一年工夫，所有武藝，他都學會了；空下來便一個人在空地上練習一回解解悶。

這關老頭子每天打得的獐鹿狼兔也是不少，他把獸肉吃了，把獸皮用籐幹支綳起來，趕到撫順市上去招賣。努爾哈齊有時也跟著他到市上去，因此也認識了許多買賣中人；大家見他脾氣爽直，都和他好。那班買賣人，大概漢人居多；他們有時邀努爾哈齊到家裏去，因此他也知道漢人的風俗。

有一天，有一個姓佟的老頭子上市來，他坐著大車，在街上裏走，一個不小心，車輪子脫了軸，車篷子翻過來，把這佟老頭兒罩住在車板下面，他竭力掙扎著也不得脫身。正巧給努爾哈齊看見了，忙搶上前去，拿他的闊肩膀用力向上一抬，車板居然扳了過來；佟老爺子也從車子底下爬了出來，兩旁閒看的人齊聲說好。

這佟老頭子忙上前去拉住他的手，問他的名姓；關老頭子忙上去替他答了。佟老頭子再三要拉他到家裏去，努爾哈齊起初不好意思，祇拿兩隻眼睛望住關老頭子；關老頭子笑笑說道：「這是撫順市上有名的佟老爺，他老人家家裏有的是錢，你如今跟了他老人家去，落了好地方了。」一邊說話的時候，佟老頭兒已經把他拉上車去，鞭子一揚，那車輪子滴溜溜的轉著去了。

原來佟姓是關外的大族，便是這位佟太爺家裏，也蓋著很大的莊院，四面圍著高粱田；屋子後面的一帶高山，都是他的產業。講到牲口，單說牛馬也有四五百頭。家裏雇著五七十個長工，一天到晚也忙不過來。

努爾哈齊到了他家裏，佟太爺專派他看管長工。那班長工都是粗蠢如牛的，一言不合，便打起架來；他們起初見了努爾哈齊，也不把他擱在眼裏，還編著歌兒嘲笑他；說什麼：「努爾哈齊，祇見他來，不見他去！」

有一天，有一個綽號叫牛魔王的，他坐在田旁山石子上，拿著他又黑又粗的臂膀，唱著這歌兒；唱完了，拍手大笑，在田裏做活的人，也和著他笑。恰巧努爾哈齊從那邊走過來，聽得了，悄悄的走上前去，舉手向牛魔王的脖子上一扠，又把他的粗臂膀反折過來。

牛魔王痛得直著嗓子，祇是嚷：「我的爹爹！饒了我罷！」

這牛魔王是他們長工裏面算氣力最大的了，如今也被努爾哈齊收服了；這五七十個人一齊拜倒在他跟前，情願拜他做師父，要他指教拳腳。莊門外面原有一大片圍場，努爾哈齊便天天帶著他們在田工完畢的時候，在圍場上指導他們練習各種武藝；打拳，舞棍，耍槍，弄刀。這功夫足足練了一個年頭，大家都已領會得了。努爾哈齊也常常和他們較量，總沒有一個敵得過他的。

有一天，是盛夏的時候；關外風景，樹木十分茂盛。許多長工在樹影下面納涼，努爾哈齊遠遠的走過來；有十七八個人，個個手裏拿了木棍，跳起來搶上前去，把努爾哈齊團團圍在垓心，動起手來。努爾哈齊不慌不忙，拿著兩個空拳左右支架，說也奇怪，這班人想盡法子打他，足足打了半個時辰，也休

想近得他身。

正打到熱鬧時候，忽聽得嬌滴滴的聲音喝一聲好，直攢進努爾哈齊的耳朵裏去；努爾哈齊急回頭看時，祇見那佟太爺笑瞇瞇的站在莊門外看著，他身後又站著一個十七八歲的大姑娘，梳著高高的髻兒，擦著紅紅的粉兒，從佟太爺肩頭後，露出半張臉兒來，喝了一聲好。

見努爾哈齊看她，她也對努爾哈齊盈盈一笑；這一笑把個鐵錚錚的漢子酥了半邊，他拳頭也握不緊了，臂膀也拿不起來了。大家見了他這個樣子都哈哈大笑，上去拉著他的手，到樹蔭子下面乘涼去。這時，努爾哈齊好似落了魂靈似的，任你和他說什麼話，他總是怔怔的不回答你。

大家見他不高興，便也不去和他胡纏，各自散去了。說也好笑，這努爾哈齊在樹蔭子下面坐著發怔，直坐到日落西山，也不移動他的位置。後來佟太爺出來，把他拉進屋子去；吃晚飯的時候，一任你和他如何說笑，他總是所問非所答。後來佟太爺也慢慢的有些覺得了。

講到這努爾哈齊的人才，他心裏是千中萬中。但是他卻有他的一番隱衷。原來這撫順地方的佟家雖說是大族，祇有這佟太爺門下，人丁卻極是單薄；他生了五個女兒，一個兒子。五個女兒早已出嫁；大女兒年紀已有五十多歲，最小的女兒，年紀也在三十以外。一個兒子活到三十六歲時死了；他媳婦祇養下一個女兒，今年十八歲了。

雖說北地胭脂，卻也長得珠圓玉潤；這位佟太爺十分寵愛這個孫女兒。他在家裏性情十分暴躁，便是他老夫妻的話，也是要駁回的；獨有這孫女兒的話，卻是千依百順，怎麼說怎麼好。這老太爺也懂得些漢字，閒空的時候，也教孫女兒讀書寫字。這孫女兒名叫春秀，等閒全家上下的人，都稱呼她秀姑娘。

這秀姑娘不但相貌齊整，文墨精通，而且事理又十分明白；到十六歲時，佟太爺便把全家的家計都交給她，她外面料理田地上的出入，裏面料理衣穿酒飯。等閒一個漢子，也是趕她不上！佟太爺也竟拿她當一個男孫看待。這秀姑娘脾氣生得爽直，該說的地方她便不客氣，當面排揎；因此那五七十個長工，見了她都害怕。

講到她的終身大事，這樣一個大姑娘，豈有自己不留意的？她是打定主意，要嫁一個英雄；因爲她認識了許多漢字，常常讀那「三國志」、「水滸傳」這幾部小說書，這些書是她祖父替她從撫順市上買來的。

她看到書上的人物，何等英雄；便決意要嫁一個像孫權，或是像林沖的這般英雄。無奈她住在這窮鄉僻壤，眼睛所看見的，都是些蠢男笨漢，哪裏去找英雄呢？卻巧這努爾哈齊遠遠的從建州城走來，流落在撫順關外；那一天他兩人的見面，決不是平常的。

自從一見以後，你心中有我，我心中有你；便是佟太爺心中，也是有了他們兩個。祇是佟太爺心中有一個主意，他雖說沒有兒孫，卻不願意承繼別房的子弟來頂他的香火；他早打算給秀姑娘招贅一個女婿在家裏，頂他老人家的香火。但是別家男孩兒，都好好有父母的，誰肯丟開自己家裏，到這裏來呢？

如今看看這努爾哈齊人才出眾，恰巧又是一個無家可歸的；何不把他招做孫女婿，豈不是一雙兩好？如今看看這孩子癡得厲害，這件事當然是千肯萬肯的了；但不知我那孫女的意思怎麼樣呢？我還不如趁此給他兩人見見面兒，聽他們自己打交道去。

他主意已定，便把努爾哈齊領到內院裏，和他老妻、寡媳、孫女兒一個個相見。從此以後，佟太爺留心看著；秀姑娘常常找著努爾哈齊說笑去，他老人家心頭一塊石子，才算落地了。說也奇怪，努爾哈齊未曾認識秀姑娘以前，原和那班長工要好，大家在一塊兒有說有笑；自從他認識了秀姑娘以後，卻常常找不到他的影兒，一有空閒，他便找秀姑娘說話去，大家也不敢去驚吵他。

光陰如箭的過去，又是一個年頭；這時春末夏初，關外春色到得很遲，四月裏正是千紅萬紫，繁花如錦的時候。佟家屋子後面有一座桃樹林子，桃花開得正盛。

有一天，那牛魔王正從林子外面經過，忽聽得林子裏有嬌細吃吃的笑聲；定睛看時，原來不是別人，正是努爾哈齊在桃花樹下，指導秀姑娘耍槍呢。秀姑娘挺著楊柳似的腰肢，拿著一隻丈八長槍，休想轉動得分毫；她丟下槍，笑得喘不過氣來。努爾哈齊忙上去扶住她的柳腰兒，兩人對拉著手，對望著臉兒呆笑。

牛魔王看在眼裏，低低的說一聲：「不好！」飛也似的跑到前面院子裏去，把佟太爺拉了出來。佟太爺不知發生什麼大事來了，忙跟著他匆匆跑去；直跑到桃樹林子外面，才站住腳。牛魔王拿手指給他看，佟太爺跟著他的手指望去，不禁哈哈大笑。

原來這時，努爾哈齊正和秀姑娘肩並肩兒，坐在桃花樹下面，攜著手兒說話呢。在牛魔王心想，這佟太爺脾氣是不好惹的；如今給他看見這個樣兒，不知要怎麼發怒呢。誰知佟太爺非但不生氣，看他嘴唇一張，鬍髭一翹，哈哈一聲，笑得眼睛瞇成了一條縫。真出於他意料之外，忙一轉身，一溜煙逃走了。

這裏，佟太爺慢慢的踱進林子去，他兩人見了，不由得一齊低下頭去，臉上羞得通紅；好似脖子上壓著一副千斤擔，再也抬不起頭來。

佟太爺走上前去，一手挽著一個，笑著問道：「你兩人已經說定終身了嗎？」秀姑娘和努爾哈齊一齊搖搖頭，佟太爺伸著簸箕一般的手，在兩人肩膀上使勁拍了一下，哈哈一陣子大笑，說道：「好糊塗的孩子！你們還不趕快說定了，呆守著什麼？」

一句話說得他們兩人一齊笑起來。

佟太爺說道：「你們害羞嗎？快跟我來！」

說著，也不由分說，拉著他們兩人便走；拉進內院，也不問他兩人怕羞不怕羞，把這情形簡單的對她母親和祖母說了，又逼著她母親，把女兒的這一頭親事答應下來。他媳婦原不肯把這一顆掌上明珠嫁給一個天涯浪子；後來她公公拍著胸脯說：「倘然妳答應下來，我便把全份家活傳這孫女婿，把這孫女婿入贅在家裏，奉養我們病老歸天。這大概妳也可以放心了嗎？」

他媳婦聽公公說得這樣懇切，便也答應下來。佟太爺便到市上去找到薩滿，選了一個吉日，給他兩人辦起婚事來。

這一天，院子裏立著堂子祭天，屋子裏跳著神；那遠近來賀喜的，不下五七百人，前廳後院擠得滿滿的。大家盤腿兒坐在席上，吃酒割肉；整整熱鬧了一天；努爾哈齊和秀姑娘便在這熱鬧的時候，拜了天地，結了夫妻。

他夫妻兩人盡心竭力幫著佟太爺料理家務，空下來的時候，努爾哈齊便教授秀姑娘幾下拳棒，秀姑娘也教他認得幾個漢字；又天天講「三國志」、「水滸傳」給他聽。努爾哈齊聽得有味，便依著書上大弄起來。

那時佟太爺已經過世了，一切家裏事情由他做主；他便散了家財，結識許多好漢。又有許多少年，聽說努爾哈齊是懂得拳腳的，便大家從遠路趕來，拜他做師父；後來他在撫順市上名氣愈鬧愈大，那四方來的人也愈多。

這時他入贅在佟家，便改姓了佟，人人喚他佟奴兒哈赤，他家裏竟好似一個小梁山，聚集了許多英雄好漢；撫順市上人人稱他佟大爺，誰知道他是堂堂建州都督的兒子呢？但是努爾哈齊，卻時時記念他的家鄉和他的父親；他結識了許多朋友，原打算有一天自己承襲了父親的官爵，靠這班朋友在關外地方做一番大大的事業。因此他常常到撫順市上，去打聽官中消息。

這撫順關上，是有明朝總兵游擊各衙門駐紮著，努爾哈齊也和各衙門的兵士要好；凡是衙門裏的情形，他都打聽得仔仔細細。這時候撫順關東三十里，每兩個月開馬市一次，——馬市分官市、私市兩種。官市：是由各部落都督貝勒等，派人到撫順來進貢；又帶了許多馬匹來賣給明朝官廳。私市：是他洲百姓和明朝百姓私自做的買賣，滿人賣給漢人的，大半是牛馬獸皮和人參松子等貨物；漢人賣給滿人的，大半是綢緞布匹鍋子行灶，和種田人用的東西；兩面百姓公平交易，都十分和氣。努爾哈齊也扮做商人，帶些雜糧去賣給漢人；因此便結識了許多漢人。

這時建州都督派來進貢的人，便是王杲。努爾哈齊早打聽得王杲那種跋扈情形，果然鬧出亂子來，後來王杲果然給王台捉住，送去給明朝殺了頭，從此王台得大明朝的幫助，便十分強盛起來，寧古塔地方常常吃他的虧。

努爾哈齊雖說被父親趕出家園；但是對他家裏的事情，仍是刻刻關心的。他在撫順市上打聽得一個緊要消息，他便想連夜跑回建州，去通報他父親知道；又怕他妻子不放他去，到了夜裏，他夫妻兩人睡在坑上，努爾哈齊便把自己家裏的情形和聽得的消息，仔仔細細的對他妻子說了。

春秀聽說她丈夫原是建州衛都督的兒子，不由得快活起來；又聽說要離了她到建州去，又不由得傷心起來。努爾哈齊再三勸慰，又說自己到了建州，大事一定，立刻來迎接她，到建州去同享榮華，共受富貴。春秀心想，這原是丈夫的前程大事，也無可奈何。夫妻兩人一早起來，啼啼哭哭的分別了。

努爾哈齊怕在路上有人盤詰，露了破綻，便穿了一身破衣服，拿煤灰擦著臉，扮做乞丐模樣，沿路曉行夜宿，千辛萬苦，到了建州城裏；一時又不敢去見他父親，衹得悄悄的在府部外伺候，虧得那班侍衛和他好，便暗暗的藏他在府裏。這時各處貝勒都帶了他們的福晉到了府裏來，一來是請覺昌安的安，二來是爲王台的事，大家商量一個對付法了。

努爾哈齊十歲死了母親，受納喇氏的虐待，衹有那大伯母禮敦的福晉和他好，不周不備的時候，常在暗地裏照看他些，自從努爾哈齊十九歲時，被他父親趕出了以後，心裏常常記掛著。這時候他進府來，努爾哈齊便悄悄的看她去，他伯母一見姪兒回來了，快活得什麼似的；又見他衣服襤褸，面目黧黑，便詫異起來。

努爾哈齊說：「不曾見過父親，不敢改換衣服。」正說話時候，他大伯父禮敦巴圖魯也走進房來，努爾哈齊便把打聽得的消息說出來，禮敦聽了，不覺嚇了一大跳。

原來那王台用明修棧道，暗渡陳倉的計策，他在這裏虛張聲勢，要來攻取寧古塔一帶城池；那邊卻暗暗的指使圖倫城主尼堪外蘭，聯合明朝的寧遠伯李成梁，協力攻打古埒城。那古埒城主阿太章京，原是覺昌安的孫女婿，禮敦巴圖魯的女婿，祇因阿太章京是王杲的兒子，王台既綁送了王杲，寧遠伯又殺死了王杲，深怕他兒子報仇雪恨，所以爲斬草除根之計，非滅了這古埒城不可。

誰知那邊才動兵馬，這邊努爾哈齊早已得了消息，他想姊姊嫁了阿太章京，住在古埒城裏，豈不要嚇壞了？他那大伯母又和他好，再者這事又關礙著愛親覺羅的前途不淺，是萬不能隱瞞的了。他便晝夜兼程跑回家來。

禮敦得了這個消息，第一個忍耐不住，便一面叫他福晉去告訴婆婆，一面帶了他姪兒出去到大廳上；此時正是許多貝勒紛紛議論的時候，塔克世一回頭見了他兒子，不由得怒從心起，搶上前去，恨不得一刀把他殺死。禮敦一邊攔住了，一邊把這消息一五一十的說了出來，大家聽了目瞪口呆，沒有一個計較處。

正無可奈何的時候，忽聽得一片婦女的哭聲，從屏後傳出來，當先一個便是覺昌安的正妃，嘴裏嚷道：「我的心肝大孫女兒，要是你們不肯去救她，待我拚著老性命救她去。」

後面塔克世的福晉納喇氏和他的庶妃，還有禮敦的福晉，都滿眼抹淚，悲悲切切的哭著；還有德世庫福晉、劉闈福晉、索長阿福晉、色朗阿福晉、寶實福晉；下一輩的額爾滾福晉、界堪福晉、塔察篇古福晉；還有許多姑娘侍女侍候著，一間屋子紅紅綠綠的擠滿了女人，大家想起大孫女的好處來，都是長吁短嘆，婉轉悲啼。

正不可分解的時候，忽然府門外一匹快馬報到，說：「龍虎將軍王台，指使蘇克蘇滸河部圖倫城主尼堪外蘭，爲報從前建州人殺圖倫人的仇，暗暗的去勾結明朝將軍寧遠伯李成梁，聯合在一塊兒，起了一萬兵馬，去攻打古埒城和沙濟城。那李成梁給尼堪外蘭令旗一面，調動遼陽廣寧兩路的兵，四面包圍遼陽，副將打破了沙濟城，殺死了沙濟城主阿亥章京，如今便和李成梁的兵合在一塊兒，攻打古埒城，那古埒城危在旦夕；因此阿太章京打發小的到此求救。」說著，又從身邊掏出一封大孫女求救的信來。

大家看了這封信，急得抓耳摸腮，這時可急壞了這位老都督覺昌安，他一疊連聲的嚷：「備馬！待我出去點齊兵馬，親自和那廝大戰一場；他們道我年老不中用，便這樣欺侮我的孫女，我如今帶兵前去，不砍下那廝的腦袋來，便誓不回城。」說著，他也不聽子弟們的勸說，便大腳闊步的走出院子去了。

這裏，他兒子塔克世見父親年老還決意要出兵打仗，他知道父親的脾氣，勸是萬萬勸不過來的，沒奈何，他衹得陪了父親，也親自去走一遭。當下他把這意思說了，家裏的事暫交給大哥禮敦巴圖魯照看，自己對他母親妻子說一聲去了，便追出門去找到他父親，一塊兒出了城，到校場點齊兵馬，浩浩蕩蕩，殺奔古埒城來。

這時古埒城外大兵雲集，正北方是李成梁的兵隊，正西方是遼陽副將的兵隊，正南方是龍虎將軍王台的兵隊，正東方是尼堪外蘭的兵隊，四面圍得如鐵桶相似。覺昌安的兵隊一時裏也插不進腳去，但是覺昌安救孫女兒的性命要緊，不住的催督兵馬前進，看看敵人已在眼前，一聲號令，兩面齊動起手來，一面以多敵少，以逸待勞，戰不到一個時辰，覺昌安早已大敗下去，退回三十里地，才得紮住營盤。

覺昌安獨坐在中軍帳中，心中悶悶不樂，忽見那塔克世走進帳來，坐下說道：「論起今天的一仗，原是父親太冒失了些。」

覺昌安問道：「怎麼見得是我冒失呢？」

塔克世說道：「我們帶了四千多人馬從遠路跑來，腳也不曾停一停，便和他們開仗。他們四路兵馬，共有一萬多人；又是得勝之軍，養息了多時，兵強馬壯，我們怎的不要吃虧。如今依孩兒的愚見，倒有一條計策在此。」

覺昌安忙問什麼計策？塔克世說道：

「講到那尼堪外蘭，原是我們這邊的人，祇因從前我們殺圖倫地方的人殺得太厲害，如今他們要報這個仇，想來尼堪外蘭也無非貪圖多得幾座城池，如今我們打發人到圖倫營裏去下一封書，把尼堪外蘭請來，和他講一個交情，說把古埒城讓給他，祇求他們饒了阿太章京夫妻兩人的性命。一面暗地裏買通阿太手下的兵士，俟尼堪外蘭進城來，便捉住了殺死他。那時明朝的兵見沒了引路的人，自然也不敢進兵。那時我們再裏應外合，打退王台的兵隊；再請明朝加我們的封號，豈不大妙？」

覺昌安聽了，也連聲說妙。正議論的時候，忽然外面報說：「圖倫城主尼堪外蘭親自來求見，現在營門外守候著。」

第八回　建州之戰

卻說覺昌安父子兩人正議論著尼堪外蘭，那尼堪外蘭忽然親自走上門來請見。

當下他進得帳來，見了覺昌安，口稱奴才，行了一個全禮，覺昌安劈頭一句，便問道：「你們蘇克蘇滸河部，久已投降在我屬下；如今反叛了本都督，卻幫著明朝來打自己人，還有什麼話說？」

尼堪外蘭聽了，連聲的嚷著冤枉，接著說道：「奴才承蒙都督提拔，給我做了一個圖倫城主，這顆心豈有不想著都督之理？無奈此番王杲得罪了明朝，明朝為斬草除根之計，要捉拿王杲的兒子阿太章京，逼著奴才替他引路；奴才要不答應，一則怕他兵多將廣，他一翻了臉，奴才如何抵擋得住，都督又遠在建州，一時也沒有地方喊救兵；二則又怕他叫別人引路，這座古埒城越發破得快些。因此，我一面假意投降明朝，幫著他攻打城池，一面卻專候都督到來，商量一個退兵的妙策。」

覺昌安聽了便說道：「你可知道那古埒城主阿太章京，是我的什麼人？」

尼堪外蘭搖著頭說道：「這卻不知道。」

塔克世接著說道：「那阿太章京便是我的姪女婿，也是我父親的孫女婿；這大孫女是我父親最鍾愛的。」

尼堪外蘭聽了，忙趴在地下磕頭說道：「奴才該死，奴才卻不曾知道，如今既然是都督的孫女婿，奴才便對寧遠伯說去，祇說都督願意親自去說阿太章京，看親戚面上，讓了這座古埒城。那時各處兵馬退紮五里地方，讓都督進城去見了阿太章京，那時裏應外合，都督和古埒城兵，從城裏殺將出來，奴才帶領兵馬從城外殺將過去，出其不意，怕不把明朝的兵馬，殺得七零八落。那時再和明朝講和，要他加我們的封號，豈不是好？」

這時覺昌安要見孫女兒的心十分急迫，聽尼堪外蘭說到這裏，連聲說好。當時尼堪外蘭退去，臨走的時候，說定覺昌安帶了兵馬，從正東方殺進城去。

看看到了日落西山，滿眼蒼茫，覺昌安便下令拔寨起行，走到古埒城邊，看看那四面圍城的兵士，果然一齊退去。正東方是尼堪外蘭的兵隊，見建州兵到來，便讓出一條路來。

尼堪外蘭騎在馬上，看看覺昌安和塔克世走近身來，悄悄的上去說道：「都督留心，明天一清早城外砲響，便殺出城來接應。」

覺昌安點點頭，過去看看到得城壕邊，城上認識是建州的旗號，忙開出城來迎接進去，到了章京府中，大孫女見了她祖父，一縱身倒在懷裏，便嗚嗚咽咽的哭泣起來。

覺昌安一面撫慰著，一面把尼堪外蘭的計策，詳詳細細的對他孫女婿說了，阿太章京聽了也不由得十分歡喜。當夜在章京府中大開筵宴；又拿了許多酒肉去犒賞兵士。傳令下去，今夜早早安息，五更造飯，準備厮殺。

全府中人個個吃得酒醉飯飽，各自安眠。獨有阿太夫妻兩人、覺昌安父子兩人，骨肉之親，久別重逢，自然有許多話說，直談到半夜雞鳴，才告過安止，各歸臥室。

覺昌安年老體衰，一路鞍馬勞頓，巴望得到好好的睡眠；如今十分疲倦，又得到舒適的炕榻，頭一落枕，早已昏昏沉沉，不知所云。正好睡的時候，忽聽得後面發一聲喊，塔克世先從夢中驚覺過來，祇見眼前一片雪亮，院子裏火把薰天，一大隊強人，正打破了門，蜂擁進來。塔克世心知不妙，忙從炕上揹著父親，拔腳向後院子逃去，轉身便把後院門塞住。

覺昌安這時，心裏祇惦念著他的孫女兒，一面吩咐塔克世在前面抵敵強人，自己忙搶進後屋去，祇見他孫女兒和三五個侍女，慌得縮在一堆打顫，個個從睡夢中驚醒過來，雲鬢蓬鬆，衣襟撩亂。

他大孫女見了覺昌安，忙搶上去摟住脖子，嘴裏一面嗚噎著嚷道：「爺爺救我。」覺昌安問她丈夫時，說已帶了幾個衛兵，到前面院子裏和強人廝打。

正說話時，耳中祇聽得震天價一聲響亮，接著外面發出了一聲大喊，衝天起了一陣火焰；一個小侍衛氣喘吁吁的進來，說：「外面大門倒了，許多強人四下裏正放著火，都督快逃吧！再遲一步、怕保不住性命了。」

覺昌安聽了，叫了一聲：「我的天！」忙拉起一幅錦被來，給他孫女兒裹著身子，奪門出去。祇見他兒子塔克世，獨自一人抵敵著強徒，且戰且退，那強徒被他殺死，倒在地上的也不少；便是塔克世也全身受了傷，嘴裏淌出血來，他一面罵人，一面還是拚死命的抵敵著。一回頭，見他父親抱著他姪女兒出來，他便精神陡振，大聲喊道：「父親快走。」他奮力向前殺開一條血路，那邊露出一扇側門來。

覺昌安這時也顧不得他兒子了，一手拖著他孫女兒，搶出側門去；回過頭來，見一個強徒手裏拿著一柄快刀，向塔克世腰眼裏直搠進去，塔克世冷不防有人暗算，大喊一聲，倒在血泊裏死了。

覺昌安說一聲可憐，忙拿袖子遮住臉，一兀頭向前逃去，誰知才走出大門，祇見他孫女婿的屍首倒在當地，身上已經被刀槍搠得七洞八穿，那血還不住的往外淌，他孫女兒一眼看見了，忙摔脫手，大叫一聲，一縱身過去，撲在她丈夫的屍身上昏絕過去了。

接著便有五七個強徒上前來，如群狼捕羊一般，把他孫女兒的身體捧起來。覺昌安見了，急拔下佩刀來搶上去奪時，冷不防腦脖子後面飛過一刀來，一陣冷風過領似的，把這位老都督的腦袋搬了下來。

這一場好殺，直殺到天色大明，才慢慢的平靜下來，尼堪外蘭單槍匹馬，先到章京府門前下馬，吩咐手下兵士們，把屍首搬開，打掃廳院，一面出示安民，一面準備接駕。原來這完全是尼堪外蘭的妙計，可憐覺昌安父子兩人，祇為救大孫女的心切，一時失算，中了毒計，枉送了父子夫妻四條性命。

到了午後，寧遠伯擺隊進城，左有尼堪外蘭，右有王台，坐在大堂上犒賞軍民，好不威風；事畢以後，便在府中大擺筵宴，這一場慶功酒，直吃到夜靜更深，方才各自歸寢，第二天起來，尼堪外蘭和王台兩人進去見了李成梁，李成梁早已把報捷的奏章寫好，當下給二人看過，便立刻打發專差，送往北京城去不提。

這裏李成梁和王台計較：「如今覺昌安父子雖死，那建州地方還有許多貝勒和塔克世的兒子在著；便是建州部下有許多城池，都還不曾歸附，須得勞動你們兩位，各帶本部人馬，前去招安。」

當下尼堪外蘭自告奮勇，願率領本部人馬直驅建州；王台也答應去收服各處城池。當時也不耽擱，兩位雄主各自告別，離古埒城向東而去。

不多幾天，尼堪外蘭早已到了建州城下。那建州城裏，這時早鬧得人心惶惶，草木皆兵。古埒城被破，覺昌安父子、阿太章京夫妻的死耗傳到建州城裏，第一個便哭死了老妃子，第二個便急壞了禮敦貝勒。他聽說父親、弟弟、女兒、女婿一齊被殺，便「哇」的一聲，口中鮮血直噴，倒在地上，不省人事。那位大福晉在一旁哭著喊著，也沒有一個人去幫助她。說也好笑，這時那許多貝勒聽說大兵快到，便各自帶了妻兒溜之大吉。

到底還是努爾哈齊的心熱，忙上去幫著他伯母，把伯父扶起來，躺在炕上。停了一會，禮敦清醒過來問時，那叔伯弟兄輩逃得一個不留，祇有他二弟額爾袞還在府中，便去喚來，禮敦便把府中的公事託付二弟，說道：「這是父親和四弟託付給我的，我如今託付給你，你須要拚著性命，保全我們愛親覺羅氏一家的事業。」

回過頭來，又對努爾哈齊說道：「好孩子，你也要爭氣，跟著你二伯父做事情，須不要忘了你殺祖殺父之仇。」他說著，接著又吐了一陣狂血，昏絕了過去。

這裏額爾袞拉著努爾哈齊，到外面悄悄的說道：「你伯祖叔祖和伯父叔父都逃走了，你大伯父看看也不濟事了，偌大一座城池，靠我一個人，怕不能抵敵得住天朝大兵，依我的意思，還不如早早投降了罷！」

努爾哈齊聽到他二伯父的話，不由得勃然大怒，正要說話，忽聽得遠遠的一陣吹角聲，外面侍衛飛也似的跑進來報說：「尼堪外蘭帶了大兵，離城不遠了。」

額爾袞接著說道：「快投降去。」

這時院子裏擠著許多部下的兵將，努爾哈齊聽了他二伯父的話，忙「噗」的在當地跪下，對著兵將們連連磕頭，一邊淌著眼淚，一邊說道：「諸位將軍，也須看在我祖父和父親面上，不要忘了不共戴天之仇，幫著我些罷！」

一句話不曾說完，忽見侍女出來說道：「大貝勒不好了，快看去罷。」

努爾哈齊和額爾袞聽了，忙跟著進去，祇見禮敦貝勒睜大了眼眶，一手指著外面院子裏，便嚥氣去了。那大福晉哭得死去活來，努爾哈齊也悽涼萬分，大家哭了一陣，額爾袞吩咐努爾哈齊在裏面照料喪事，自己到外邊照料軍國大事去了。

努爾哈齊身雖在裏面，心卻在外面，耳中祇聽得一聲聲吹角的聲音，止不住他心頭亂跳；看看到了第三天，喪事粗粗就緒，他便悄悄的溜出府外去，祇見街上人民東奔西跑，那兵士們三個一簇，五個一堆，在那裏搗鬼。

努爾哈齊上去問他們，爲什麼不去打仗？那兵士們回說：「如今尼堪外蘭的兵隊，已經把建州城圍得鐵桶似的，二貝勒吩咐不叫打仗，大家正商量著開城納降呢！」

努爾哈齊不聽這話還可，一聽，不由得怒氣上衝，他也不多問，轉過身去找了兵器，跳上馬背，飛也似的奔出西門去，直趕到敵人營門下，大聲嚷著：「尼堪外蘭出來講話。」

把門兵士傳話進去，尼堪外蘭果然踱出營門來。努爾哈齊見了咬牙切齒，也不說話，一兀頭舉著槍，向前直刺過去，被左右衛士舉刀攔住了。

那尼堪外蘭卻不惱怒，笑盈盈的說道：「你祖父、你父親都已死了，你部下的城池都已投降了，你還不早早投降，等待什麼？」

努爾哈齊咬著牙罵道：「你這忘恩負義，賣主求榮的畜生，建州都督並不虧待了你，你如何私通明兵，害我祖父。你是我父親部下的人，恨不能死挖你心，生啖汝肉，替我祖父報仇，還說什麼投降的話。」

說著又是一槍過去，那邊閃出一員戰將出來，兩人便在營門前左盤右旋，廝殺起來。看看他們兵士越來越多，努爾哈齊一個人如何抵敵得住，他便勒轉馬頭，跑進城去，後面也沒有人追趕。

努爾哈齊一人進得府來，胸中氣憤不過，也不去見他二伯父，直跑到他大伯父的靈座前，大哭一場，回房去昏昏沉沉的睡倒。正朦朧的時候，忽覺得有人伸手過來，輕輕攀他的肩頭，他睜眼一看，不是別人，正是他的大伯母禮敦福晉。

那禮敦福晉顯出慌慌張張的神色，在他耳邊悄悄的說道：「好孩子，快走罷！他們要謀你的命呢！」說著，捧過一大包銀錢，揣在他懷裏，也不容他多說話，打開後院的窗子，推他出去。

窗外有一個侍衛候著，見努爾哈齊出來，忙領著他從後門出去，門外有兩匹馬，他主僕兩人悄悄的上了馬，連打幾鞭，如風馳電掣似的在街上跑著。這時候在半夜裏，沿城根荒野地方走著，一路也無人查問。看看到了城門口，那侍衛上前去說了幾句話，便開了城，放他二人出去。

一路上，過了幾重關山，都是建州衛的地界；看看離撫順關近了，努爾哈齊想起了他妻子佟氏，便改換路程，向撫順關東面奔去。正走過一個山崗，忽見前面一簇人馬，鬼鬼祟祟的躲在大樹林中探頭兒。

努爾哈齊認是響馬來了，但也不害怕，拍馬當前；看看到了跟前，林中閃出一個人來，攔路跪倒，口中高聲喊道：「來者可是小主人努爾哈齊？」

努爾哈齊聽了十分詫異，忙問道：「你是什麼人？」

那人忽然大哭起來，接著林中二三十人一齊趕出來，跪在馬前說道：「我們都是跟著老都督到古埒城去的敗殘軍士。」

努爾哈齊聽了他們的話，不由得掉下淚來，忙翻身下馬扶他們起來，問起當時的情形，說得傷心慘目，聲淚俱下。

裏面有一個是侍衛長，名叫依爾古，他從林子裏去捧出十三副盔甲來，說這是兩位都督的遺物；努爾哈齊看了，不由得捧著那盔甲大哭一場。看看這班兵士，個個面容枯瘦，衣服破碎，問起來，都是三天不曾吃飯了。努爾哈齊忙帶他們到附近飯館裏去飽吃一頓，再一塊兒趕到佟氏家裏。

那佟氏看見丈夫回家來了，歡喜得什麼似的，問起情由，努爾哈齊一五一十的說了出來。

佟氏便道：「官人如今回來，不想報仇了嗎？」

努爾哈齊聽了，不由得握著拳頭，咬著牙說：「這仇恨刻刻在我心中，祇求娘子幫我一臂之力，到那時成功了，不忘娘子的大德。」

佟氏接著說道：「官人說哪裏話來，如今我家便是官人家裏，我家所有的，都是官人的；官人要怎麼行，便怎麼行。」

努爾哈齊聽了，便向佟氏兜頭一揖，說道：「多謝娘子。」

從此以後，他住在鄉村裏，便變賣田產，招軍買馬，平日和他交往的朋友，都暗暗的幫助他；還有許多平日跟著他練習武藝的朋友，都來投軍效力，不多幾天，他手下兵士已有五六百人。

努爾哈齊揀了一個好日子，祭堂子；又把父親遺留下來的十三副盔甲，陳列在大家面前，哭奠一番。一聲號砲，拔營齊起，沿路打聽得建州城池，都已降了尼堪外蘭。尼堪外蘭這時駐紮在撫順關外的圖倫城中；明朝以爲殺死了覺昌安父子兩人，建州地方便沒有人作梗了，便也收拾兵馬回去。那尼堪外

蘭得了許多城池，便也高枕無憂。

努爾哈齊打聽得圖倫城東面，有一座山峽，名叫九口峪；是通建州的要道，真有一夫當關，萬夫莫開之勢；他便悄悄的派二百名兵士，去把守九口峪，斷他救兵之路。自己則帶了三百多名兵士，含枚疾走，到了圖倫城下，已是三更時分。

這夜天氣，月黑風高，對面不相見。努爾哈齊吩咐去南門放一把火，城中兵士從睡夢裏驚醒過來，趕去救南門的火，那東門早被努爾哈齊手下的兵士打開，讓一聲喊，一擁進去，在黑地裏互相廝殺起來。那城中的兵士不知道城外來了多少兵，人人害怕，早開了西門逃去。尼堪外蘭也站腳不住，帶了一小隊人馬，在人叢中逃去，逃到甲板地方。

這裏努爾哈齊一口氣，便收復了圖倫、古埒、沙濟三座城池，從此兵雄馬壯，將廣兵多。到八月時候，又帶兵去打甲板，尼堪又逃出了甲板。忽然有兆佳城主李岱，聯合著哈達兵來攻努爾哈齊，努爾哈齊和他對壘，直到第二年春天，捉住李岱，在營前斬首。

六月時候，又攻破馬兒墩；九月時候，帶了五百名兵士去打董鄂部。十三年時又帶了五百名騎兵，去打哲陳部。到十四年七月裏，打聽得尼堪外蘭逃到鵝爾渾城裏，便帶兵去打鵝爾渾城。尼堪走投無路，祇得向撫順關逃去。

誰知逃到關下，那明朝把關的將軍不肯開關。尼堪待回身走去，早被努爾哈齊帶著兵馬，團團圍住，仇人相見，分外眼紅，努爾哈齊也不和他打話，挺槍直取尼堪，尼堪盤馬逃避，向荒僻小路而走；努爾哈齊趕上前去，隨手抛過套馬索去，攔腰套住，把尼堪拖離雕鞍，兵士上前去，把他綁綑起來，送回營去。努爾哈齊早坐在帳上，見了尼堪也不問話，便拔下佩刀來，一下割去腦袋，並在營中設了覺昌安和塔克世的靈位，供上人頭，哭拜祭奠，兵士們一齊掛孝。

那附近城池聽說努爾哈齊殺了尼堪外蘭，都紛紛歸降，舊時建州屬下的部落，都上表稱臣。努爾哈齊班師回去，走到呼蘭哈達地方，看它地勢雄險，便打定主意，不回建州去了，在嘉哈河和碩里口兩界中的平崗造著城池，把建州和撫順兩處地方的家室，都搬來一塊兒住著。

努爾哈齊這時雖殺了尼堪外蘭，卻時時切齒痛恨李成梁，恨不得打進撫順關，去殺了李成梁，才洩胸頭之恨；但是看看自己兵力有限，一時也不敢妄動。

在這年夏天，又有蘇完部主索爾果，帶領他的兒子費英前來歸順；努爾哈齊在自己府中擺酒款待。飲酒中間，努爾哈齊禁不住時時嘆氣，索爾果問他有何不樂；他便把李成梁殺死他祖父等二人，至今屍

首未得，大仇未報，因此痛恨。

索爾果聽了這話，低頭思索了半天，說道：「貝勒若要報此仇，非得此人幫助不可。」努爾哈齊忙問什麼人？索爾果便說出董鄂部部長何和里的名氏來，接著又說了許多計策；努爾哈齊聽了，不覺拍掌稱善。

到了第二天，努爾哈齊便備下牛羊禮物，親自到董鄂部去拜見何和里。這時何和里被封為董鄂溫順公，駐紮在琿春地方，兵強馬壯，稱霸一方，當下見努爾哈齊前來拜他，他也佩服努爾哈齊是少年英雄，為今又是新立事業；便另眼相看，兩人相見，十分投機。

努爾哈齊看何和里年紀並不老大，祇在三十歲左右，便心生一計，當夜在他府中住宿一宵。到了第二天，努爾哈齊再三邀請何和里到興京去，何和里見他十分誠意，便也答應。祇帶了隨身侍衛，跟著努爾哈齊走進興京城，兩人並馬而行，到了府前，下馬進去，裏面大吹大擂起來，早有哲陳部主、蘇完部主、渾河部主，以及各貝勒下階相迎，走上廳去，分賓主坐下；一面傳杯遞盞，看著許多妖艷婦女，在階下跳神吹唱。

何和里到這時不覺開懷暢飲，飲到中間，忽聽得一陣細樂從屏後傳出來；後面一群侍女，捧著一個千嬌百媚的姑娘，走近何和里身前，蹲身行下禮去，忙得他還禮不迭，接著旁邊一個贊禮的大聲唱拜，索爾果上來扶著何和里，竟和那姑娘拜著天地，行起夫婦禮來。

一陣陣脂香粉膩送進鼻管去，簫管嗷嘈，送進耳管去，把個何和里撮弄得好似丈二和尚，摸不著自己的頭腦。他正要回過頭去找努爾哈齊問話去，那許多人早已不由分說，推推擠擠，推他進洞房去了。

第九回　如花似玉

卻說董鄂部主何和里，模模糊糊給他們推進洞房以後；定睛一看，見屋子裏打扮得金碧輝煌，那一股異香直攢進鼻子，早把他弄得神魂飄蕩。只見一位美人兒，玉立亭亭的站在他跟前，他便說道：「姑娘請坐。」

那女孩兒也說了一句：「部主請坐。」

這一聲嬌滴滴的嗓音，直叫人聽了心旌搖蕩。何和里到這時，便忍不住上去攙著她的手，並肩坐下；只覺得她的手又滑又軟，一邊捏弄著她的手，一邊問道：「姑娘是大貝勒的什麼人？怎麼和我做起夫婦來？妳可知道我家裏原娶有福晉在著？」

那女孩兒聽了，回身一笑，說道：「我便是大貝勒的大公主，今年十六歲了；我父親祇因愛部主一表人才，便打發我來伺候部主。部主家裏娶有福晉，這是我父親知道的；祇求部主念今宵一夜的恩愛，將來不要丟我在腦背後，便是我的萬幸了。」公主說到這裏，不覺低垂粉頸，拿大紅手帕抹著眼淚，哭得嗚嗚咽咽，抬不起頭來。

到這時，任你一等英雄，也免不了軟化在美人的眼淚中；他便上前去拉著公主的玉手，一邊替她抹眼淚，一邊打疊起許多溫柔話兒勸慰她，到最後，他兩人雙雙對著窗口跪下來，說了終身不離的誓語，又拉著手，雙雙上炕並頭睡下了。

到了第二天起來，何和里見了努爾哈齊，行了翁婿之禮；又說了許多感激的話。從此把何和里留在府中，三日一小宴，五日一大宴，把個赫赫董鄂部主調理得服服貼貼。後來日子久了，努爾哈齊把自己如何有大志，如何要報仇，如何兵馬稀少的話，對他說了。

何和里毫不遲疑，便拍著自己的胸脯說道：「我幫助岳父五萬兵馬，怎麼樣？」

努爾哈齊聽了，忙站起來兜頭一揖，連聲道謝。

何和里說道：「這調動兵馬的大事，非我親自回去一趟不可。」

索爾果在一旁說道：「既然如此，事不宜遲，便請駙馬今天便行如何？」

當下何和里散了席，便出門上馬，帶了自己原來的侍衛，回董鄂部去。

這時何和里的元配哲陳妃在母家住；所以她丈夫入贅在興京和回來調動兵馬的事，她都不知道。直待到何和里兵馬調齊，各處部落沸沸揚揚的傳說，努爾哈齊如何招何和里做了駙馬；這句話聽在哲陳妃耳朵裏，最是傷心。她不由得胸中憤恨，立刻向她父親調了二千人馬，星夜趕回董鄂部去，正走到摩天嶺下面，當頭來了一隊人馬，正打著董鄂部的旗號。

這時何和里新得了公主，離開不多幾天，心中便萬分掛念，匆匆忙忙把兵馬調齊，吩咐在後慢慢行來，自己便帶了一小隊侍衛，不到得六百人，便趲路先行，急急要回興京，去見他那位新夫人；誰知走到摩天嶺下，恰恰遇到他這正妻哲陳氏，何和里心下十分抱愧，當即拍馬上去迎接，打著謊說道：「妳怎麼去了這許多日子？我一個人在家裏冷淸淸的，正想得妳苦，打算自己帶了兵，來迎接妳回家，誰知今天我夫妻二人在此地相遇，妳快快跟我一塊兒回去罷！」

他一邊說著，一邊看他妻子身後，人馬攢動，旌旗蔽日，刀戟如林，他心知有些不妙，還強裝著笑容問道：「妃子回家來，怎麼帶這許多兵士？敢是和誰廝殺去？」

那哲陳妃坐在馬上，手提長槍，桃花臉上罩著一層嚴霜，蛾眉梢頭還帶著幾分殺氣。這位哲陳妃原也長著絕世容顏，她又從父親處傳得一身武藝，平日何和里見了她，恩愛裏邊還帶著幾分恐懼；如今自己做了虧心事情，又看看這位夫人桃腮帶赤，櫻唇含嗔，早已有些不得勁了。正覥腆的時候，忽聽他夫人劈空說了一句：「特找你廝殺來。」

這一句話，說得好似鶯嗔燕吒，又嬌脆，又嚴厲；聽在何和里耳朵裏，早不禁打了一個寒噤，他夫人把話說過，便放馬過來廝殺；好好一對夫妻，祇因打破了醋罐，在摩天嶺下一來一往，一縱一合的大戰起來。

起初何和里看在夫妻面上，便不忍動手，一味的招架，後來看看他夫人實在逼得厲害，那槍尖兒如雨點似的落下來，他便也動了氣，舉起大刀向前砍去，他夫人勒轉馬頭便走，何和里拍馬趕上去，一前一後如趕流星似的，在嶺下跑著。

看看追到一座山峽口，兩面老樹參天，濃蔭密佈，何和里說一聲不好，這裏面一定有埋伏，急急勒轉馬頭，卻已是來不及了；祇聽得疙瘩一聲響，絆馬索把何和里的坐騎絆倒了，馬上的人也跟著倒在地上。哲陳妃親自趕來，拿了一綑繩子，把她的丈夫左一道右一道綑綁起來，何和里的侍衛兵見了，忙上前來搭救，早被哲陳部的大隊人馬，四面衝出來趕散了。

這裏何和里被他夫人活捉回營，也不解放，也不斬首，自己睡在榻上，把她丈夫綁在榻下，一任她丈夫如何求饒，她總祇說一句話道：「你求那個公主去。」

何和里知道他夫人鬧醋勁，鬧得很厲害，求也無益，祇得不求了。這樣昏昏沉沉過了一天一晚，哲陳妃子便和她部下將領商量攻打興京去，她的意思要把那公主親自捉來，和她丈夫雙雙斬首，才能出了她心頭之恨。誰知正商量時，忽聽得營門外連珠砲響，接著四面都響起來，一片鼓聲、喇叭聲震動山谷，哲陳妃忙忙披掛上馬，出去一看，原是建州人馬四面包圍著。

努爾哈齊一匹馬直趕到營前，口口聲聲「還我女婿來」，哲陳氏見了努爾哈齊，罵一聲老烏龜，咬一咬牙，拍馬上前和他拚命，你想一個脂粉嬌娃，任妳有如何本領，怎敵得過努爾哈齊的神力，戰了十多個回合，早已敗進營去。

哲陳妃子吩咐緊閉營門，不肯交戰，擋了一天，那何和里調動的五萬人馬也一齊趕到，幫著努爾哈齊攻打哲陳營盤。哲陳妃子看看把守不住，便悄悄的挾著她丈夫，偷出了後營，上馬逃去；誰知才出營門，便被努爾哈齊捉住。照努爾哈齊的意思，要拿哲陳妃子正法，後來還是何和里看在夫妻份上，求下性命來。

努爾哈齊便把哲陳妃子喚上帳來，狠狠的申斥了幾句，放她回董鄂本部去。從此建州人都喚哲陳妃子做「厄赫媽媽」。——厄赫，是「惡」的意思。

這一下，努爾哈齊憑空裏又得了五萬人馬，又得了董鄂哲陳兩部，靠著他們的力量，在十月的時候，行軍直到松花江上流，收服了珠舍里訥殷兩部。第二年六月裏，又攻破了多壁城，後來又取得安褚拉庫，一路收服了愛呼部。

努爾哈齊知道建州部人口太少，不能成事，因此他大兵所到之處，便擄掠百姓，送到建州地方去住下。不到幾年，建州地方居然人煙稠密，村落相望，這時那佟氏年紀也大了，努爾哈齊便又娶了一位妃子富察氏；又在他擄掠來的女子中，挑選了幾個美貌的，充當自己的小老婆。

這時他新造的都城裏，已是十分熱鬧了，努爾哈齊從愛呼部回來，在興京地方休息了幾年；又把從前失散的二弟舒爾哈齊、三弟雅爾哈齊找回來，一塊來住著；又替他們娶了妻房。弟兄常常在一塊兒說笑著，慢慢的談起哈達汗王台來，弟兄三人不由得切齒痛恨。

努爾哈齊便起了討伐哈達的念頭，當時便點齊兵馬，親自統帶出城，把興京的事情，託付給他二弟舒爾哈齊。富察妃見丈夫要打仗去，她便願隨營服事。

拔寨起程，到了前面連山關口，忽見探馬報到，說：「哈達汗王台早已死了，他兒子虎兒罕也短命死去；祇留下一個孫子，名叫歹商。葉赫酋長卜寨把女兒許配給他，叫歹商到葉赫去親迎，誰知走到半路上，卻來了一群葉赫的強徒，把歹商殺了。

祇因當初哈達王忠受了明朝的命令，因爲葉赫都督祝犖革，倔強不奉命，便起兵把祝犖革殺了。祝犖革的兩個兒子逞家奴、仰家奴懷恨在心，常常想替父報仇，到了王台手裏，便想法子要和葉赫部講和，情願自己的女兒許配給仰家奴做妻子。誰知仰家奴卻不願意，反向蒙古酋長去求婚，娶了一位蒙古夫人。

王台便大怒起來，仗著自己兵強力壯，便要去攻打葉赫部，後來明朝總兵官出來講和，叫兩家永息干戈。不料葉赫酋長卜寨卻居心不善，如今借嫁女爲名，哄著歹商出來親迎，在半路上卻暗暗的埋伏著刺客，用毒箭射死他，報了世代的冤仇。」

努爾哈齊聽了這個消息，接著問道：「歹商被卜寨殺死，難道哈達部人就此罷手不成？」

那探子說道：「歹商的前妻原生下一個兒子，名叫騷台住；因爲他年紀太小，不能報仇，現在逃在外婆家裏。」

努爾哈齊又問：「騷台住既躲在外婆家裏，那哈達部的事情，究竟是什麼人在那裏料理？」

探子又說道：「有一個王台遠房的孫子，名叫蒙格布祿，他是一位少年英雄，哈達人便把他請來當部長。那蒙格布祿便日夜練著兵，打算替歹商報仇。卜寨知道了，也不敢去侵犯他，便帶了兵，向蘇子河、渾河一帶去了。」

努爾哈齊聽了，不覺驚慌起來，說道：「這渾河一帶，不是向我們地界上來了嗎？」

正說話時，接著第二路探子報到，說道：「葉赫酋長爲今聯合烏拉輝發、科爾沁、錫伯卦勒察等九路兵馬，由三路攻打興京，請大貝勒作速準備抵敵。」

努爾哈齊聽了，卻毫不慌張，低著頭半晌，忽然喚人去把三貝勒雅爾哈齊傳來。弟兄兩人在帳中唧唧噥噥，商量了半天，雅爾哈齊出得帳來，便拍馬向東北方去了。

這裏，努爾哈齊依舊催動兵馬向北關進發，看看路上走了五天，前面一條大河攔住去路，先鋒隊報說：「前面已是蘇子河口。」努爾哈齊吩咐紮住營頭，元帥的大營紮在樹林深處，一面吩咐隨營廚役預備酒菜。

到靠晚時候，酒席都已擺齊，擺在林木深處。努爾哈齊踱出帳來，親自替諸位將士篩酒，慌得那班將士，個個趴在地下磕頭謝賞。

努爾哈齊說道：「諸位將軍，滿飲此杯，今夜早早休息，準備明天廝殺。」

一時眾兵將便大嚼起來。努爾哈齊又打發人，頻頻勸酒。那酒都用大缸盛著，大家喝了一碗又是一碗，喝個不休，直喝到日落西山，鴉雀噪林。努爾哈齊坐在帳中和富察氏傳杯遞盞；又有五七個美貌的侍妾，在帳下彈著琵琶，唱著小曲兒；十二個侍女兩旁一字兒站著，篩酒的篩酒，上菜的上菜，夫妻兩人猜拳行令，吃得杯盤狼藉。看看點上燈來，努爾哈齊便發下將令去，叫營口一律熄火安眠，不許再有說笑喝酒的聲音，果然令出如山，全營立刻黑黝黝地，不聞一些聲息。

努爾哈齊自己也撤去酒席，上炕安眠，頭一落枕，鼻息便齁齁的響。富察氏卻不敢睡，她斜靠著薰籠，和侍妾們閒談著，聽聽外面打過三更，努爾哈齊兀自渴睡不醒，那地面忽然覺得微微震動；側耳一聽，又覺得有兵馬奔騰的聲音。

富察氏覺得有些害怕起來，她上去輕輕的推著努爾哈齊，低低的喚道：「快醒來！九國的兵要打來了，怎麼反這樣渴睡起來呢？」

努爾哈齊聽了，略略轉過身，又打起鼾來了。外面兵馬的聲音，越聽越近，富察氏又去喚著努爾哈齊醒來，還說道：「你難道是心裏害怕麼？」

努爾哈齊睜開眼來，笑笑說道：「我倘然真的害怕，便是要睡也睡不熟了。前幾天聽說葉赫部帶著九國的兵打來，我不知道他們什麼時候來，所以心裏掛著；如今既然來了，我也放心了。」說著他依舊閉上眼，翻過身睡去。

富察氏聽了他的話，不知他葫蘆裏賣的什麼藥？又怕嘔起他的氣來，祇得靜悄悄的在一旁坐著；但是那兵馬的聲音越聽越近，似乎已到了營門外，卻又寂靜起來。富察氏不覺心頭小鹿兒亂跳，正疑惑的時候，忽聽得營門外一聲吶喊，接著火光燭天，廝殺起來。

富察氏急了，忙去推醒努爾哈齊，努爾哈齊擺著手，叫她不要聲張；但是聽聽那喊殺的聲音，越發厲害。富察氏坐在營帳裏，好似山搖地動一般，這樣子經過一個時辰，那喊殺的聲音才慢慢的遠了。

努爾哈齊從炕上直跳起來，拍手大笑，一手拉過富察氏來，坐在炕邊說道：

「妳看我的計策，怎麼樣？那九國的兵和葉赫部的兵埋伏在前面，我早已知道他們快到了；所以假裝酒吃醉了，叫兵士們早睡，原是要他們知道了來偷營。其實我們喝的完全是茶，並不是酒，兵士們也沒有睡，個個全副披掛，在暗地裏拿著兵器悄悄的候著；誰知他們果然不出我所料，連夜來偷營了。

我卻四處有埋伏，他們到一處中一處計，想來他們的兵被我們捉住的很多了，他們在暗地裏中了我們的埋伏，不知道我們有多少人馬，早已嚇得退過河去。我又打聽得他們主力的軍隊在渾河一帶，於是早已打發三弟悄悄的到哈達部去，對蒙格佈祿說，叫他速速出兵，跟在那葉赫兵後面，待他渡過渾河，我和他前後夾攻，此番，那卜寨是難逃我手掌的了。」

正說話時候，外面接二連三的傳報進來說：「先鋒隊已經打過蘇子河去了。」又報說：「殺死了葉赫兵三百，生擒的又是五百。」接著又報說：「擄得糧草兵器篷帳，都堆在營門外，請大貝勒出去查點。」努爾哈齊才從炕上下來，踱出帳去，把擄來葉赫兵的將官都一一審問過了；又看過糧草兵器，便傳令拔寨都起，直向渾河西岸奔去。

那葉赫兵正在前面慢慢的渡河，努爾哈齊追殺一陣，葉赫兵紛紛落水，溺死的不計其數。那卜寨正渡過對岸，忽然迎頭一支兵馬打著哈達部的旗號，直衝過來，卜寨陣脚還沒有站住，早被他殺得東西飄散。

卜寨看看前面被哈達兵馬攔住，便帶著一小隊兵士，從上流頭處又逃過河去，才上得岸，那河邊有大隊人馬趕來。真是冤家路狹，那來的不是別人，正是努爾哈齊！看看趕到，那卜寨便匹馬落荒而走，努爾哈齊哪裏肯捨，忙也匹馬單槍趕去。

這地方是一座大林子，卜寨在前面繞著樹東奔西走；努爾哈齊則緊緊的跟著，兩人一前一後。走到樹林深處。卜寨回過頭來，看看努爾哈齊快趕上了，馬頭接著馬尾，祇聽努爾哈齊大喝一聲，一槍刺來。卜寨心下一慌，忙拍著馬，向一株大樹下躦去；誰知一個錯眼，那大樹低低的伸出一條橫枝，卜寨的馬跑得快，來勢很猛，使得卜寨的腦袋打在橫枝上，祇聽他啊喲一聲，眼前一陣黑，落下馬來。

努爾哈齊手下的兵士一齊搶上前去，舉槍便刺，好好一條大漢，身上被搠了十七八個窟窿，死了。努爾哈齊趁勢渡過河去，和蒙格布祿合兵在一處，收服了葉赫部下的許多城池。那八國的兵馬打聽得卜寨已死，早嚇得躲在家裏，不敢出頭。

這一場大戰，蒙格布祿的功勞也是不小，努爾哈齊邀他到自己營盤裏去，大陳筵宴；又喚富察氏陪著他一塊兒吃酒，又喚了多名侍妾在一旁伺候他。蒙格布祿雖說是一個英雄，卻也是一個少年好色的人，見了許多美貌佳人，不由得他魂靈兒飄蕩，舉動慢慢的輕狂起來。努爾哈齊也不惱他，便給他許多牛馬糧草，送他回國去。

這時建州的兵力越發強盛，人人見了他都害怕；但是努爾哈齊心裏還不滿足，常常想著鄰近諸部，祇有烏拉部最強，不滅去烏拉，不能夠打通東海，因此，他常常有併吞烏拉的心。

在明朝萬曆三十五年正月的時候，恰巧有東海瓦爾喀部長名策穆特黑的，打發人來對努爾哈齊說道：「我們因為地方隔得遠，一向歸附烏拉的；如今烏拉貝勒名布占泰的，常虐待我們，我們沒有法想，祇好投降你們建州了。求你們快快打發兵馬來幫我們，趕走那烏拉人。」

努爾哈齊聽了，深中下懷。當時便點齊兵馬，叫二弟舒爾哈齊做先鋒隊，帶領三千人馬，從松花河上流，過黑江、渡圖們江，穿過朝鮮城寨，到慶源府江岸，再渡圖們江，到了瓦爾喀部的蜚悠城。

這消息給烏拉部主布占泰知道了，便出兵到圖們江，打算截斷舒爾哈齊的後路。有舒爾哈齊的先鋒兵名扈爾漢蝦的，押著擄來的百姓牛馬幾千，到舒城江邊去，在山上走過，遠遠的望見敵人兵馬來到，便飛馬報與主帥知道，那舒爾哈齊立刻出兵和他開戰。

那布占泰正用全副精神對付敵兵，忽見後面努爾哈齊三路兵馬齊到，一路兵直衝後陣，一路兵渡過下灘，攔住了他的去路，自己卻帶著他兒子代善貝勒向中軍打來。那代善貝勒雖說年輕，卻十分勇敢，布占泰親自出馬和他葑敵，戰了四五十回合，還不分上下。

布占泰退去，換了一員猛將上來，名叫卓斗，一口氣又戰了三十餘回合，代善貝勒賣個破綻，卓斗兩手捧定大刀，攔腰橫劈過來，代善一側身，讓過刀去，那刀劈了一個空，代善拍馬搶上幾步，一手拖住他的刀柄，一手擎著刀，猛力一砍，砍去卓斗半個腦袋，倒撞在馬下死了。

那手下的兵丁看看傷了這一員大將，個個膽寒，一轉身如一陣狂風似的逃去，後面的陣腳也衝散了。努爾哈齊在馬上把手中的小黃旗一揮，大隊人馬如山崩海嘯似的追上去。這時天上忽然颳下幾陣大風，吹得天昏地暗，飛沙走石，布占泰帶著人馬且戰且退；無奈山路崎嶇，天又黑暗，慌慌張張，踏死的踏死，跌死的跌死。

建州兵追到了，代善貝勒匹馬當先，擎著大刀，縱橫馳驟，殺得十分暢快；大小將官被他殺死的有二三十個，兵士不計其數。有一個押糧官，是布占泰的叔父名昌主的，祇因帶著糧草走得慢了一步，被代善貝勒追過去，把他拖下鞍來，活捉過去。追了四十多里路，布占泰在前面逃著，逃得人疲馬乏。

代善在後面看看快追上了，忙從肩上取下弓來，彎弓搭箭，覷得清切，正要射過去；忽然布占泰身後一員戰將大聲喚道：「來將不得暗箭傷人！」說著，拍馬過來，和代善廝殺；被代善從馬上伸過手去，一把揪住辮子，割下頭來。

這一場戰，布占泰一共喪失七千多兵丁。布占泰落荒逃去，直退到吉林地方。努爾哈齊大獲全勝，班師回去，暫過殘冬。

到了第二年初夏時候，努爾哈齊又帶了第二個兒子代善，第八個兒子皇太極，出師吉林，去伐那烏拉國。那國主布占泰聽了這個消息，早嚇得魂膽飄搖，忙親自帶著幾個臣子，坐著船，渡過伏爾哈河來求和。努爾哈齊不許，一面催動大兵，直搗烏拉，攻破了城池，在城裏殺了五天，全城人口差不多都殺完了。布占泰也早逃到葉赫部去了。

第十回　葉赫征伐

卻說布占泰投降了葉赫部，這時部主名叫納林布祿，想起從前曾長卜寨被努爾哈齊殺死，不由得切齒痛恨；如今見布占泰也吃了建州人的虧，從來說的同病相憐，他便收留下了。兩人天天商量如何報仇的法子，因想起建州人，便又想起哈達部主蒙格布祿，他不該幫著努爾哈齊來欺侮葉赫部；如今我們要報仇，第一要去討伐蒙格布祿。

到明朝萬曆二十七年五月的時候，納林布祿調齊大隊人馬去攻打哈達城；哈達部主十分驚惶，心想：我從前幫建州人有功，如今不妨求努爾哈齊去。他當時便帶著三個兒子，親自到建州去，願意把三個兒子作抵，求努爾哈齊快快發兵。努爾哈齊連蒙格布祿一齊留下，一面打發蜚英東帶領三千精兵，去救哈達。

這裏，努爾哈齊天天陪蒙格布祿在府中吃酒談笑，富察氏又把他三個兒子養在內宅裏。這三個兒子，面貌長得十分清秀，頭腦又聰明，見了富察氏趕著喊媽媽；富察氏又是十分喜歡孩子的，便常常摟著他們，坐在膝蓋上問話，問到他們的母親，說是早已死了。富察氏看看他們可憐，不覺落下眼淚來。

第二天，富察氏陪著努爾哈齊用膳，夫妻兩人談起蒙格布祿死了妻子的話，富察氏的意思，要把自己的大公主許配給他。一來公主嫁給一個部主，也是十分榮耀的；二來蒙格布祿做了女婿，便能忠心向著岳家了。

努爾哈齊聽了富察氏的話，心中卻大不爲然，祇是默默的不說一句話。富察氏再三追問，努爾哈齊便冷冷的說了一句：「聽憑妳去做主。」

祇因努爾哈齊平日寵愛富察氏，富察氏又一眼看中了蒙格布祿的人才，天天催著她丈夫去對蒙格布祿說這個話。努爾哈齊拗她不過，祇得說了。蒙格布祿聽說努爾哈齊肯把公主配給他，真是喜出望外，當時便進內宅去，謝過富察氏。富察氏又催著薩滿，揀一個吉日，府中掛燈結彩，準備做喜事呢！

看看到了喜期的前一天，努爾哈齊在府中擺酒，請蒙格布祿入席，席中努爾哈齊竭力誇獎他，又喚一個絕色的侍妾出來，站在他身旁，唱著曲子，頻頻勸酒。蒙格布祿眼睛中看了美色，耳中聽了嬌聲，那酒便一杯又是一杯的吃下肚去；看看吃到酩酊大醉，努爾哈齊對那侍妾丟了一個眼色。一個侍女在前面照著燈，那侍妾卻親自把蒙格布祿扶到別的一個小院落裏睡去。

到得天明，那蒙格布祿睜著眼來，一眼看見自己和那侍妾各自脫去了外衣，雙雙綁在一塊兒，倒在炕上，炕前圍著一大群兵士。

努爾哈齊怒氣沖沖的站在當地，指天畫地的大罵，口口聲聲說蒙格布祿姦污了岳母。也不由他分說，一揮手上來，七八個兵士拖著蒙格布祿便走；蒙格布祿竭口喊冤，也沒有人去理他。看看拉到一所荒園裏，把他綁在一株大樹上；一瞥眼，見蒙格布祿的大兒子，名叫吾兒忽答的，從外面踉踉蹌蹌的搶進來，嘴裏喊：「刀下留人！」趕到努爾哈齊跟前，趴在地上，不住的磕頭，替他父親求饒。

努爾哈齊一面推開了吾兒忽答，一面喝一聲：「動手！」祇聽得疙瘩一聲，蒙格布祿的頭早已落下地來。吾兒忽答見了，縱身上去，捧著他父親的頭，哭倒在地，暈絕過去。

待到醒來，祇有空落落的一座荒園，也不見一個人。吾兒忽答心想：「我如今不能再住在府中了，他們不久便也要害我的性命。」便跳起身來，往外便走。

可喜這時黃昏人靜，這園子又在荒僻地方；他出得園來，也沒有人去查問他，急急逃出了興京城，意欲趕回哈達去起兵報仇。走到界凡山下，遇到一個明朝總兵手下的一位巡查官，是他一向認識的；見

吾兒忽答慌慌張張的樣子，忙拉住他問；吾兒忽答便把父親遭難，如今打算回哈達去起兵報仇的話說了。

那巡查官聽了，笑說道：「呆孩子！你這一回家去，不用說大仇報不成，便是你的性命也難保。」

吾兒忽答聽了十分詫異，忙問他：「什麼道理？」

那巡查官說道：「你忘了蜚英東帶了三千人馬，在你家裏候著嗎？」

吾兒忽答聽了，便恍然大悟；「噗」的跪下地來，求他幫忙。巡查官一面扶他起來，帶著他回撫順關去。那吾兒忽答見了李成梁，便不住的哭著求著；李成梁看他可憐，便替他上奏章。皇帝聖旨下來，派李成梁帶兵到興京查問。

那努爾哈齊見走了吾兒忽答，正在四處找尋；忽然探子報到，說明朝總兵親自帶兵前來問罪。努爾哈齊雖說兇狠，但他一聽說明朝兵到，也有些害怕，一面打發舒爾哈齊前去擋駕，一面把蒙格布祿的屍身送還給他兒子。李成梁見他服了輸，也便罷了。

誰知那富察氏見她丈夫謀害了她得意的女婿，心中老大的不願意；她最喜歡的吾兒忽答，如今也不在她身旁，便和她丈夫常常吵嘴。便是那公主，也因父親誤了她的終身，便常常在暗地裏哭泣。努爾哈齊被她母女兩人吵得頭昏，沒奈何，只得仍把吾兒忽答接進府來；由富察氏做主，把公主嫁給吾兒忽答。吾兒忽答也老實不客氣，把父親的聘妻娶來，做了自己的妻房。李成梁又把吾兒忽答的弟弟帶進關去。

這裏，他新婚夫妻兩人十分恩愛；富察氏看了也歡喜。過了四十天，便雙雙回哈達部去了。從此努爾哈齊和富察氏心中各有了意見；夫妻兩人不十分和睦了。這時佟氏已死，生下兩個兒子：大兒子名褚英，第二個兒子便是代善。褚英性情倔強，努爾哈齊便叫他帶兵去駐紮在外面。富察氏也生下兩個兒子：大兒子名莽古爾泰，第二個兒子名德格類；他父親原不十分歡喜他們，如今和他們母親有意見，父子之間越發覺得冷冷淡淡的。

這時還有大妃葉赫納喇氏生的一個兒子，便是皇太極；也深得努爾哈齊的歡心，和代善一樣看待。此外，側妃伊爾根覺羅氏生的兒子，名叫阿巴泰和；庶妃生的兒子：阿拜、湯古岱、塔拜、巴布泰、巴布海五人，都不能常和他父親見面。

吾兒忽答成親的時候，便是那大妃葉赫納喇氏去世的時候；努爾哈齊因和他多年的夫妻，心中不免悲傷，因此越發寵愛皇太極了。

在努爾哈齊本意，葉赫氏死了，原想把富察氏升做大福晉；如今既和她有了意見，便想另外娶一個大福晉。打聽得葉赫部長布楊古的妹妹，是一個絕世佳人；在關外地方，誰人不知道有這麼個天仙美女？努爾哈齊也很想娶她來做妃子。恰巧這時，他二弟舒爾哈齊，娶烏喇貝勒布占泰的妹妹做妻子，布占泰親自送妹妹到興京來；見了努爾哈齊，十分慚愧。

努爾哈齊因為大家都是親戚，便忘了從前的仇怨，和他吃酒談笑；議論之間，知道努爾哈齊死了大福晉，布占泰便說起布揚古的妹妹長得如何美貌，努爾哈齊又託他向葉赫部去求婚。

到了第二年，葉赫、哈達、烏拉、輝發四部部主，都打發人來向努爾哈齊認罪。布揚古又親自答應把妹妹許給努爾哈齊做大福晉。努爾哈齊便送給布揚古上等的鞍馬盔甲，算是聘禮，當時便殺死一頭白馬，祭天立誓；讀著誓語道：「既盟以後，若棄婚姻，背盟好，其如此土，如此骨，如此血，永墜厥命！若始終不渝，飲此酒，食此肉，福祿永昌！」誓畢，邀著四國的貝勒，大開筵宴，熱鬧了一場。

這努爾哈齊一天得意似一天，權力一天大似一天；他同族的弟兄叔伯，都壓在他勢前之下。便是那失寵的兒女和妃子侍妾們，也十分怨恨他。努爾哈齊也有幾分覺得，便把同族的叔伯都搬到城外去住；

這一搬動，那弟兄們心中越發慌張起來。德世庫、劉闡、索長阿、寶實的一班子孫，便秘密商量；各自召集了自己的家將，在半夜時分，爬城進去，想殺死努爾哈齊。

這一夜，月黑風緊；努爾哈齊一個人睡在炕上，忽然覺得心頭跳動。忙說一聲：「不好！」跳起身來，手裏拿著寶劍，悄悄的開著門出去；他的兒子代善和皇太極也跟在後面。一路狂風，街上靜悄悄的；慢慢的走到西城腳下，這西域地方是一個最冷靜的所在。

努爾哈齊第一個趕上城去，攀著城垛，向下一望；果然見十幾個人，爬著繩梯上來。努爾哈齊拿著劍，在城上大喝一聲，那城外的人嚇了一大跳，都從繩梯上直滾下地去。這一聲喝不打緊，早把那把守城池的兵丁和將官一齊驚起。見努爾哈齊直立在城樓上，大家便十分驚惶，一齊跪倒在地，請大貝勒回府。

照皇太極的意思，要開城出去追捉賊人，努爾哈齊不許。誰知到了第二天夜裏，努爾哈齊和他的大公主及代善、皇太極兩人睡在內院，正好睡的時候，努爾哈齊有一頭狗，名叫揚古哈的，忽然大叫起來；努爾哈齊在黑地裏，跳起身來一看，見那頭狗像人一般的站了起來，對著窗外狂叫。

再看窗外時，見有人影子移動。努爾哈齊知道又有人來謀害他了，忙悄悄的把他大公主推醒；代善和皇太極也跳起身來，每人給他一柄刀，叫他把守窗戶。他自己一手拿著刀，對門外喝道：「外面什麼人？既然來了，爲什麼不進來？你們再不進來，我卻要出來了，你們敢和我對敵嗎？」

說著，拿刀柄打著窗檻，腳踢著窗板；裝著要打窗子裏跳出去的樣子，一轉身卻從門裏箭也似的衝出去。門外面的刺客吃了一大驚，轉身逃去。努爾哈齊正要追過去，腳下倒著一個死人，幾乎把他絆倒；急看時，卻是一個名帕海的侍衛，被刺客殺死在窗外。努爾哈齊十分惱恨，一面傳集府中侍衛，打算關著城門大捉刺客。

第二天，有一個族叔名稜敦的，從尼麻喇城來，對努爾哈齊說道：「全族的人，都是你的仇敵，你捉誰好呢？」

努爾哈齊聽了，不覺害怕起來，不敢搜捉兇手；便搬到他側妃伊爾根覺羅氏房裏去睡。睡到夜深人靜的時候，忽聽得房門外有窸窣的響聲；努爾哈齊急急披衣起來，覺羅氏的兒子阿巴泰，這時跟著他母親睡在一塊兒，也拿著刀跟在他父親後面，悄悄的走出門去。努爾哈齊則躲在煙突旁邊候著。

這時天色昏沉，滿院漆黑的看不出人影；那刺客站在院子裏，摸索著走近來，慢慢的走到煙突跟前；忽然天上隱隱有雷聲，一個閃電下來，照得滿院子通明。努爾哈齊趁著電光，舉起刀背，猛力一打，打在那刺客的背上，刺客便立時倒下地去。努爾哈齊趕上來，一腳踏住，一疊連聲喊著洛漢。那洛漢是努爾哈齊貼身的侍衛，聽得大貝勒叫喚，忙提著刀趕進來；努爾哈齊吩咐把兇手綑綁起來，洛漢說道：「這惡人既犯大貝勒的駕，不如殺了罷休。」

努爾哈齊怕得罪族人，便假問著那兇手道：「你不是來偷牛的嗎？」那兇手聽了點點頭，努爾哈齊便一笑，叫放了綁。這兇手給努爾哈齊磕過頭，轉身去了。在努爾哈齊的意思，我這樣寬大待人，他們總也該悔悟了。

誰知隔不多幾天，又鬧出亂子來了；有一天夜裏，努爾哈齊正要脫衣睡下；一瞥眼，見一個侍女在隔房探頭探腦，已經睡下，忽然又起來點著燈；一霎時又吹熄了，一霎時又點起來。努爾哈齊看在眼裏，知道今夜必要出事；便悄悄的起來，換上軟甲，掛著弓箭，假裝出恭去。

走在院子裏，一片昏黑；見那邊籬旁一團黑影，一晃一晃的逼近前來。努爾哈齊抽箭挽弓，颼的一箭；那刺客十分靈敏，縱身一跳，避去了箭鋒。努爾哈齊追上前去，連發三箭，射在那兇手的腳骨上，兇手倒下地去。這時侍衛一齊趕進院子來，綁住了來拷打著問他。那兇手自己說名叫義蘇；努爾哈齊也放他走去。從此以後，全府的人刻刻提防。

皇太極這時年紀雖小，卻很有見識。他暗暗對父親說道：「如今仇家眾多，父親防不勝防；依孩兒的意見，不如暫時出去一趟，避避風色。」

努爾哈齊聽了皇太極的話，忽然想起：那李成梁串通尼堪外蘭殺死我父親和祖父，直到如今，仇也不曾報得，便是祖父的屍骨也不曾收尋回來。我如今帶兵出去，向明朝問罪；那時得勝回來，一來也可以壓服同族的弟兄，二來也可以對得起已死的祖和父。當下主意已定，便豎起一面白旗，上面寫著「報仇雪恨」四個大字；又挑選五千名精兵，一律掛孝。國裏的事情便交給他二弟舒爾哈齊代管。全族的人聽說他此去替祖父報仇，卻也人人心服，一齊送出興京城。

努爾哈齊辭別了眾人，浩浩蕩蕩，殺奔撫順關來，那守關將士便報與寧遠怕李成梁知道。卻說李成梁自從殺死覺昌安、塔克世父子兩人以後，心中原時時提防努爾哈齊來報仇；如今聽說努爾哈齊果然帶領大隊人馬前來問罪，早心中沒了主意。幸虧他手下一個游擊官，是十分有智謀的；當下替他想定了一條計策，且待兵臨城下再說。

不多幾日，那探馬接二連三的報來，說建州兵馬離城十里；又說建州兵馬離城五里了；又說建州人馬已靠城紮營了。李成梁聽了，一概不去理他；祇吩咐緊守四門，不得和他開戰。

那努爾哈齊到了撫順城外，連日挑戰，卻不見城中兵馬出來，心中也弄得沒有主意。到了第四日，努爾哈齊又到城下去挑戰；忽然城上射下一封書信來，努爾哈齊拆開書信看時，不但一天怒氣化為烏有，反把個李成梁感激到十分。當下，努爾哈齊依了信上的話，把兵馬約退十里；第二日全身軟裝，祇帶著三五十名親兵，走進城去。

才到城下，祇見城門大開，那李成梁親自到城外來迎接；進城直到總兵衙門前下馬，擺上筵席來，兩人淺斟低酌。李成梁慢慢的把誤殺二祖的話說出來：「如今為顧全兩家交情起見，情願歸還二祖的屍首；另給敕書三十道，馬三十匹。」

說著，吩咐侍衛官把敕書捧出來，供在案上；又把馬拉出來，擺列在院子裏。努爾哈齊看時，那馬確都是俊物，不由得心中一喜；又回頭看堂上燈燭輝煌，香煙繚繞，供著三十道黃緞色的敕書。他不由得兩條腿兒軟了下來，要拜下地去。

李成梁上前來攔住了，說道：「慢著謝恩，我三日前已替大貝勒請得聖旨在此；皇恩浩大，仍舊封貝勒做建州都督。」說著，便高聲喝一句：「請出來！」

祇聽得裏面一陣吹打，兩個公公抬著聖旨，一步一步的踱了出來。

努爾哈齊這幾年來眠思夢想的，便是恢復都督原官；如今見了，不由得他趴在地下，磕著頭，高呼：「萬歲萬歲萬萬歲！」

謝恩已畢，李成梁和他手下大小官員一齊上來，向努爾哈齊道賀；到夜裏接著又是吃賀酒，堂下吹打，堂上喧嘩，直鬧了一夜，努爾哈齊便在總兵府中休息了。

到了第二天起來一看，一座總兵府中，又四處掛著素綵；從大門起一直蓋著白幔，好似一座玉樓。努爾哈齊看了十分詫異，問時，原來李成梁做主，替被害的建州都督覺昌安和塔克世二人開弔。到了午膳時候，早見外面抬進兩口棺木來；努爾哈齊見了，不由得搶上前去，趴在地下，號咷大哭。

李成梁忙上去扶他起來，把棺木停在堂廳；全城的文武官員都來弔奠。行禮已畢，努爾哈齊便問：「祖父二人的屍首，一向是何人保存？」

李成梁便拿手指著旁邊一人，說：「他也是一位部主，名叫約掉的；你祖父兩人的屍首，一向是他收管著。」努爾哈齊忙上去向那人道了謝。

第二天，努爾哈齊帶著兩口棺木出城去，李成梁送他出城；臨走的時候，努爾哈齊送了一匹馬給李成梁。那馬名叫三非，原是關外的一匹寶馬，上高山如履平地。李成梁心中也很感激他，又替他上奏章給皇帝，說努爾哈齊怎麼感激聖恩。隔幾天，北京聖旨下來，說每年賞建州都督銀子八百兩，蟒緞十五疋。這道聖旨到了興京城裏，努爾哈齊臉上越發覺得添了光彩。

果然那同族中人，沒有人敢欺侮他了。努爾哈齊越發要立些功業，借此誇耀親族；他兒子代善替他出主意，叫他親自到北京去進貢一次，那時得些好處回來，一來也可以誇耀親族，二來也可以壓服部落。努爾哈齊聽他兒子說得不錯，便立刻發下號令，去各處部落裏，去搜集了許多土貨，還有東珠、貂皮、人參等許多貴重的東西。又選了一百匹好馬，帶著一千名衛兵，揀了好日子起身。

這裏各部落貝勒和同族弟兄，自然有一番熱鬧，輪著給都督餞行；都督在路上，不多幾日便到了撫順關。那位寧遠伯，聽說建州都督進京朝貢去，便十分歡喜，立刻收拾房屋，給他住下；又揀定吉日，親自陪他一塊兒進京去。努爾哈齊意思要帶三百衛兵進京去，李成梁說進貢規矩，不能多帶人馬，祇許他帶親兵四十名去。他二弟舒爾哈齊也跟著一塊進京去。

第十一回　北京朝見

卻說努爾哈齊弟兄兩人帶了許多貢物，跟著李成梁進京朝見明朝皇帝去。他兩人從不曾進過北京，見了那地方的繁華、人物的清秀，心裏說不出的羨慕。

當一霎時，那高大的宮殿已露在他眼前，不由他心裏害怕起來；進了內城，到了一座客館前住下。當夜便有幾個公公來教導上朝的禮節。努爾哈齊又送了公公許多禮物，另外又有送各衙門的。

在館裏住了三天，到了上朝的前一天半夜時分，坐著驢車，慢慢的到了朝門外，下了車，跟著引導的，走進內街去。這時夜氣深沉，御街寂靜；祇見兩旁高高的圍牆，站在黑地裏，牆裏面露出高高低低的殿角來。

彎彎曲曲的走了許多時候，才到朝房；有許多官員們上來和他招呼，另有翻譯官替他們傳話。過了一會，忽聽景陽宮的鐘聲響了；大家便整一整衣帽，挨著班，一串兒走上殿去，在玉墀下面，兩旁分班站著。

這時天上放下微微的光明來，照在各人臉上，還不十分明白。滿院子靜悄悄的，祇聽得衣裳磨擦著窸窸窣窣的響。

站了許久許久，忽聽得殿上奏起樂來。這時天光已是大明，殿廊上發出五色的光彩來，照在人眼睛裏，不能看得十分清楚；祇見那一班御前侍衛，在殿門裏面左右交換著跑來跑去。接著又有兩個太監，手裏拿著一盞紅紗宮燈，在御座前跳來跳去；舞了好半天，便大家分著兩班，向兩旁直挺挺的站住。

那音樂的聲音也立刻停住了。再看時，這位神宗皇帝已是端端正正的坐在上面；這時殿下越發寂靜了，祇聽得靜鞭打著階石三下，便有贊禮官高聲贊禮。

那文武官員分班兒，一起一起的上去磕頭跪拜；接著那位寧遠怕李成梁也上去趴在地下，說了幾句話，上面又傳下話來。李成梁退下來，便有引導的領著努爾哈齊弟兄兩人上去。

見當地橫鋪著一條㲛毯，好似一個一字；他弟兄兩人趴下地去，行著三跪九叩首的禮兒。贊禮官喝一聲退，便退下殿來。

這時他弟兄兩人嚇得昏昏沉沉，皇帝的臉兒也不曾看見。過了一會，散朝下來，便有許多官員和翻譯官陪著他們，到保和殿裏吃著御賜的酒席；吃完了，向殿上謝過恩，退出朝門，上車回客館去。

到了第二天，聖旨下來，叫內務大臣和理藩大臣陪著他們遊瀛台去。這時正是夏天，第二天一早起來，跟著兩衙門的官員們，進了西苑門；祇見高大的柳樹，一絲一絲的垂著柳枝，那槐樹的蔭兒罩住了地面，人在下面走著，心地十分清涼。一帶宮牆，沿著水堤。

放眼一望，祇見沿岸長著一叢一叢的蒲草；那紫色的燕子和綠色的翠鳥，在水草裏面飛來飛去，一啼一聲的叫著；風景十分幽靜。慢慢的渡過一座板橋去，一陣一陣的荷花香，吹進鼻子來；橋面上蓋著水閣，四面玲瓏，風吹著窗簾。

那流蘇打到人的臉上來，努爾哈齊心中不覺一動；想：「這樣神仙也似的地方，那神宗皇帝真好大福氣呢！」

想著，走進一座小紅門去；忽然眼界一寬，迎面一汪大水。有一條紅板長橋，曲曲折折的橫在水面，兩邊朱欄圍繞。舒爾哈齊走在橋上面，不住口的讚好；努爾哈齊回過臉去，對他瞪了一眼，嚇得他按住嘴，再也不敢說話了。

半晌，走完了長橋，迎面一座高大的朱漆牌樓；上面寫著「瀛台門」三個大字。走進牌樓去，兩旁古木參天，中間露出一條寬大的白石甬道；甬道盡頭，是一座大敞廳。裏面走出幾個太監來，招呼進去吃茶點；吃完茶點，從廳後繞出去，穿過一座松樹林子，林子外面一帶白石船埠，停著一隻大官船。官員們招呼努爾哈齊弟兄兩人上了船，盪到湖中；回頭看那岸邊，真是瓊樓玉宇，一片金碧隱約在樹林深處。

努爾哈齊靠在船舷上，心中又不覺一動；他想道：「這樣神仙也似的地方，怎麼得給我住一年？便是死也甘心！」

他兩眼望著水，正想得出神時，那船已到了岸邊；大家離船出門，上車回到客館裏。接著李成深也到了，便在客館裏大開筵宴；吃酒中間，又來了幾個粉頭，彈唱歌舞。那玉雪也似的皮膚，黃鶯也似的喉音，早把他弟兄兩人看怔聽怔了，半晌，他才回過氣來。一轉念想道：「他們明朝的美人，真美啊！不知怎麼長成這模樣的呢？」

第二天聖旨下來，封努爾哈齊做龍虎將軍；他弟弟舒爾哈齊也得了許多賞賜。他弟兄兩人謝過恩，收拾行李，動身回家去。

出得關來一路耀武揚威；各處部落打聽得努爾哈齊果然得了好處，便個個道賀，人人敬服。他弟兄兩人，見了人便讚嘆明朝京城的繁華，又是婦女如何美麗，那聽的人，也說不出的心中羨慕。努爾哈齊便在興京地方造起高大宮殿來；又定召見弟兄貝勒的禮節，慢慢的，他自己看自己也尊貴起來。

第二年，他帶著兵，推說出去圍獵，常常幾個月不回來；卻暗暗的佔了別人的城池，奪了別人的田地。他又分遣自己手下的將官和弟兄子姪們，各處去攻城略地。

他在萬曆二十六年，打發大兒子褚英、弟弟巴雅齊和葛蓋、費英東，帶兵一千，去攻打安褚拉庫路，取屯寨二十多座，擄獲百姓一萬多人；第二年，又打發額亦都、費英東、扈爾漢，帶著一千精兵，去攻打東海渥集部裏的赫席黑路、俄漠和蘇嚕路和佛訥赫托克索路，活擒著二千人回來。

三十七年，打發侍衛扈爾漢，帶兵一千人去攻打滹野路，擄著二千家人口回來；三十八年，打發額亦都帶一千名兵士，去打那木都魯、綏芬、寧古塔、尼馬察四路，押著四個路長，帶著他們的家眷回來；路過雅蘭地方，又攻破他的城池，擄著一萬多人回來；三十九年，打發第七個兒子阿巴泰和費英東、安費揚古，帶著一千個兵去攻烏爾古、辰木倫兩路，活捉了一千多人回來；這一年，又打發何和里、額亦都、扈爾漢，帶兵二千人去攻打虎爾哈路，圍扎庫塔城三天，攻破了，殺死了一千多人，活捉了兩千多人。

他附近各路的路長見了害怕，都來投降；連年用兵，那建州地方，比從前要大得幾倍。努爾哈齊心中還不滿意，他切齒痛恨的，便是他的女婿哈達部主吾兒忽答；當時外面被明朝的威力逼著，裏面又被富察氏挾制住了，不得已把女兒嫁給吾兒忽答；他夫妻兩人從此鬧了意見。直到他進貢回來，神宗皇帝許他統治女真人種，旁人無可奈何他；便自己稱哈達部的保護人，親自帶兵到哈達去，向吾兒忽答要哈達部主世代相傳明朝給的璽書。

當時在哈達部下的，有七百道地方；努爾哈齊把吾兒忽答的城池圍得像鐵桶似的，要他繳出璽書來。吾兒忽答執意不肯，便開城出來，親自帶著兵士和他丈人對敵；努爾哈齊看了，十分惱恨，便叫他手下大將扈爾漢、蜚英東兩人輪流攻城。一面又打發人，到興京去調二千生力軍來助戰。

吾兒忽答困守孤城二十日之多，糧盡援絕；在半夜時分，建州兵打進城來，把吾兒忽答全家人捉住。努爾哈齊進城去，一面把吾兒忽答夫妻兩人先押回興京去，一面又派遣戰將到四處去收服屬地。

吾兒忽答手下有一個部將，名察台什的；聽說哈達部給建州滅去了，便帶了二百道地方，去投降葉赫部，求布揚古保護他。布揚古貪圖他的地方，便親自帶了大隊人馬，嚴陣以待。

努爾哈齊得了這個消息，不覺大怒，說道：「我和葉赫新訂婚姻，布揚古的妹妹，我聘而未娶；他膽敢和我作對嗎？」他一面吩咐兒子代善帶兵駐紮在哈達；一面親自也調動大兵到葉赫部。

那布揚古見了努爾哈齊，便責備他不該背棄盟好，滅了哈達。

努爾哈齊笑說：「這是我家裏的事情，與你什麼相干？如今你收了哈達二百道地方，難道說不是背棄盟好嗎？再者，你妹妹現許我做我的妻了，如今我還不曾娶得你妹妹，你便和我兵戎相見，這不是明明有悔婚之意麼？」

布揚古聽了，氣得在馬上發跳；咬著牙說道：「你說話竟好似放屁！難道祇許你橫行不法，不許我仗義執言？我如今決計悔了婚姻，不願把妹妹嫁給你了！」

努爾哈齊聽說不把妹妹嫁給他了，這是他第一件犯忌的；當下便把手中的槍一招，那手下的兵將一齊殺上前去，兩下裏戰鼓齊鳴，喊聲動地，大戰一場，直殺到日落西山，不分勝負，便各各鳴金收兵。到了第二天，又殺了一天。這樣子殺到第六天時，看看葉赫部的兵支持不住了，便退進城去，緊緊關上城門，一面星夜打發人，送救急文書到撫順關去。

這時明朝廣寧總兵張承蔭，巡邊到撫順地方，得了這個消息，便立刻調動三千人馬，前去幫著葉

赫。這時，努爾哈齊正督著人馬竭力攻城，忽然後面金鼓大震，當頭一面大旗，寫著大明字樣。努爾哈齊心想：「自己新得了明朝的官爵，這明朝人馬，大概是幫我來的。」便把自己人馬分在兩邊，親自上前迎接去。

誰知那來將到了跟前，也不答話，把令旗招動，那人馬便如潮水似的攻打上來。努爾哈齊一個措手不及，忙轉身退去，陣腳便大亂起來。努爾哈齊忙壓住陣腳，督著兵士，上去對敵。正鏖戰的時候，忽然後面戰鼓一響，一支人馬從城裏殺出來；建州兵腹背受敵，殺一陣敗一陣，直敗下四十多里路。看看人馬死了二千多人，再也不能支持，祇得逃回興京去了。

從此以後，努爾哈齊把布揚古恨入骨髓；在家裏天天操練兵馬，要報這個大仇。獨有烏拉貝勒布占泰常常來贈送禮物，努爾哈齊也另眼看待他。布占泰見葉赫悔了婚姻，便又替努爾哈齊做媒，把他哥哥貝勒滿泰的女兒許給他；第二年，努爾哈齊親自到烏拉去迎娶回來，便是烏拉納喇氏。努爾哈齊見這位新夫人十分美貌，便也十分寵愛她，封她做繼大妃；這位繼大妃性情十分和順，家裏這幾位妃子都和她好。

這時舒爾哈齊有一個女兒，長得十分標緻，烏拉納喇氏和她十分親密。到第二年時，布占泰到興京去看望他姪女，努爾哈齊留他住在府中；他叔姪兩人常常見面談話。談話的時候，舒爾哈齊的女兒總在一旁陪伴著；布占泰這時正因蒙古科爾沁貝勒明安，受了他的聘禮，不拿女兒嫁給他，心中十分懊喪。如今見了這樣一位美人，心中不覺大動；見沒人在跟前的時候，悄悄的把意思對他姪女說了。烏拉氏覷空又把這意思對努爾哈齊說了。

努爾哈齊這時正和布占泰好，便做主把姪女嫁給布占泰去了。第二年，烏拉氏生了一個兒子，名阿濟格；接著又生了兩個兒子：一個名叫多爾袞，一個名叫多鐸。這是後話。

卻說布揚古的妹妹，滿州各部落的人都知道她長得美貌；滿州人家堂子裏供著三位神像：一位是釋迦牟尼，一位是觀世音，一位是關公；他們傳說：觀世音是一位相貌最美的女菩薩，因此大家便把布揚古的妹妹喚做活觀音。

這位活觀音，仗著自己美貌，父母又十分寵愛，便打扮得異樣動人；她哥哥出去打獵或是到各部落去遊玩，她總跟著一塊兒去。因此那哈達部、輝發部、烏拉部、若陳部的各貝勒，她都認識；常常和各貝勒在一塊兒打圍，追飛逐走，玲瓏活潑，那班貝勒見了這位美人，個個被她引誘得饞涎欲滴，恨不得一口水吞下肚去。

這許多貝勒中，她和蒙古喀爾喀部，貝勒巴哈達爾漢的兒子莽古勒岱最好；那莽古勒岱也長得少年英俊，他因爲愛上了布揚古的妹妹，便常常到葉赫部來遊玩。他兩人每到回獵的時候，常常並著馬頭，找一個樹林深密的所在，密密談心去了。

後來她哥哥因爲要聯絡建州衛起見，把她許給了努爾哈齊，她知道了，和哥哥拚命，狠狠的吵鬧過幾回。每一回建州打發人來親迎，她總是死挨著不肯去；每回總得布揚古對那來親迎的人打一個謊，推說妹妹有病。

這樣子挨過了幾年，恰巧葉赫部和建州人打起仗來了；布揚古仗著有明朝幫助，便趁此退了妹妹的婚姻。那莽古勒岱知道了，忙打發人，拿了許多聘禮來求婚；布揚古因順了他妹妹的心意，也便答應了他。這個消息，一傳到各部主耳朵裏，都頓足太息說：「好好一朵鮮花，如今插在牛糞裏了！」

第二年，巴哈爾達漢帶了他的兒子莽古勒岱，到葉赫部來親迎；那喀爾喀部離葉赫部十分路遠，他帶著新娘在路上走著，常常有別部的兵隊出來攔劫。虧得莽古勒岱十分英雄，巴哈達爾漢帶的兵馬又多，沿途保護過去；千辛萬苦的到了喀爾喀城裏，莽古勒岱又特意爲他妻子蓋一座大院子起來。

誰知不到一年，那院子不曾蓋成，這位美人卻已一病死了；把個莽古勒岱哭得死去活來，他從此立誓不再娶妻子了，算是替他妻子守義。

這個消息傳到滿州各部落去，人人太息；那烏拉貝勒聽了，更是連連太息說道：「好一個美人，可惜死了！像我那個覺羅氏，面貌長得十分醜陋，性情又十分兇惡，怎麼不肯死去啊？」

誰知這時候，覺羅氏正在屏門後偷聽。她仗著是努爾哈齊的姪女，看待丈夫原十分潑辣；如今聽丈夫咒她快死，她如何不氣，便搶出去，拿手指在布占泰臉上責問他。

那布占泰一向是怕老婆的，如今見她來勢洶洶，嚇得他瞪著眼，開不得口；那位公主跳罵了一陣，轉身走去，嘴裏說道：「我回娘家告訴叔叔去！」

布占泰聽了這個話，心裏害怕起來，忙上前去磕頭求她，嘴裏連連的討饒。誰知那覺羅氏卻睬也不睬，掉頭走去；布占泰心中不覺大怒，覷她走遠了，便在壺裏拔下一枝箭來，搭上弓，覷得親切，颼的一箭，直透酥胸。祇聽得喲啊一聲，覺羅氏便倒在地下死了。

那覺羅氏原帶有幾個侍衛來的，當下，他們見公主死了，便悄悄的溜回興京去，見了努爾哈齊，便把上項情形說了；努爾哈齊和雅爾哈齊弟兄兩人聽了，又傷心又憤怒，便立刻調動人馬，趕到烏拉去。

那布占泰原是吃過建州兵虧的，如今聽說建州兵又來了，便丟下城池，一溜煙逃到葉赫部了。這裏，努爾哈齊現現成成得了烏拉部的許多城池，聲勢越發浩大起來了。

他當時把二弟留在烏拉，自己帶著大兵，又趕到葉赫部去。修下一道書信，送進城去。信上寫道：

昔我陣擒布占泰，宥其死而豢養之，又妻以三女；布占泰負恩悖亂，吾是以問罪往征，削平其國。今投汝，汝其執之以獻。

一共送三封回信去，那葉赫貝勒布揚古置之不理；努爾哈齊十分生氣，又到本部去調動四萬人馬來，準備和他大大的廝殺一場。

努爾哈齊和兒子代善商量定了破城的計策，誰知給帳下兩個兵士聽得了；這兩個兵士原是烏拉國人，當下他們悄悄的跑去告訴了布揚古。布揚古立刻傳下令去，把張吉當阿兩路的百姓收進城去，又把村坊上的屋子，放一把火一齊燒了。

待得努爾哈齊大兵一到，吃也沒得吃，住也沒處住；祇有一座兀蘇城，離得不遠。努爾哈齊便催動兵士打進城去；城長山談扈石木便投降了努爾哈齊，把軍隊安插在城裏。

誰知城中痘疫大發，建州兵住在城裏的，死了大半；努爾哈齊看看不好，忙丟下兀蘇城，一肚子怨氣，沒有發洩的地方，便放一把火，把雅哈城、黑兒蘇城、何敦城、喀布齊賚城、俄吉岱城還有十九處屯塞，一齊燒了。

布揚古見建州兵如此猖獗，忙到明朝去告急；明朝打發游擊馬時柟、周大歧，帶著砲兵一千人來，幫著把守葉赫城。建州兵見砲火來得厲害，便退兵回去。

努爾哈齊自從得了哈達部，那哈達部的南面，有柴河堡、撫安堡、三岔堡、白家衝堡和松山堡六處地方，土地十分肥厚。建州百姓都到那地方去耕種；那地方又接連明朝鐵嶺、開原的疆界，常常發生越界耕種的事。

明朝總兵張承蔭，打發一個通事官，名董國蔭的，來對努爾哈齊說道：「你們建州百姓，在柴河三岔開原耕種的田，都是我的；你須把那六個堡住著的百姓搬回去，在那地方立下界石，從此不許越界耕種。」

努爾哈齊回答他，說道：「這是你明朝故意來和我尋事，所以說出這個無禮的話來。」便把董國蔭送出城去。

張承蔭見建州如此蠻橫，心想：「我如今初來做總兵官，不給他點下馬威，卻不能叫人怕我了。」當下他便下令，自己兵士一齊動手，把六堡的百姓趕回建州去；又在那地方豎著石碑，派兵看守，從此不許建州人越界耕種。

努爾哈齊知道了，十分惱恨，說道：「明朝常常幫助葉赫，拿兵力欺我；我因他是天朝大國，便也忍著氣惱。如今他們竟有意尋事，欺我太甚；我此番定要出兵，去和他決一個雌雄。」他說著，一面吩咐大將扈爾古出城去，點齊兵馬，自己回進內院去，一疊連聲喊：「拿我軍裝出來！」

烏拉氏忙上前來服侍她丈夫，全身披掛；一邊問他：「如今出兵打誰去？可要妾身陪著一塊兒去？」

那努爾哈齊氣憤憤的說道：「我如今打明朝去，他們欺我太厲害，我此去，要和他見一個高低！打仗十分厲害，怕你去不得。」

烏拉氏是努爾哈齊最得寵的妃子，當下聽說又要離開她出兵去了，便一納頭，倒在努爾哈齊懷裏，嘴裏說：「我跟都督一塊兒去不好嗎？」

努爾哈齊一手摸著她的粉腮兒，說道：「我的好人兒！妳好好的在家裏……。」

正說話的時候，忽見他第七個兒子阿巴泰急匆匆的跑進房來，湊著他父親耳邊，悄悄的不知說了些什麼；努爾哈齊聽了，頓時臉上變了色。

第十二回　手足情仇

卻說舒爾哈齊自從跟努爾哈齊到明朝去進貢回來，眼見明朝那種繁華情形，心中說不出的十分羨慕；那時他得了神宗皇帝的賞賜，自己覺得十分榮耀，回家來，便不把努爾哈齊放在眼裏。又見努爾哈齊大營宮室，他便想起做皇帝的快樂；又想：自己和他哥哥一樣是塔克世的兒子，他怎麼可以享福？我怎麼替他做著牛馬？

努爾哈齊幾次帶著他出兵去，他又立了許多戰功，越發膽大起來；見了努爾哈齊，漸漸的沒有規矩。努爾哈齊看在從小患難弟兄面上，便不和他計較。誰知舒爾哈齊竟暗暗的在那裏調兵遣將：他有兩個兒子，大兒子名阿敏，第二個兒子名濟爾哈朗；他們手下都有一二千兵士養著。還有那努爾哈齊的六兒子褚英，只因父親寵愛代善和皇太極；心中十分怨恨，也暗暗的養著兵士，和舒爾哈齊父子三人打成一氣。

他們原都住在興京城裏的，只因鬧起事來十分不便；便悄悄的打發人到黑扯木地方，去大興土木，蓋造起宮殿來，和努爾哈齊的屋子一模一樣。他們和褚英約定，俟他父子三人搬到黑扯木去，便帶同人馬打到興京來；這裏褚英也在城中埋伏兵士，但聽一聲砲響，便裏應外合的大鬧起來。

這個消息傳到阿巴泰耳朵裏，忙去告訴他母親；伊爾根覺羅氏正因努爾哈齊新娶了烏拉氏，自己失了寵，如今得了這個消息，她要討好丈夫，便叫兒子悄悄的去告訴他父親。當下努爾哈齊聽了阿巴泰的話，立刻發作起來；這時扈爾古已把兵馬點齊，進來覆命。努爾哈齊吩咐他：「快調四千兵馬進城來，把城門關了；再把二貝勒父子三人和那大公子褚英，一齊捉來見我。」

努爾哈齊說話的時候，滿臉殺氣；扈爾古見了十分害怕。當下也不敢多說話，只「是是」的答應著。扈爾古正要轉身出去，努爾哈齊又把他喚回來，說道：「要是他們抗不奉命，你便砍下他們的腦袋來見我。」

扈爾古應著，走出大門去，跳上馬，趕出城去；點齊了四千人馬，飛也似的跑進城來，立刻把城門閉上。分二千兵士看守四門，一千兵士看守都督府；自己卻帶著一千兵士趕到舒爾哈齊府中，把前後圍得和鐵桶相似。又帶著三百親兵闖進門去；把全府的人嚇得個個兩隻腳，好似釘住在地面上一般，動也不敢動。

扈爾古喝一聲：「綁起來！」那兵士們便一擁上前，把全家老少都推在院子裏；一片號哭的聲音，好不悲慘。

只有那舒爾哈齊，他仗著自己有功，便不肯奉命；他手裏擎著大刀，見人便砍，那兵士們被他砍倒的不少。扈爾古十分惱怒；忙從腰間扯出一張令旗來，喝一聲：「殺！」便有三五十兵士一擁上前去，把他按倒在地，一陣亂刀斬死了。

這裏扈爾古上去，割下舒爾哈齊的腦袋來；一面趕著老小出門去。走過褚英的家門口，扈爾古進去把褚英傳了出來，綁上了，一塊兒送進府去。

到了努爾哈齊跟前，褚英仗著自己是大兒子，想來總有父子之情；便搶上前去，噗的跪在地下，大聲哭嚷道：「父親饒了孩兒罷！」

誰知努爾哈齊一見了褚英，不覺無名火冒起了十丈；他想：「別人計算我，倒也罷了；你是我親生的兒子，也打著夥兒，計算我起來？」

便不由分說拔出馬刀來，只一刀，可憐的褚英，立刻被殺死在他父親的腳下了。

那邊的阿敏、濟爾哈朗見了，嚇得魂不附體；忙也上前去跪倒。努爾哈齊見了，氣得兩眼冒火，拿起那口刀正要砍下去；忽然想起舒爾哈齊來，問時，那扈爾古忙送上首級來。看時，只見他雙眼緊閉，血肉模糊。

努爾哈齊不覺心中一動，想起從前他們弟兄三人被父親趕出家門，在路上吃苦的情形，如今落得這樣下場。又想起自己因一時之憤，竟殺死了親生的兒子；因想起褚英，便又想起他母親那時和他恩愛的情形，不覺掉下眼淚來。忙上去扶起了兩個姪兒，勸他們好好的改過爲善，從此饒了他們的罪惡。當下，阿敏兄弟兩人給他伯父磕過頭謝了恩，哭著回去了。

努爾哈齊因連殺了子弟兩人，心中鬱鬱不樂，便也無心和明朝去打仗了。他住在府中，天天和幾位大臣武將商量改變兵制。商量了許多日子，便定出一個八旗的制度來：他的兵隊，是拿旗色來分別的。

滿洲兵制，原有黃色、白色、藍色、紅色四旗；如今又拿別的顏色鑲在旗邊上，稱做鑲黃旗、鑲白旗、鑲藍旗、鑲紅旗；共是八旗。那武官分牛彔額真、甲喇額真、固山額真、梅勒額真四等。每一個牛彔手下，各領三百名兵丁；每一甲喇，又領著五個牛彔；每一固山，又領五個甲喇；每個固山手下，又管著兩個梅勒。

出兵的時候，地面寬闊，便把八旗的兵排成一條橫線；地面狹窄時，便排成一條直線，不能亂走的。到打仗的時候，便把穿堅甲、拿長鎗快刀的兵充前鋒，穿輕甲拿弓箭的兵走在後面；另外又有一隊騎兵，在步兵前後照看著。堅甲，便是鐵甲，拿緞子或是木棉做成衣服，裏面縫著二寸或是一寸四分厚的鐵板；輕甲，便是棉甲，是拿緞子或是木棉做成，卻沒有鐵板的。

努爾哈齊編定了兵制，分給各大將，日日操演著。又叫額爾德尼巴克什和噶蓋札爾克齊兩人，仿著蒙古字音，造出滿洲文字來。

這時建州佔據的地方，除去開原附近以南、遼河內邊，由連山關附近通鳳凰城一帶外；凡是廣闊的南北滿洲平原肥地，都在努爾哈齊一人掌握之中。便是那朝鮮的北部，也被建州佔據了去。講到他的兵力，單是蘇子河谷一帶，就已有精兵八萬。那時明朝人有一句俗話說道：「女真不滿萬，滿萬不可敵。」看看努爾哈齊的行爲，卻是一個有大志的人。

這個消息傳到明朝宰相葉向高耳朵裏，不覺嚇了一跳；說道：「我們得趕快防備著！」當下提起筆來，寫上一本說道：

竊念：今日邊疆之事，惟以建州夷最為可患，其事勢必至叛亂。而今日九邊空虛，惟遼左為最甚。李化龍為臣曰：「此酋一動，勢必不支；遼陽一鎮，將拱手而授之虜。即發生救援，亦非所及。且該鎮糧食罄竭，救援之兵，何所仰給；若非反戈內向，必相率而投於虜。天下之事，將大壞而不可收拾！」臣聞其言，寢不安席，食不下嚥。伏希講備禦之方為要。

神宗皇帝見了奏章，也不禁嚇了一跳；忙把兵部尚書宣進宮去，吩咐他趕速多添兵馬，把守關隘。那兵部尚書領旨出來，便打發頗廷相去任遼陽副將，蒲世芳去當海州參將；帶兵一萬，駐紮在撫順遼陽兩處。這時廣寧總兵張承蔭和廣寧巡撫李維翰，也接到兵部的加急文書，叫他們隨時察看建州情形，報告消息。

誰知明朝那班官員正忙亂的時候；那努爾哈齊已自己稱金國，登了汗位了。這時候是明朝萬曆四十四年，興京大殿造成，由大貝勒代善、二貝勒阿敏、三貝勒莽古爾泰、四貝勒皇太極和八旗許多貝勒，帶領各大臣站在殿前，按著八旗的前後，立在兩旁。

努爾哈齊全身披掛，坐上殿來；禮官喝聲行禮，那班貝勒大臣帶著文武官員一齊跪倒，黑壓壓的跪滿在殿下，靜悄悄的一起跪倒，行著三跪九叩首的禮。滿院子只聽得袍褂靴腳窸窣的響聲，帶著那朝珠微微磕碰的聲音；大家磕下頭去的時候，努爾哈齊在寶座上望下去，只見滿地的翎毛，根根倒豎著，好似一座菜園，他心中便說不出的一陣快樂。

行禮已畢，那領著八旗的八個大臣，山班來跪在當地，兩手高捧著表章；便有侍衛阿敦巴克什額爾德尼下來接過表去，搶上幾步，在寶座前跪倒，高聲朗讀表文，稱努爾哈齊為覆育列國英明皇帝。英明皇帝聽罷了表文，便走下寶座來，當天燒著三枝香，告過天；又帶著全殿官員，行過三跪九叩首的禮。禮畢，皇帝又升上寶座，許多貝勒和大臣都分著班兒，上去行禮道賀。當殿傳下聖旨來，改年號稱天命元年。退朝下來，便在東西兩偏殿賞文武官員吃酒；英明皇帝也退入後殿去，自有那繼大妃、繼妃、側妃和庶妃等，帶領各公主、各福晉上來道賀。

行過家禮，在內殿上擺著酒席，人家陪著皇帝吃酒，努爾哈齊到了此時，便開懷暢飲，不覺酩酊大醉；那宮女上來扶著皇帝，到烏拉納喇氏宮裏去睡。這一夜他和納喇氏，不用說得，自然是顛鸞倒鳳，百事都有了。

第二天五更時分，英明皇帝便起來坐朝。從此他在宮殿各處，都仿著明朝的格式；又時時召各貝勒大臣進宮來遊玩，又和文武官員商量國家大事。英明皇帝這時深恨明朝欺他，常常和大臣提起，便切齒痛恨。

這時有把守邊關的來報說：「明朝沿邊的百姓，每年越界來偷採人參東木。」英明皇帝便立刻下聖旨，著達爾漢侍衛扈爾漢帶領兵隊，到邊界地方去巡查；見了明朝人抓住便殺。那侍衛奉了聖旨，趕到邊地上去，殺死了明朝五十個人；英明皇帝又打發綱古里、方吉納兩人，去見廣寧巡撫李維翰，責問明朝人越界採蔘的事情。

那李維翰聽說殺死了自己的百姓，便大怒，喝令把金國來的兩個使臣和九個侍衛，一齊綑綁起來；一面修書給努爾哈齊，要他償命。努爾哈齊心下雖然憤恨，但自己的使臣被明朝捉住了，也無法可想；只得把自己從前從葉赫捉來的十個犯人，送到撫順關去，一齊殺死，算是抵了明朝人的命。那綱古里、方吉納兩人，才得逃著性命回來。英明皇帝雖說一時忍辱含垢；但他報仇的念頭，卻越是深一層了。

到了天命三年正月，有一天，努爾哈齊在黎明的時候從床上起來，準備坐朝。推窗一望，只見那天邊掛著一輪淡淡的明月，有一道黃氣，橫遮著月光；有二尺多闊，四丈多長。

英明皇帝看了，不禁哈哈大笑；說道：「這是明朝的氣數完了，我金國氣數旺盛的預兆呢。」

那繼大妃也站在他身後，一同看著，聽英明皇帝說了這句話，便接著說道：「陛下這個話，可有什麼憑據？」

英明皇帝說道：「妳沒看見麼？那一輪明月不是明朝嗎？這月光淡淡的，不是衰亡的預兆嗎？妳再看看那道黃光，不是我們金國嗎？那金了不是黃色的嗎？這黃光如此發旺，不是我國應該興盛的預兆嗎？再者，這黃光罩住在明月上面，不是金國滅去明國的預兆嗎？」

繼大妃聽了這番話，心下恍然大悟；忙趴在地下，連呼萬歲。英明皇帝笑著，把妃子扶起，一面催宮女快快披掛舒齊，踱出殿去。

那文武百官朝賀已畢，英明皇帝便慢慢的把天象說出來；又說道：「天意已定，諸卿勿疑；朕計已決，今歲必伐明矣。」

當時殿下有許多武將，聽說皇帝要去伐明，快活得個個摩拳擦掌；便有三位固山額真出班奏請皇帝調遣。皇帝諭：「諸卿且退，待朕與法師計議妥善，自有調遣諸卿之處。」

到了第二日，果然宮裏傳出旨意來，宣老法師斡祿打兒罕囊素進宮去，商議軍國大事。

這位法師自從西藏步行到滿洲地方，道行高深，說法玄妙。英明皇帝十分敬重他，特爲他建造了一座極大的喇嘛寺，遇有疑惑難決的事，都去請教老法師。當時英明皇帝和老法師談了許多時候，便越發有了主意。

老法師揀定二月十四日這一天，英明皇帝親自擺駕出城，調齊八旗人馬，在大教場聽點。英明皇帝全身戎裝，騎著一匹高大的黑馬；揀了二萬精兵，帶著到祖廟裏去行禮。那班隨征貝勒和文武大臣都行過禮，轉身出去整頓隊伍。頓時旌旗蔽日，槍戟如林；浩浩蕩蕩，殺奔撫順關來。

大軍過界凡山；忽然先鋒軍士捉住一個漢人，押解到大營裏來。英明皇帝親自審問，那軍士把漢人推進帳來。英明皇帝向他上下一打量，見那人長著一部短鬚，面貌十分清秀；望去便知道是一個讀書種子。英明皇帝是最愛讀書的人，當下便吩咐解去他的束縛，又賞他坐下；細細的盤問著。

漢人說道：「下臣姓范，名文程，字憲斗，原是宋朝范文正公仲淹之後。自幼博覽群書，上解天文，下知地理，深明韜略；只因屢次上書明皇，明皇不用。落拓一生，飄落到此。又見黃光貫月，知道滿洲出了真主。因此不避斧鉞來見陛下。陛下倘有知人之明，下臣便當竭畢生之能，上輔明主。」

英明皇帝聽了他這一番話，心中大樂；忙吩咐侍衛賞他酒肉。又對范文程說道：「朕與明朝有七大恨事，其餘小怨不用說。先生既有意來此，總該明白朕的心事。」

范文程聽了，便請過紙筆，即在當筵寫成「七恨」，道：

> 我之祖父，未嘗損明邊一草寸土，明無端起釁邊陲，害我祖父，恨一也。明雖起釁，我尚修好，設碑勒誓：凡滿漢人等，毋越疆圉；敢有越者，見即誅之。見而故縱，殃其縱者。詎明復渝誓言，逞兵越界，衛助葉赫，恨二也。明人於明河以南，江岸以北，每歲竊逾疆場，肆其攘奪。我遵誓行誅，明負前盟，責我擅殺。拘我廣寧使臣綱古里方吉納，脅取十人，殺之邊境，恨三也。明越境以兵助葉赫，俾我已聘之女改適蒙古，恨四也。柴河三岔，撫安三路，我累世分守疆土之眾。耕田藝穀，明不容刈獲。遣兵驅逐，恨五也。邊外葉赫獲罪於天，明乃偏信其言，特遣使臣遺書詬詈，肆行陵侮，恨六也。昔哈達助葉赫二次來侵，我自報之，天既授我哈達之人矣；明又黨之，脅我還其國。已而哈達之人，數被葉赫侵略。夫列國之相征

伐也。順天心者勝而存，逆天意者敗而亡。豈能使死於兵者更生，得其人者更還乎？天建大國之君，即為天下共主。何獨搆怨於我國也？初扈倫諸國，合兵侵我。天厭扈倫起釁，惟我是眷。今明助天譴之葉赫，抗天意，倒置是非，妄為剖斷，恨七也。欺陵實甚，情所難堪。因此七大恨之故，是以征之。

范文程寫成，由阿敦巴克什額爾德尼譯成滿文。朗聲誦讀一遍，英明皇帝連連讚嘆道：「范先生真是朕心腹之臣。」從此拜范文程做軍師，隨營參贊。英明皇帝稱他范先生，各貝勒大臣都稱他先生。滿朝文武，都十分敬重他。

這時，大隊人馬已到古勒，英朗皇帝吩咐紮營。當晚在曠場上，擺下香案馬步，八旗兵丁四面密密層層的圍定。英明皇帝帶著貝勒大臣、文武百官，踱出帳來，向空中一齊跪倒，行過三跪九叩首的禮兒。范文程捧著七恨告文，高聲朗誦一遍。便在當地豎起一杆龍旗，四面樂聲齊起，皇帝退入營去。

第二天，皇帝坐上將臺，發下號令。大軍分做兩路，左翼四旗，兵取東州馬根單二地。皇帝和諸貝

勒帶著右翼四旗兵八旗護軍，取撫順關。一聲號砲，拔寨都起。右翼四旗到了，斡渾鄂謨一片曠野地方，駐下軍隊。

范文程進帳去見了皇帝，奏道：「臣仰察天象，不久便有大雨。大軍駐在平原，怕有困水之慮。此去西南有一座高山，名叫福金嶺，頗可以安插人馬。望陛下立刻下令，移軍山上去。」

英明皇帝聽他的話，便下令立刻拔營前進。那兵隊走至半路，雨點已連珠似的下來了。待到得山上紮住營盤，外面的雨勢如移山倒海一般。皇帝在帳中嘆道：「范先生真神人！」

誰知這一陣雨，一連下了十多天，兀自不肯停住。從山上望去，那平原上頓成了一片大湖；把這一座山四面圍住；好似大海中的一座孤島。英明皇帝悶住在中軍帳裏，心中十分焦急。

有一天夜裡，許多貝勒大臣陪著皇帝，皇帝說道：「天下大雨，怕不能進兵。朕意欲回軍，好嗎？」

當時大貝勒代善奏道：「不可。我們這一回去，是再和明朝講和呢？還是結怨呢？況且大軍已到明朝疆界，不戰而退，何以服眾？」

范文程也說：「臣察天象，三日以內，便當晴朗，請陛下再忍耐幾時。」

皇帝便問道：「范先生，你看我們大軍幾時可以行動？」

范文程說：「後天亥刻進兵。」

諸將聽了他的話，十分詫異。聽聽外面狂風大雨，正來得猛烈。皇帝卻信范文程的話，傳下令去：「後天亥時進兵，向撫順關進發。」

到了這一天傍晚時候，還是傾盆似的大雨；到了亥時，果然風停雨止，濕雲四散。天上推出一輪皓月來，照在人臉上，好似白晝一般。皇帝在馬上打著鞍子說道：「范先生真神人也！」大軍迤邐行去。

到第三天微明時候，前面隱隱露出一帶城池來，便是撫順城了。皇帝下令把人馬散開，在撫順城前橫著有一百里長。這時撫順城裏，有一個農人出城來砍柴，被巡邏兵捉住，送來見皇帝。皇帝好言撫慰他，問他城內有多少人馬？那農人說：「只有游擊李永芳，帶著一千人馬。」皇帝便命范先生寫一封招降書，交給這個農人，叫他送進城去。

第十三回　撫順風雲

卻說英明皇帝待招降書送去以後，便要準備攻城。

范文程悄悄的奏道：「這撫順城池高深，一時不易攻克。況且招降李游擊的書信送去，一時不得他的回信，我們也不能便下攻擊之令。依下臣的愚見，暫退兵至十里以外，在深山樹林中藏著。城中百姓見我兵馬退去，自然照常開門做買賣。那時我們派五十名細作，混進城去。於中取事，豈不輕便？」

英明皇帝聽了他的話，便下令退兵十里，悄悄的去深山樹林中藏躲著。那撫順游擊官見敵兵去遠了，便吩咐開城，依舊開市做買賣。

那時有一位千總名王命印的，見開了城門，怕建州兵馬再來，便去對李游擊說：「還是關上城門罷！」

那李永芳說：「我們撫順百姓，全靠開市度活。倘然閉城停市，那人心越發慌亂了。」

王命印又說：「開了市場，怕奸細容易混入。」

李永芳不聽他的話，依舊天天開著市場。那滿漢人民在城門口進進出出，也沒有人查問。過了七八天，大家也忘了建州兵馬。忽然一聲吶喊，建州的兵馬著地如狂風似的捲來。那把守城門的，慌慌張張地把城門關鎖起來。便有許多滿人被鎖在城裏。一霎時，外面駕起雲梯，箭如飛蝗似的射進城來。李永芳在城樓上督看兵士放箭，又把許多木塊石塊打下城去。

正忙亂的時候，忽見西面火起。他急跳上馬，向西門跑去，才到西城，那東城又起火了。急轉過馬頭，向東城跑去，看看快到東城，那南城、北城又同時起火了。他知道城中有了奸細，悔不聽王命印之言，才至有此失。

他急向自己衙門跑去，到了衙門口，只見裏面人聲雜亂，火光燭天。他仗著一柄大朴刀，搶進門去；才一跨步，腳下一根繩子一絆，一個倒栽蔥倒在地下。門角裏跳出十多個大漢來上去按住，拿繩子綁上了，抬去關在一間暗室裏。耳中只聽得人聲鼎沸，喊殺連天，直到半夜裏才安靜下來。李永芳也便昏昏沉沉的睡去。

至天明時候，外面走進四個滿洲兵來，把他拖出屋子去。抬頭一看，那英明皇帝坐在上面，兩旁站著文武官員。皇帝傳旨下來，叫李永芳投降。李永芳開門大罵，不肯投降。過了一會，外面把許多屍首抬了進來。李永芳看時，認得是千總王命印和一班將弁的屍首，其中還有李永芳的妻子陳氏的屍身。李永芳看了，不禁號咷大哭。

皇帝又傳諭下來，勸他不必悲傷，「你妻子是遭城中亂兵殺死的，並不是滿洲兵殺死的，如今皇帝看你妻子死得可憐，便著人預備上等棺木收殮。」一面吩咐把陳氏屍身停放大堂。

不一時，果然有許多人拿了上等的衣服棺木，來收殮他妻子。收殮停當，皇帝又吩咐文武官員上去祭奠。這一來，把個李永芳的心軟化了一半，兩個兵士上來替李永芳鬆了綁，又設下酒肉請他吃。

李永芳這時肚子十分飢餓，見了酒肉不由不吃。他一邊吃著，一邊想道：「我吃便吃，投降卻不投降；看他們拿我如何處治？」他放量吃了一個飽，誰知吃完了，便兩眼朦朧，昏昏沉沉的睡熟去了。

直到睡醒過來一看，見自己睡在炕上。眼前燈燭輝煌，床頭錦衾香軟。一轉眼，一個美人兒和他並頭睡下，美人兒是滿洲打扮，髻兒高高的，鬢兒低低的，壓在那粉脖子上面，越顯得黑白分明；兩道彎彎的蛾眉，眉梢兒斜侵在雲鬢裏。兩腮胭脂紅得可憐，一點朱唇，鮮艷動人。

那美人看他呆呆的向自己打量著，便「嗤」的一笑，把被角兒遮住自己的粉臉兒，看她身上穿著一件銀紅小襖，越顯得腰肢嬝娜。李永芳心中一動，正要用手前去推開她，忽然「啊喲」一聲，伸手向自己頭上一摸。那頭皮四圈剃得光光的，頭頂上掛著一條大辮子。李永芳不由得嘆了一口大氣，淌下眼淚來。只見那美人又從被窩裏坐起身來，低聲軟語的勸慰他。

李永芳問她：「妳是什麼人？怎麼和我一被窩兒睡著？」

那美人噗嗤一笑，說道：「你看這大呆子！咱倆既做了夫妻，怎麼不睡在一個被窩裏？你問我是誰，我說出來時，怕不要嚇破你的膽。我不是別人，便是那當今皇上第七個太子，阿巴泰的大公主呢！」

李永芳聽了，果然一跳，從被窩裏跳起來，直挺挺的跪在炕下。公主笑著，忙拉他起來，一面喚著侍女來服侍駙馬穿戴起來。看他居然穿著袍褂靴帽、紅頂花翎；一會兒，那公主也打扮齊整，雙雙出去謝過皇上。皇上聖旨下來，拜他做撫順總兵官，專管撫順一帶的漢人。

這時左翼也在撫順會合，一連攻破了撫安花豹三岔各處。又率兵進鴉鶻關，圍清河城，五日五夜攻破了。大軍回來，又過撫順城，把城牆拆毀了。出關來，人馬齊甲版地方；大小將士齊來獻功，這時擄掠了許多金銀人畜，皇帝一齊賞了兵士們。又捉得在關上做買賣的山東、山西、江南、蘇州、杭州各地人，皇帝吩咐多多的給他們盤纏，放他們回家去。又把那「七恨」的文告，抄寫幾十份，給他們各人帶回中國，去給中國百姓們看看。諸事停妥，皇帝便令班師，一隊隊馬步三軍過去。英明皇帝親自押陣。各貝勒大臣隨駕扈從。

看看走到謝里甸地方，傳令駐營，忽然探馬報到說：「後面明廣寧總兵張承蔭、遼陽副將頗廷相、海州參將蒲世芳，領兵一萬，追趕前來。」

英明皇帝聽了，微微一笑，說道：「這班貪生怕死的奴才，我大軍到時，他們躲在哪裏去了？如今候我出了關，卻又來追趕。這明明是裝幌了，哄他主子的。我量他來也沒有勇氣的。孩子們，快快去殺他一陣。」一個號令傳下去，大貝勒和四貝勒各帶本部人馬直殺上去。那巴克什額爾德尼令兩貝勒也帶了兵馬，前去策應。

張承蔭見滿洲兵來勢洶湧，便靠山分紮中左右三營，開掘壕溝，排列火砲。那八旗兵個個奮勇攻上山來，火砲下去，山下兵馬死了不少。正相持的時候，忽然西南刮起一陣狂風，飛沙走石，直向明朝兵營裏打去。大貝勒吶一聲喊：「搶上前去，見人便砍，見馬便射。」四貝勒也向山南奮力的攻打上去。

正在血戰時候，忽然山後金鼓大震，巴克什額爾德尼令兩貝勒的人馬，又從明兵的後營殺來。把張承蔭的兵隊擠在半山裏，進退兩難。四百滿兵，把他包圍在垓心；可憐張承蔭、頗廷相、蒲世芳和游擊梁汝貴等五十員戰將，都死在亂箭之下。那殘敗兵士，向四面山下逃去。滿兵追殺四十多里，才歇住這一場殺。四位貝勒獲得戰馬九千匹，盔甲七十副，兵仗器械不可勝數。他們一路唱著凱歌回到大營。英明皇帝給他們在營裏大開慶功筵宴。

這且不去說他，再說明朝神宗皇帝，看見國弱民貧、百官偷惰，心下十分憂慮。忽然接到建州入寇、撫順失守、李永芳投降、鄒儲賢死節的消息；接著又得到張承蔭全軍覆沒的消息，不由得驚惶起來，立刻傳諭陞勤政殿，召見六部臣工。

那兵部侍郎楊鎬出班奏稱：

「建州夷人努爾哈齊久有反意。臣前任遼東巡撫時，一再奏陳。無奈那時李成梁一味敷衍，我朝又因軍餉缺乏，過事因循。直到如今，鬧成這不可收拾的局面。依臣愚見，現在建夷自稱可汗，屢次寇邊。他目中久無天朝，可想而知。為今之道，我朝非大發兵馬，痛痛的剿伐他一下不可。

但出軍關外，非尋常戰事可比，必定要選熟悉關外人情地理的，才可以去得。據臣所知，有老將李如柏，罷職多年；求皇上下旨徵召他來，授他遼東統兵之職；又有杜松、劉綎、劉遇節、馬林、麻岩、賀世賢等，都是深明關外情形的。請陛下調進京來，一一委任他大小各職，跟著李如柏帶兵二十萬出關，去實力征剿。

至於出軍之路，愚臣也早有計畫。約分大軍為四路，可令杜松及劉遇節等統兵三萬，從瀋陽出撫順關，沿渾河左岸入蘇子河之河谷；又可令馬林和麻岩會合葉赫部的援軍一萬五千人，從開原鐵嶺方面出三岔兒入蘇子河一帶；可令李如柏和賀世賢等，統兵二萬五千人，沿太子河出清河城，從鴉鶻關入興京老城；再可令劉繼帶兵一萬，會合朝鮮援軍一萬，從寬甸出佟家江一帶，入興京老城的南面。另委統兵大員，帶領大軍駐紮瀋陽，遙為策應。這是進退兩利、一網打盡之策。望陛下採納。」

楊鎬奏罷，退回原班。兩旁官員見他洋洋灑灑的說了一大篇，他們也沒得別的說了，皇上便傳旨退朝。楊鎬回到家裏，自有一班同僚前來探望。到了第二天，果然宮裏傳下聖旨來，拜楊鎬以兵部侍郎兼遼東經略使，駐紮瀋陽，為四路總指揮官。其餘李如柏等，都依了楊鎬的原奏，個個加上官銜，跟隨大軍出關，去征伐建州夷人。

那兵士和糧餉都從福建、浙江、四川、甘肅各省四處搜括來的。可憐自從萬曆四十六年四月下了這道征奴的上諭，直到第二年二月才得雜湊成軍。大軍開拔的這一天，楊鎬傳集人馬，在大校場聽點。劉綎是先鋒官，早在將臺伺候。楊鎬騎馬到了校場一看，那四處八方來的人馬，號令不一，服式也不一樣，零亂散雜，他心裏老大不高興。回想到國家府庫艱難，也是沒有法子的事情。當下他略略檢點一過，便傳令祭旗。

劉綎走到帥旗腳下，一頭牛綑綁在地。他手下兵士見先鋒官到來，便拔刀砍牛，連砍三刀，那牛頭才落下來。劉綎心想：如此笨拙的軍器，如何出關去與建州夷人廝殺？當下勉強把旗祭起，楊鎬便把大軍分作四路；分派停當，暫回府中住宿。

楊鎬的夫人聽說丈夫要帶兵遠征，心下說不出的悽惶。當日便備了一桌酒席，在內堂替丈夫餞行。說起建州夷人萬分強悍，此去不知勝敗如何。那夫人和如夫人、公子、小姐，都淌下淚來。楊鎬忙喝住了，說些閒話。

正憂悶的時候，忽然二門上的家人前來回說：「外有劉將軍請見。」楊鎬問明是劉綎，心想：我們才在校場上見過面，如今他又有什麼緊要公事呢？一面想著，一面走出去。

那劉綎見了楊鎬，劈頭第一句便問道：「大帥看我們今天的軍隊，可用得嗎？」

楊鎬聽了，不覺嘆了一口氣說道：「這也是沒法的事情！」

劉綎說道：「大帥要知道，此番出師，不是兒戲的事情。像這樣雜湊的軍隊，末將怕是靠不住，依末將的意思，求大帥奏明皇上，另練新軍三萬人，歸末將統帶。教練一年，便成勁卒。那時不用勞師動眾，便是末將一人，也可以抵得住那建夷十萬人馬。」

楊鎬聽了，又嘆了一口氣，舉起一隻手來，在劉將軍肩上一拍，說道：「老弟！你還不知道嗎？如今國庫如此空虛，滿朝站的又大半是奸臣。便是這雜湊的軍隊，也是經過八九個月才得召集成功，哪裏又經得起召集成功、將軍又是另練新軍？不用說國庫裏拿不出這一宗軍餉；便是這一年的耽擱，那建州人怕不要打進關來麼？事到如今，也是沒得說的了。老弟！你看在下官面上，出去辛苦一趟罷！」

劉綎原是一個血性男子，聽了楊鎬這一番話，便站起來，拍著胸脯說道：「元帥既這樣說，末將拚著一條性命，結交皇上和元帥罷了！但是……」劉綎說到這裏，覺得又是礙嘴，不好意思說下去。

楊鎬聽了，便追著他問道：「但是什麼？」

一看，那劉綎已是掉下眼淚來了。楊鎬心裏明白，便拍著胸脯說道：「老弟！放心！怕此番出軍不利，老弟身後的事，有本官替你料理。」

劉綎忙上前跪下來，說道：「這樣，請元帥受末將一拜！」

楊鎬也跪下去答拜，說道：「咱二人拜做兄弟罷！」站起來，兩人拉著手，淌著眼淚。

劉綎說道：「末將益發連家小的事，也託付大哥了。」

楊鎬心下萬分難受；回心一想，大軍未發，先為此痛哭起來，這不是不祥之兆嗎？忙止住了哭，索興拉他到內堂去拜見夫人，留他坐下喝酒。第二天，楊鎬先把劉綎的家小接進府來，一塊兒住著。一面催促大軍，浩浩蕩蕩殺奔關外去了。

看看到了瀋陽，楊鎬傳集大小將領商議軍事。探馬報來說：「金國皇帝，親帶八旗兵丁，每旗七千五百人，約有六萬大軍，已離我軍不遠。」

楊鎬聽了，便拔下一枝令箭，「令馬林等帶領本部人馬，會合葉赫援軍約一萬五千人，從開原鐵嶺方面上三岔兒入蘇子河一帶，擾他南面。只許混戰，不許對壘。引他深入南方，便是你的第一功。」馬林得令去了。

第二枝令箭，傳到劉綎上帳說道：「你帶領一萬人馬，會合朝鮮一萬援軍，從寬甸出佟家江一帶，入興京老城南面。你打聽得西路兵打戰，使從東路猛攻，斷其歸路。」劉綎得令去了。

第三枝令箭，傳李如柏上帳說：「你帶領二萬五千人馬，沿太子河出清河城，從鴉鶻關直搗興京巢穴三路兵。你這一路，道途崎嶇，最不易走。你卻須晝夜趲城，路上不得停留。早到興京，便是你的第一功。」

第四枝令箭，喚杜松和劉遇節上帳說道：「你二人帶領三萬人馬，從瀋陽出撫順，沿渾河左岸入蘇子河河谷，抵擋敵軍正面，須穩紮穩打，打聽得南面軍隊開戰，才許你動身，猛力攻打，不得有誤。」杜松諾諾連聲，領了將令去了。

這裏楊鎬修下戰書，打發人送到興京去；一面派游擊史安仁沿路催督糧草，偵探敵情。

卻說四路兵馬，馬林一路行得最快。英明皇帝大軍正向界凡山進發。忽然探馬報到說：「南面蘇子河一帶，隱約見明軍旗幟。此外西北東三面，卻不見敵軍。」

諸貝勒大臣聽了，齊對皇帝說道：「我軍向西直進，如今敵軍卻從南面橫衝過來。以我中軍當敵人的前鋒，怕爲兵家所忌；請陛下下令大軍，速速改向南方進行爲是。」

英明皇帝聽了眾人的話，遲疑了一會說：「請軍師上帳。」

那范文程聽皇帝傳喚，忙走進中軍營去。皇帝見了軍師，便把上項情形說了一遍。范文程略略思索了一會，說道：「依臣愚見，我軍且莫向西，也莫向南；暫時紮營在此，再聽後報。」

皇帝聽了點點頭，傳令下去：「大軍立刻紮住營頭，休得行動。一面多派探馬，四處去偵查敵情，速速回報。」

六萬大軍正走得急迫，忽然下令停住，把個先鋒官扈爾漢急得搔耳摸腮，說：「敵人已在前面，咱們快趕上去，迎頭痛痛的打他一仗，豈不是好？咱們既不斷了腿，又不害什麼病，好好的怎麼忽然在這裏，前不把村、後不把店的站住了，養起力來了？」幾句話，諸貝勒聽了哈哈大笑起來。看看大軍駐紮著，今天不走，明天也不走，後天又不走。急得那大小將弁，背地裏都罵他「烏軍師」。

到了第四天時，四處探馬都報到說道：「北路上有一支明朝人馬，沿太子河，正向清河城進發，東路上也有一支人馬從寬甸進發。西路上有一支明朝人馬，從渾河一帶荒僻小徑而來。獨有南路上一支人馬，從開原鐵嶺方面，晝夜兼程，搖旗吶喊而來。」

英明皇帝聽了，便問軍師：「這四路人馬，來得何意？」

范文程微微一笑，說道：「清河城一路兵馬直攻興京，雖是十分緊要，但是那面路途崎嶇，行軍十分遲緩。目前興京決不有礙；那東路上的兵馬，原是打算攻我軍的背後，但是我們前鋒倘然能夠得勝那東路的兵，也不戰自退了。至於西南兩路的兵馬，驟然聽去，覺得南路的敵兵來得急迫，但是臣料定他南路的兵馬，決不是主要軍隊。

這是他們伏下的疑兵，引誘我們向南走去，越走越深，他卻用全力從西路直撲我的後陣。那時我們腹背受敵；那東北兩路兵馬，便直搗興京，叫我們顧此失彼。如今我們偏不中他的計，請陛下傳令只用五百名軍士，在南路上險要所在，攔住敵人的疑兵。在樹林深處多插旗幟，他自然不敢前進了。陛下自統八旗大軍直攻撫順，這一路是明朝主力軍隊。西路一破，那三路人馬，不戰自降矣。」

范文程說話之時，許多貝勒大臣圍著他靜靜的聽。聽到這裏，那扈爾漢跳出班來，舉手伸著一個大拇指，說道：「先生好妙計！」回頭一看，見英明皇帝坐在上面，他忙趴下地去磕頭謝罪。

第十四回　薩爾滸

卻說英明皇帝聽了軍師一番討論，恍然大悟。忙傳令留下五百人馬，對付南來敵軍；又撥一千人馬擋寬甸一方面的敵軍。自己卻領著八旗六萬大軍，晝夜兼程向西進發。不多幾日，看看到了界凡山，吩咐紮定營頭，築起堡壘來。這時明將杜松和劉遇節正帶領三萬人馬，駐紮在薩爾滸山的山崗上。兩軍隔著一條蘇子河，遙遙相對。

講到這位杜將軍，原是一位勇將，他在邊疆，身經大小百十回惡戰，從不退怯；長得一身好氣力，等閒一二百人都不在他眼中。他有一種古怪脾氣，每到交戰的時候，便把衣服脫去，露出一身黑肉來。那刀槍著在他身上淌下血來，他也不在意。因此，他身上處處都是刀槍傷疤；他也愛吃酒，到酒醉的時候，便脫下衣服來，數著刀疤談論。

那戰功雖說如此，但他每次戰爭，總是在左右翼跟著主帥，卻從不曾獨當一面做過主帥。如今他掛著正先鋒的印，出兵到渾河地方；相過地勢，便下令把三萬人馬都駐紮在山崗上。

劉遇節看了，便勸他說道：「從來紮營，都是靠山傍水的。如今主帥把全隊人馬都搬上山去；倘然敵兵渡河過來，我軍從山上下來，又是累贅，又是費時。依末將的主意，分五千人馬沿河紮定；再分五千人馬，沿蘇子河上下游，偵探敵軍可有偷渡的情事。一萬五千人馬，分做中左右三營，靠山腳紮住。主帥統帶五千人馬，在薩爾滸山崗上，遠可以瞭望，近可以督戰。」

杜將軍聽了劉將軍一番話，且冷笑幾聲不去睬他，卻依然在山崗上吃酒談兵。看看過了十多天，那對河的敵兵卻毫無動靜。杜將軍等得不耐煩起來，便親自帶了一萬人馬，赤膊大呼，渡過河去討戰。

待得劉遇節知道，趕上前去勸阻說：「兵分則力單；渡河而戰，又是十分危險的事情。敵人不肯渡河過來，他一來是防我軍在半河裏攻擊他，二來是誘我軍過河，以逸待勞。將軍千萬不可渡河。」

這時明兵已大半渡過河去，一任劉將軍千言萬語，杜將軍如何肯聽他，只囑咐劉將軍緊守山營，大喝一聲，渡過河去了。那英明皇帝坐在帳中，打聽得明兵已渡過河來，便留下兩旗兵士，在界凡山等待敵軍；自己卻統著五萬五千大軍，從蘇子河上流頭，悄悄的渡過河去。

這時劉將軍依著將令，在薩爾滸山上緊守著，老營河岸旁並無兵丁看守。誰知那建州兵馬，已是渡過大河漫山遍野而來。這時正是半夜時分，明朝將士正在山上做他的好夢，只聽得四下裏一聲吶喊，那建州兵已搶上山崗來。

劉遇節從夢中驚醒過來，跳上馬衝下山去。這時夜色昏黑，那敵兵拿著火把分八路進攻，好似八條火龍。劉遇節看看抵敵不住，帶了一萬多人馬，揀那沒有火光的地方衝下山去。這劉將軍是不曾到過關外的，他手下又都是江南兵，不熟地理；那建州兵卻十分熟悉，只揀那大路殺上山去。

可憐許多明兵，只因不識道路，撞在敵軍裏，被他們打得片甲不留。便是劉將軍帶著的一萬兵士，也都因不識道路，撞在叢莽中不得脫身的也有，翻在陷坑裏，遭人馬踏死的也有，劉將軍左衝右突，四下裏找路，竟找不出一條下山的道路來。他奔波了半夜，跑得人馬疲乏；一個眼錯，被絆馬索絆翻了，活捉到建州大營去。他見了建州皇帝，不住口的大罵，惱了大貝勒，便在他父親跟前，一刀揮作兩段。

這一場惡戰，薩爾滸山上的明兵死了五千多人，逃走了五千多人，被建州兵活捉住的有一萬人馬；奪得的旗幟馬匹，不計其數。

這個消息傳到杜將軍耳朵裏，不覺嚇了一大跳。他渡過河，足足費了一天光陰，待到傍晚時候，那天上忽然下起傾盆似的大雨來，把個杜將軍打得如落湯雞似的。好不容易，渡到對岸，那兵士們拖泥帶水的走著，人人怨恨，個個疲乏。看看到了那界凡山下，遠遠見那敵人營中全無燈火。

杜將軍心中疑惑，忙傳令兵馬站住，派探馬的前去打探；誰知前面的探子不曾回來，後面的探馬卻已報到說：「薩爾滸山的大營已經全軍覆滅。」杜將軍聽了，慌得手足無措，便傳人馬，悄悄的退回渾河右岸去。

他知道蘇子河右岸有敵兵攔住，便想從渾河退回去。這時是四更天氣，天上烏雲滿佈，漆黑無光，只有前面一條渾河發出白茫茫的光來。杜將軍一邊走著，一邊肚子裏暗想：幸而界凡山的敵兵不曾發覺；倘然給敵兵知道了，追趕上來，這時前有大河，後有追兵，不死在刀下，也要死在水裏。

看看全軍已到了渾河岸邊，便傳令渡過河去。到天色微明，人馬才渡得一半，杜將軍自己也下了船，在河中照料。這時所有木筏船隻都裝滿了人馬，在河中行駛。還有一半人馬，一齊站在河岸邊守候船筏。

忽見身後塵頭大起，喊殺連天。那建州一萬五千人馬如一陣風似的趕到，見人便殺，見馬便砍。那班明兵在泥水中跋涉了一夜，受盡風寒，肚子又飢餓，身體又疲乏；這時逼得他前去無路，後有追兵。

杜將軍在河中望見建州兵馬，十分驍勇；縱橫馳驟，殺得明兵大喊大哭，一半落在水裏，一半死在刀下，五千人馬，殺得半個不留；岸上堆著一具一具的屍首，渾河的水也紅了。杜將軍看了也無可奈何，只催著船隻快渡，一會兒渡到右岸，看看岸上一片平砂，靜悄悄的不見人影，杜將軍才放了心。

那五千兵馬，零零落落也整不起隊伍來，杜將軍便帶著他們向西面走去，走了十五六里路程，見前面一座大樹林。那山腳斜插在樹林裏，杜將軍傳令到山下林中去造飯息力。那兵士們巴不得到了樹林中，便七歪八邪的倒在地下，將弁們上去喝起了；這個那個全睡倒了。杜將軍看看也可憐，裝做看不見，一任他們遊散去。

正休息時候，忽聽得樹林後一聲砲響，左面大貝勒代善殺到，右面四貝勒皇太極殺出。杜將軍也不及招呼兵士，只帶了游擊王宣、趙夢麟和三五百親兵跳上馬，一溜煙逃去。

這裏兩個貝勒在林中，只是搜殺明兵，殺得他們呼爹喚娘，到底一個也不曾逃得性命。那杜將軍騎在馬上，連連的打著馬，也不分東西南北，見路便走。走到一座山谷下，只見前面閃出一支人馬來，黃繖寶蓋，馬上端端正正坐著一個建州可汗；左有大將扈爾漢，右有軍師范文程。

那扈爾漢拍馬上前說道：「咱們等候你多時了，你快快獻下頭來。」

杜將軍看看不是路，忙撥轉馬頭逃走。後面建州兵風馳電掣一般追來，杜將軍慌不擇路，只向那荒僻小路走去。流星趕馬似的，足足跑了二十多里路。

看看前面一座高山攔住去路，那山壁直豎，無路可尋。杜將軍知道此番性命難保，便掉轉馬頭，大喝一聲向建州兵衝來。兩將對陣，交戰了半個時辰。那建州兵士也被他殺死不少。一瞥眼，見那王宣、趙夢麟俱被扈爾漢殺死在馬下；杜將軍大怒，丟下了來將，上去和扈爾漢對敵。山上站著一個小將，放過一枝令箭來，「噗」的一聲，直穿杜將軍的咽喉；只聽得「啊呀」一聲，便撞下馬來死了。

原來這座山，名叫勺琴山。那山上的小將軍，是英明皇帝的第十三個兒子，名叫賴幕布。他奉了父皇之命，領了二千人馬在勺琴山上守候著。當下他二人回到大營，獻上杜松首級；英明皇帝論功行賞，要算大貝勒的功勞最大，又把擄來的器械馬匹，都賞了將士們。

這夜，總兵馬林得了杜將軍覆沒的消息，便行軍到尙間崖，深掘濠溝，嚴陣自守。大貝勒吃過慶功酒，便向他父皇要三百名騎兵，連夜趕到尙間崖去。馬林見建州兵到，便把砲兵列在營外，騎兵列在營內；另派潘宗顏自領一軍，在西面三里外裴芬山駐紮，互為犄角。

這時英明皇帝大軍也陸續到來，和大貝勒的兵合在一起。探馬報稱：「空開萼漠地方，有明左翼中路後營游擊龔念遂、李希沁統步騎軍一萬人，用大車外面遮著籐牌列陣。」

英明皇帝囑咐大貝勒看守大營，他和四貝勒親自帶了一千人馬去察看龔念遂的軍隊。四貝勒一見那大車環列，好似城牆，便喝令放火箭，頓時好似幾千條火龍向敵營射去。那大車轉動十分笨重，一霎時都著了火，烈焰飛騰。四貝勒發一聲喊，搶上前去；那後面的兵士，也跟著猛力進攻。人人奮面，個個當先，早把那大車攻破。明兵被自己的車子攔住，一時逃不脫身，大半死在建州兵的刀槍之下。那李希沁、龔念遂都力戰而死。

英明皇帝正站在高處，見他兒子左衝右突，如入無人之境，心下好不歡喜。忽然一騎探馬報到說：「大貝勒已與馬林開仗了。」英明皇帝便丟下四貝勒，跑回大營去，只見馬林軍隊在尙間崖下紮營，便傳令軍士從山陰面爬上山去。皇帝親自在山上搖著紅旗，建州兵士奮勇衝殺下山。

明兵看看擋不住了，正要轉身抵敵，那大貝勒帶著一萬鐵騎，從前面直衝殺進來。馬林兵士腹背受敵，不戰而逃。建州兵士追一陣，殺一陣；明朝副將麻岩及大小將士一齊陣亡。只有馬林逃得性命，落荒而走。這裏大貝勒追殺了一陣，看看明朝人馬被他殺盡，這時四貝勒也得勝回來，兩軍合在一處，轉向裴芬山攻打潘宗顏去。

那裴芬山勢十分險惡。英明皇帝下令騎兵一齊下馬，上山仰攻。明兵在山上打下火砲來，建州兵死亡甚多；大貝勒和四貝勒在山下奮勇督戰，只苦得建州兵是沒有火砲的。四貝勒向御營裏去調來一大隊弓箭手，那箭如蝗一般的飛向山頂上去。看看明兵陣腳還是兀立不動；後來，扈爾漢看看力攻難以取勝，便帶了一千名校刀手，向山後小路繞過敵營背後，去發一聲喊，殺進營去，明兵便大亂起來。山下的兵見山上敵軍動了陣腳，便又冒死上前。

潘宗顏卻是一位勇將，他一任山後如何擾亂，只顧前面抵住敵兵。看看建州兵已到半山，他便指揮兵士用砲火猛打；因此建州兵士又死亡了二千人。直到建州兵士佔住山頂，他還親自開砲擊打；後來砲架子翻倒，把他的身體直摔下山去。可憐一位猛士，跌得腦漿迸裂，血肉模糊。到這時，馬林一支人馬可以算得全軍覆沒。

那葉赫貝勒金台石、布揚古原帶有二千人馬，與明兵約定共打建州的。他走到開原中古城，聽得明朝兵敗，嚇得他偃旗息鼓，悄悄的逃回本部去。

這時英明皇帝已破了明朝二路兵馬。范文程便說：「請陛下快快回軍防護興京要緊。」

英明皇帝便收集八旗軍隊，回軍到固勒班暫駐。那時，明朝總兵官劉綎、李如柏兩支兵馬由董鄂虎

攔兩路進兵，看看已離興京不遠。一個消息報到建州大營裏，英明皇帝便拜扈爾漢做先鋒，先帶一千人馬晝夜兼程回去，保護興京。

第二天又打發二貝勒，帶本部人馬二千名接應。英明皇帝自己帶了貝勒大臣和文武官員，回到界凡山下行凱旋禮，斬倒八頭牛，祭旗告天。

大貝勒見二貝勒已去，怕他奪了頭功，忙去對他父皇說：「願帶二十個騎兵前去打探消息，大軍隨後來。」

皇帝答應了他。三貝勒聽得了，也要跟著去。四貝勒這時在山後圍獵，聽說他哥哥先去，他便匹馬趕到父皇跟前，求著父皇，也要和兩位哥哥一塊兒去。

英明皇帝是喜歡四貝勒的，當時便把他摟在懷裏說道：「好兒子，你兩個哥哥已走了，留下你一個在營裏陪伴著父親，豈不是好？」

四貝勒心中原是想家，便再三求著父親，先放他回興京去。三個貝勒回至興京，宮中幾位妃子聽得了，便喚進宮去圍著他們，打聽營中消息。四個貝勒便手舞足蹈的，把戰場的情形細細說了。那妃子們聽得又是歡喜又是害怕。

這四位貝勒裏面，只有三貝勒莽古爾泰是有母親的。當下他母親富察氏聽到出神的時候，便一把摟過他兒子來，我的心肝乖乖亂叫。講到四貝勒皇太極，他母親葉赫氏雖早去世了；只因他面貌長得俊美，說話又討人歡喜，宮中的妃子沒有一個不喜歡他的。那烏拉氏又是格外喜歡。當下也一把摟過皇太極去，心肝寶貝的亂叫。

那十四皇子多爾袞，見他母親喜歡哥哥，也搶上前去倒在他母親懷裏。烏拉氏一手摟著多爾袞，一手摟著皇太極，大家看到他弟兄兩人一般的長得人意兒。多爾袞年紀小，望去似乎比他哥哥還要俊些。大貝勒和二貝勒想起自己的母親，不覺心中一酸，一掉頭，走出宮門去了。

到天色微明，忽聽得城外車珠砲響，鼓角齊鳴。知是皇帝駕到，城中大小臣工忙出城去迎接進宮。英明皇帝到得宮裏，烏拉氏忙備辦筵席替皇帝接風。這時營中捉得幾個明朝的美女，送進宮去；那妃子公主們見她裙下尖尖的一雙小腳，都十分詫異，齊圍定了她，脫下弓鞋來，揑著看著。把那美女羞得只是低垂粉頸，再也抬不起頭來；停了一會，宮女上來領去梳洗。這一夜送去陪侍皇帝，皇帝見她長得溫柔美貌，倒也十分寵愛。

那阿敏也是十分好色的，這一夜，他也弄得兩個明女去侍寢。第二天帶進宮去，求皇帝賞她封號，皇帝便封她做侍妾，把自己的封做庶妃。阿敏看看皇帝的美人，比自己的美人長得格外俊，便怔怔的看著，只是憨孜孜的笑。皇帝見了不覺大怒，命宮女推出宮去。從此皇帝心中，有幾分厭惡二貝勒，不常召他進宮。

到了第二天，皇帝坐朝，便有扈爾漢山班奏稱：「現有明朝西路兵馬，已從寬甸進董鄂路，居民逃匿深山茂林中。那總兵劉綎縱兵焚掠村落，殺死很多百姓。當有牛彔額真托保、額爾納、額黑乙三人率駐防兵五百人迎敵，被劉綎軍隊重重圍住。額爾納、額黑乙被亂兵殺死，又殺死我兵士三百人。托保帶了殘餘軍馬逃來興京求救，請皇上下令，快發大兵前去迎敵。」

英明皇帝聽了，忙下令大貝勒、二貝勒、四貝勒統原有人馬，先往董鄂路迎敵。又令扈爾漢帶領一支人馬，在深山茂林中策應。留四千精兵保守興京，預備抵擋李如柏、賀世賢的兵馬。

此番出兵，大貝勒當大元帥，三貝勒當副元帥，四貝勒當先鋒元帥。四貝勒帶領三千人馬拔寨先起。看看走到富察地方，探馬報說：「前面明兵沿佟家江來，相距只有十六里。」

四貝勒聽了，吩咐在山谷中紮下營盤，一面在後營挑選二百名明朝浙江兵士，傳進帳來，給他們酒肉；又用好言撫慰一番，教他們依舊穿著明朝軍裝，打著明朝旗號迎上去，到佟家江劉綎營裏謊報說：

「杜松將軍已得了興京城池，特打發來迎接將軍進城去的說話。」又說：「你們好好的前去，倘能謊得劉綎到來，便算是你們的頭功，立刻放你們回浙江去，見你們的妻兒老小。」

那班兵士聽說放他們回家見妻兒老小去，便個個感激，人人奮勇。當下他們便紮扮停當，打著杜元帥的旗號，向佟家江一路迎上去了。這裏扈爾漢也帶著他的馬隊趕到，和四貝勒合兵一處。托保帶著敗殘軍馬來投見四貝勒，四貝勒吩咐他到深山茂林中去偵探敵蹤。

卻說那劉綎從瀋陽出發，由寬甸東向迤里沿佟家江一帶過來。沿途山路崎嶇，叢莽深密。心中又怕杜松先得了興京，奪了自己的大功。因此催促兵士晝夜趲程；真是逢山開路，遇水填橋。兵士們走得疲倦萬分，叫苦連天。

看看到了董鄂路上，實指望借著民房休息一會，誰知到了董鄂，那百姓走得十室九空；莫說牛羊雞犬不見一隻，便是那屋子也拆了。大軍到此，吃既沒東西可吃，住也沒地方可住；劉綎十分憤恨，兵士們便放一把火，把民房燒了，依舊拔隊前進。看看前面一帶大江；渡過江，已是富察地方。

劉綎原與朝鮮兵約會在此，十日前早已派海蓋道、康應乾帶五百名步兵前去迎接。到如今既不見朝鮮兵到，也不見康應乾回來。劉綎無可如何，便傳令大軍暫行沿江紮定。一俟朝鮮兵到，便即合兵進攻。誰知守候了幾天，那朝鮮兵隊卻杳無信息。劉綎等得不耐煩起來，便下令兵士們明日四鼓造飯，五鼓渡江。

那兵士們正忙著收拾營裝，忽然江對面渡過一小隊人馬來。夕陽照著那旗上，顯出一個杜字來。兵士忙去通報元帥，劉綎叫傳進帳來一看，果是自家的兵士。問起杜元帥時，原來早於三日前奪得興京城池；建州都督已被亂軍殺死。

杜元帥住在都督府裏，專候劉元帥過江去，商量收服北路部落。這班兵士說得活靈活現，不由劉綎不信。劉綎聽了，心中不覺一喜一恨；喜的是建州夷人已滅，中國從此可以高枕無憂；恨的是朝鮮軍隊，延誤時日，這攻破興京的一番大功被杜元帥奪去。自己枉做了一個先鋒元帥，此番出軍來，不曾立得尺寸功勞，回去難見經略的面。

當下便把興京來的兵士，安頓下食宿的地方。又傳令兵士明天緩緩起行，把所有戰器都收藏起來。兵士們也個個卸下甲冑，準備渡江入城去休養幾天。

第十五回　關鍵一戰

卻說劉綎帶有一萬兵士，個個都是強壯精悍，只因山河跋涉，飽受風塵，十停中，倒有五停人鬧起病來。如今聽說杜將軍得了興京，派兵來迎接進城去休息幾天；兵士們聽了便個個笑逐顏開，把兵器收藏起來。身上穿著軟甲，談笑歌唱著渡過江去。

先前來報信的二百名浙江兵士走在前面領路。看看走了二十多里路，後面忽然金鼓大震，一支人馬殺來。正是三貝勒統帶的人馬，劉綎十分慌張。再看那領道的浙江兵已是去得無影無蹤，幸而劉綎有五百名親兵還不曾卸甲，便掉轉身來，列成陣勢。自己拍馬當先和三貝勒廝殺。

無奈那建州兵馬越來越多，他後面的兵士又來不及穿甲，劉綎知道，前去有一座阿布達里崗可以駐得兵馬；便傳令兵士速速後退，到阿布達里崗上守住山頂，再與敵人廝殺。劉綎親自押後，且戰且退。

看看到了阿布達里崗，明兵便搶著上山去；才走到山腰，忽聽得山頂上一聲號砲響，四貝勒領著一支人馬大喊衝殺下來。明朝兵士手無寸鐵，又是身披軟甲，只見山頂上箭如驟雨，打得明軍馬仰人翻，那屍身塡滿了山谷。劉綎手下人馬折去大半。

這時前無去路，後有追兵，他便帶著人馬向西逃去；前面有一座山峽，雙峰對峙，中間只露出一條羊腸鳥道。劉綎把兵馬排成一營直線，親自押後，慢慢的行去。才有小半人馬走出山峽，忽然四面兩支人馬殺出。左有大貝勒代善，右有扈爾漢；把明朝人馬截做兩段。大貝勒親自來戰劉綎。

劉綎見了，眼中冒火，擎著大刀奮力殺去。兩人在山峽下一來一往，殺了五六十回合，不分勝負。大貝勒撇下劉綎，向山峽外走去。

劉綎拍馬追去，卻被建州兵四下裏圍住。劉綎東衝西突，往來馳驟，總逃不出這個圈子。看看自己手下兵士被建州兵殺得只剩五六十人，那箭鋒又四下裏如飛蝗一般的射來，劉綎拿刀背撥開，只是四下裏找路走；忽然一枝箭飛來，射中馬眼。那馬受痛，像人一般直立起來，一翻身把劉綎掀下地來。建州兵一擁上前捉住他。劉綎手快，急拔下佩刀自刎死了。大貝勒上去割下他的首級來，轉過馬頭來，帶著本部兵馬向富察趕去。

那時他已打聽得明海蓋道、康應乾，帶著朝鮮一萬兵士從富察南路走來。那朝鮮兵都是身披紙甲，頭戴柳條盔。大貝勒知道了心生一計，待到半夜時，他親自帶著一千騎兵，各自帶著火種，衝進朝鮮營去。前門廝殺，後門便放起火來。

這時東南風大作，那火種撲入前營，頓時燒得滿天通紅。朝鮮兵身上的紙甲、籐盔著了火，一時脫不得身，立刻燒死了一大半。那燒得焦頭爛額的逃出營來，都被大貝勒四下的伏兵捉住。這時三貝勒、四貝勒、扈爾漢的兵馬都已趕到。四面圍定，一齊放箭。從半夜殺起，直殺到第二天午時。那一萬兵馬，不死於火便死於箭。只是康應乾卻被他逃脫了。

這一場戰，建州兵又擄得馬匹戰器無算。扈爾漢領了得勝兵士先走在路上，又遇到明朝游擊喬一琦的一小隊兵馬。扈爾漢和他開戰，喬一琦敗走，扈爾漢追上去。看看追到固拉庫岩下，忽見岩上紮著一個營盤，風一吹，露出朝鮮的旗幟來，扈爾漢心下狐疑，認做喬一琦是誘敵之計，便把馬頭勒住，不敢前進；一面遣報馬，去報與大貝勒、三貝勒知道。

不多時候，那大貝勒和三貝勒、四貝勒帶著全部人馬趕到，那朝鮮都元帥姜宏立，打聽得明兵大敗，便偃旗息鼓，打發通事官到建州營來投誠；說道：「幫助明朝，原不是我國王的本意；只因從前日本兵打進我國來，霸佔住我們的城池，那時多虧明朝派兵來幫我們打退日本兵。如今明朝又送文書來叫我出軍到寬甸，我們義不容辭，分派一萬人馬在富察地方駐紮；我們原不知道和什麼人開仗，如今既是你們建州兵馬，我們也不敢冒犯上國。況且那一萬兵士已蒙上國殺死；如今我們元帥願修兩國之好，立刻定戰。」

大貝勒聽了這番話，便和扈爾漢商議；四貝勒便立刻有了主意，打發通事官，跟著來人到固拉庫岩朝鮮營裏去回話。說：「你們既有意投誠，便當把所有明朝人馬殺死，都元帥姜宏立親自到我們營中來投降；我們看天地好生之德，才肯赦他的罪孽。」

那姜宏立聽了這番話，無法可想，便把明朝游擊官捉住，連他的兵士都從山頂上拋下去。可憐這五百多明兵，個個跌得斷腰折腿、腦破血流，死在山下；建州兵在山下割了喬一琦的首級，帶著朝鮮國的都元帥和副元帥兩人回到興京去。那姜宏立見了英明皇帝，嚇得他只是趴在地下磕頭；英明皇帝叫人扶起，在偏殿裏賞賜酒肉，一面又備辦慶功酒席，請大小從征官員在御花園吃酒。

英明皇帝又在宮裏召集各妃子、太子、公主、福晉們，開了一個家庭筵宴。當時妃子們有富察氏、烏拉氏、覺羅氏和庶妃等；太子們有次子代善、三子阿拜、四子湯古岱、五子莽古爾泰、六子塔拜、七子阿巴泰、八子皇太極、九子巴布泰、十子德格類、十一子巴布海、十二子阿濟格、十三子賴慕布、十四子多爾袞、十五子多鐸及十六子費揚古，都團團圓圓陪著父皇坐在一桌。

這時，英明皇帝一面吃著酒，一面聽大貝勒、四貝勒三人鋪敘戰功，心中好不快樂。皇帝心中最喜歡的是十四子多爾袞，看他面貌長得淸秀，頭腦又聰明，性情又和順；宮中各妃子福晉們，沒有一個不歡喜他的。多爾袞在酒席上也如穿花蝴蝶似的跑來跑去，不是在這位妃子懷中坐一回，便是在那位福晉膝前靠一回。

皇帝吃到高興的時候，也把多爾袞拉過來摟在懷裏；一手摸著他的脖子問道：「這幾天可拉弓嗎？」

多爾袞忙回說：「這幾天，天天五更起來拉弓。師傅說孩兒有勁，明日打算添上一個力呢！」

皇帝微笑說道：「不添也好，沒得過拉狠了，乏了力。」

他父子兩人正說著話，烏拉氏見他兒子得了光彩，心中也說不出的歡喜；忙離席出來，擺著腰兒，走到皇帝跟前笑說道：「陛下莫看他一個十歲的小孩子，他已跟著師傅，學上中國的話了。」

皇帝聽了，伸著一個大拇指說一聲：「好兒子！」

當下多爾袞要賣弄自己的才學，便討過筆硯來，上面先寫著「西郊試箭」四個字，接著寫下一首七言絕句道：

繡旗隊隊出西林，靴箭腰弓在柳蔭；衆裏一枝飛電過，誰能巧射比穿針？

他略不思索的寫成了詩，忙捧著去獻給父皇；英明皇帝接紙在手，哈哈大笑，說道：「你父親枉做了一朝天子，這中國字我卻一個也不認識；好孩子，你快譯給我聽聽。」

多爾袞便把詩裏的意思，仔仔細細的譯了出來，滿殿人聽了皆說好。

這時，獨有富察氏見烏拉氏太得了意，心中酸溜溜的，說不出的一種難受，便悄悄的向她自己的兩個兒子丟了一個眼色。那莽古爾泰因父親封他做了三貝勒，心中感激父親，卻不敢十分放肆；獨有德格類，因父皇不肯封他爲貝勒，心下久懷怨恨。如今見有母親壯他的膽，便想借此出出氣。但是一個人也不敢說話，他一向知道四貝勒皇太極是不滿意多爾袞的；便暗暗去拉著四貝勒的袖子，向他擠擠眼。皇太極心下明白。

講到皇太極，是太妃的兒子，又是一身好武藝，面貌也長得英俊；但是總比不上多爾袞長得秀美，因此宮裏的妃子總是喜歡多爾袞的多。皇太極這一點醋氣，也捺在肚子裏長久了；如今見他太要過面子去，便不覺心中勃然大怒；即仗著自己新有戰功，父皇決不奈何他。當下便在鼻管中冷笑一聲，說道：「這些都是書呆子鬧著玩兒的事情！我大金國以馬上得天下，我們現在用不到這個。」

這幾句話，雖然說得正大光明；但是聽在英明皇帝耳朵裏，卻知道他弟兄兩人在那裏吃醋。心想：這弟兄嫉妒，不是好事情；很想說幾句話責備他，無奈這皇太極也是自己十分寵愛的，文武百官又都和他好，他新近又立了戰功，便不好意思去說他。誰知這裏皇太極才說完話，那邊德格類又發話了。他冷笑著說道：「這些句子，聽在耳朵裏怪熟的；我師傅也曾教過我，莫不是在什麼書上直抄下來，哄著父皇的吧？」

這多爾袞到底是小孩子，聽兩個哥哥這樣奚落他，便把小嘴兒一扁，「哇」的一聲哭了。烏拉氏忙上來拉了過去，英明皇帝氣得雙眉倒豎，喝著德格類說道：「你弟兄兩人欺負他年紀小，這一點點小過節兒便氣他不過，將來怎麼辦呢？」

一句話罵得滿殿的太子啞口無言。英明皇帝便傳旨，把德格類逐出宮去，從此不奉宣召，不得進宮；旁的太子也都覺得臉上沒有光彩，快快的退出宮來。獨有皇太極心中不服，卻暗暗的在外面買服文

武百官，植黨營私。這且不在話下。

卻說明經略使楊鎬，在瀋陽城中一次一次得到三路兵隊全軍覆沒的報告，嚇得他神魂顛倒，手足失措。他一面寫奏章報與神宗皇帝，一面立刻傳出軍令去，令清河城一路總兵李如柏的軍隊，趕速退回瀋陽，保護城池。

這次薩爾滸山之役，明朝共陣亡兵士八萬八千五百九十餘名，將領陣亡三百十餘名，燒死的朝鮮兵士一萬餘名。楊鎬這時心中最掛念的，便是他盟弟劉綎的屍首，便派了五十名兵士，悄悄的到阿布達里崗去，覓得劉將軍的屍首來，用香木雕刻一個人頭，裝在死人的頸子上，又買一具上等棺木把他裝下，親自送回北京去。

劉綎的妻子見了丈夫的棺木，哭得死去活來；虧得楊夫人和她好，打疊起千言萬語，安慰她。從此劉綎的兒子便在楊府中養大；楊夫人便把女兒許配給劉公子，兩家便成了眷屬，劉夫人也得一個靠傍。

明朝自從吃了這個大虧，便牢守關隘，不敢問關外的事。那建州皇帝便趁此機會，取了開原城，又攻破鐵嶺城；打敗蒙古喀爾喀的兵隊，活捉酋長宰賽。

扈爾漢又對英明皇帝說道：「那葉赫部主，從前賴我婚姻，如今又幫助明朝前來攻我；這個仇恨不可不報，願陛下下令征之。」

英明皇帝說道：「朕並非忘葉赫之仇，只因那葉赫部主和我四貝勒有甥舅的名分；如今出兵打他，怕於親戚面上不好看。」

這時大貝勒站在一旁，跳起來說道：「從來說的，大義滅親；咱們要成大事的人，顧慮不得這許多。」

英明皇帝聽了，點點頭說道：「這個話卻也不錯。」四貝勒便向父皇求得先鋒元帥，帶著一萬人馬先行；英明皇帝親自帶了二萬人馬隨後行去。諸貝勒大臣也隨營聽用。

卻說那葉赫部主弟兄兩人，一名金台石，住在東城；一名布揚古，住在西城。他弟兄二人自從明兵大敗以後，便帶著兵馬逃回本部，刻刻防備建州兵來攻打他；到這時，建州兵果然來了，英明皇帝親自攻打東城，卻令貝勒們攻打西城。

英明皇帝攻到第三天時，攻破了東城的外廓；心中還仍念郎舅之情，便令兵士大呼道：「金台石快快出降，饒爾一死！」

那金台石站在城樓上，說道：「努爾哈齊，你莫說這個話；我不是明朝人可比，我和你在滿洲地方一般是雄主，豈肯束手歸乎？與其降汝，毋寧戰死也！」說罷，城上飛石滾木一齊下來；打得建州兵頭破血流，倒在地下死去的卻也不少。

英明皇帝看了大怒，自己搖著令箭，拍馬跳上去；後面軍士張著籐牌，冒死猛攻，大喊一聲：「城牆坍了。」建州兵一齊搶進城來，葉赫兵在城裏還是拚死抵敵；金台石一手拉著他的福晉，一手抱著他的小兒子，在高臺上躲避，建州兵四下裏把高臺圍住，口中連喊道：「金台石快快投降！」

金台石在上面說道：「你家四貝勒是我的外甥，若要我降，請你四貝勒上臺來一見，我便下臺投降。」當下英明皇帝聽了，便約退兵馬一箭之地，又差人到西城去，把四貝勒皇太極喚來。

那四貝勒到了臺下，口稱舅父，金台石招手，喚四貝勒上臺去。四貝勒正要上去，一個侍衛站在一旁，冷眼看出金台石的臉上露出兇惡的神氣；忙去向四貝勒耳旁悄悄的說道：「貝勒莫上去，可看見他臉上的神氣麼？他心中一定不懷好意呢。」

四貝勒給他一句話點醒了，忙站住；一面對他舅父說道：「我已在此，舅父快快下臺來！」

金台石冷笑說道：「你既不肯上來，我也不曾和你見過面；你是不是我那真的外甥，叫我也難信，我如何肯輕易下臺來呢？」

這時，大臣蜚英東、額駙達爾哈在一旁大聲喝道：「你看平常人裏面，可有像我四貝勒這樣英俊魁梧的人嗎？你下來便下來，不下來，我們便放火燒臺了！」

金台石又說道：「我兒子德爾格勒，聽說受傷在家；你們去喚他來，咱父子見一見面，再商量下臺的事。」

過了一會，德爾格勒上臺來，見了他父親說道：「事到如今，守住在臺上也無用了；我父子兩人快下臺去，見了英明皇帝，或者他看在親戚面上饒恕我們，也未可知。」

金台石聽兒子勸他投降，不覺大怒；拔下佩刀，向他兒子砍去。他福晉見了，忙上去抱住。德爾格勒看他父親不肯投降，只得抹著眼淚走下臺來；他福晉見丈夫固執不肯下臺，便也抱著幼子走下臺去。她母子三人走到英明皇帝跟前，磕著頭，人哭起來；英明皇帝用好話勸慰著，又賞她母子酒飯，叫四貝勒陪著一塊兒吃。說道：「他是你的哥哥、弟弟和舅母，從此以後，你須好眼相看。」

那邊，蜚英東看看金台石到底不肯下臺，便喝聲：「殺上去！」建州兵便一齊拿起斧子，砍那臺柱子。金台石在臺上便放起一把火來，頓時轟轟烈烈，燒得滿臺通紅。

建州兵在四下圍著看著，那臺燒到一半，便震天價的一聲響亮，臺腳坍了；金台石卻還不曾燒死，從臺上直翻下來。建州兵上去捉住了，拿繩子把他活活勒死。報到英明皇帝那裏，聖旨下來，好好的棺殮埋葬。

那時西城正被建州兵圍得緊急，布揚古聽說東城已破，心中十分害怕；和他兄弟布爾杭古商量投降，又怕建州皇帝不准。他母親聽得了便說：「待我先出城去和大貝勒說妥了，你弟兄再投降未遲。」當下他母親便出城來見大貝勒；大貝勒見他外祖母來了，便迎接進帳，十分恭敬。

他外祖母說：「你兩個舅舅極願投降，又怕你父皇不許，特求我來問你。」

大貝勒聽了，立刻拿起桌上一杯酒來，喝了半杯；叫人送去給布揚古吃下；拍著胸脯說道：「我外甥保舅舅的性命如何？」

布揚古吃下半杯酒，吩咐開城，把大貝勒迎進城來，擺上酒席，他兩人對酌起來；說起親戚的情分，布揚古禁不住掉下眼淚來。

大貝勒一面催促他快投降去，布揚古便站起身來走到後院去，和他妻子告別。那福晉拉著布揚古的手，哭著說道：「聽說金台石已被建州兵逼死，丈夫此去，須得處處小心，那努爾哈齊十分陰險，怕他不懷好意。」

布揚古便揮淚而別，走到前院，和他弟弟布爾杭古一同跟著大貝勒，到大營裏去見英明皇帝。布揚古肚子裏記著他妻子囑咐的兩句話，刻刻提防。他騎著馬，走到營門口，不見有人出來迎接，心下便懷疑起來；勒定了馬，不敢下來。

大貝勒見了，忙搶上前來，拉住他的馬韁說道：「你不是一個好漢！說既說定，還有什麼疑心呢？」

布揚古勉強下得馬來，走進帳去；見英明皇帝鐵板著臉兒坐在上面，兩旁站著許多侍衛，個個掛著腰刀，眼睜睜的看定他，靜悄悄的，真是威風凜凜，殺氣騰騰。布揚古心下越發害怕，便屈著一條腿跪下去；心想：他們倘要殺我，我一條腿不曾跪下，也可以逃得快些。

半晌，只聽得上面吩咐：「賞酒。」便有侍衛捧著金酒杯，滿滿的盛著一杯酒，送在布揚古面前；布揚古看了這一杯酒，心頭止不住亂跳起來。

他心想：「這一定是一杯毒酒，我可不能吃的。」便接過來，送到唇邊去；一手拿起袖子來遮著，悄悄的把一杯酒倒在地下，也不拜謝也不磕頭，便站了起來。

只聽得英明皇帝冷笑一聲，吩咐大貝勒說道：「領你哥哥回西城去。」布揚古、布爾杭古兩人急急退了出來，回到西城去。

那布揚古的福晉正盼望著，見她的丈夫平安回來，便笑逐顏開；夫妻兩人在內院重整筵席，淺斟低酌起來。吃到更深時候，便雙雙攜手入幃上炕，做他的好夢去。正甜蜜的時候，忽然窗戶外面跳進兩個大漢來；手拿一條粗繩，上來套住布揚古的頸子。

只聽得布揚古大喊一聲，可憐活活的被勒死了！他福晉從睡夢中驚醒過來，見了這情形，哭得死去活來。這時布揚古手下的侍衛已走得乾乾淨淨，還有誰來理會他？那兩個大漢看看人已死了，便一縱身，跳出窗檻外去了。

原這兩個大漢，是英明皇帝差遣來的；他見布揚古那種桀驁不馴的樣子，怕他還有反意，因此打發這兩個刺客來勒死了他，爲斬草除根之計，那布爾杭古卻因和大貝勒有郎舅之親，便饒恕了他。這時葉赫全部都投降了建州。

英明皇帝在東城住了三天，便班師回國去。人馬走到半路，忽然探馬來報說：「前面有一小隊兵馬，打著蒙古旗號，攔住去路；有一位將軍口口聲聲說奉了林丹汗之命，捧有國書在此，要見建州皇帝。」

英明皇帝聽了，心想：「蒙古是西北大國，林丹又是蒙古五部的盟主；今既有使臣到來，不可怠慢了他。」忙吩咐紮住人馬，傳來使進帳。

當下見營門外走進一個大將來，手捧國書，口稱：「林丹汗使臣康喀爾拜虎，請英明皇帝安。」說著，行下禮去。

這時大貝勒、四貝勒都站在一旁；四貝勒過去接過國書來，遂與他父皇英明皇帝打開國書，看時，見上面寫道：

> 統四十萬眾蒙古國主巴圖魯成吉思汗，問水濱三萬人滿洲國主英明皇帝，安寧安恙耶？明與吾二國，仇讎也；聞自午年來，汝數苦明國。今年夏，我已親往明之廣寧，招撫其城，收其貢賦，倘汝兵往廣寧，吾將牽制汝。吾二人非有釁端也，但以吾已服之城為汝所得，吾名安在？若不從吾言，則我二人是非，天必鑒之。先是，二國使者，常相往來；因汝使臣謂不以禮相遇，搆吾兩人，遂不復聘問。如以吾言為是，汝其令前使來，復至我國。

英明皇帝看了國書，一言不發，便把國書遞給大貝勒；許多貝勒和大臣一齊圍上來，一邊看著，一邊連說：「豈有此理？」其中四貝勒忍耐不住，搶上前去，一把揪住了那拜虎；拔下佩刀來，要割去他的鼻子。

英明皇帝見了，忙搖著手止住他；一面喚人把拜虎領出去，拿酒肉好好看待。一面在帳中召集了一班貝勒大臣，商量回答國書的事情。有的說：「把拜虎殺了，莫去理他。」有的說：「把蒙古營裏的兵都捉來，割去耳朵，放他回去，也叫他們知道我們的厲害。」英明皇帝聽了，連連搖著頭說：「不妥！不妥！」

這時十四皇子多爾袞，年紀雖小，也跟著他父親在營帳裏；當下卻站起來說道：「蒙古有兵四十萬，我們如今正要奪明朝的天下，何妨暫時利用蒙古的兵力和他結盟，合力攻打明朝？待得了明朝的天下，那時我們路近，他們路遠，不怕明朝的天下不歸我們的掌握。」

多爾袞說到這裏，英明皇帝拍著他的頸子，說道：「小孩子，主意倒不差！」

到了第二天，把拜虎宣進帳來，便拿兩國結盟，合力攻打明朝的話對他說了。拜虎連聲說：「好好！」當下便斬倒一頭白馬，一頭烏牛，對天立誓道：

今滿洲八旗執政貝勒，與蒙古國五部落執政貝勒，蒙天地眷佑，俾合謀併力，與明修怨；如其與明釋舊憾，結和好，亦必合謀，然後許之。若滿洲渝盟，不偕喀爾喀貝勒合謀，先與明和好，皇天后土，其降之罰；若明欲與喀爾喀貝勒和好，密遣離間，貝勒等不以其言告我滿洲英明皇帝者，皇天后土，亦降之罰。吾二國同踐盟言，天地佑之。其飲是酒，食是肉。二國執政貝勒，尚克永命；子孫百世，及於萬年。二國如一，共享太平。

第十六回　蒙古訂盟

卻說滿洲英明皇帝，一面與蒙古五部落貝勒訂定攻守同盟的誓約，一面打發人進關去，探聽明朝的消息；自己班師回興京去，教練八旗兵士，預備早晚廝殺。

有一天，他正在西偏殿上，和許多貝勒大臣講究如何併吞明朝天下的法子，忽承宣官上殿來，奏稱：「今有探馬探得明朝的消息，在殿門外守候陛下的旨意。」

英明皇帝聽了忙傳聖旨，宣探馬上殿，那探子走上殿來，跪倒在地，口稱：「臣奉旨進關，探得明朝的消息，意欲一一奏明皇上知道。」

英明皇帝便吩咐：「快快奏來！」

那探子便說道：「如今明朝神宗皇帝拜張居正做宰相，整理朝綱，大非昔比。」

英明皇帝便問：「如何整理法？」

探子奏道：「張宰相把在朝奸臣一齊革退，用了許多正人君子在朝輔政；又派人到江南江北調查戶口，測量田地；查出許多田稅上的弊端，每年朝廷多收錢糧一百多萬銀子。又裁去關口糧船上沒用的官員一千多名。今年正月，又下令免天下欠租二百多萬兩銀子。百姓人人感激他的皇上，忠心待他的皇上。

張宰相又吩咐兵部尚書多招兵馬，用心教練，準備和我們滿洲廝殺。他一面派戚繼光帶領大兵，駐紮在蒙古邊境，刻刻提防；一面多派得力兵士，在山海關用心把守。那神宗皇帝見張宰相忠心愛國，便也十分敬重他，卻也十分害怕他。」

英明皇帝聽了十分的詫異，說道：「敬重他也罷了，怎麼又害怕起來呢？」

那探子又說道：「陛下卻不知道，那張宰相對待神宗皇帝，真是十分嚴厲呢！聽說張宰相推薦了許多有才學的江南人，做皇帝的日講官；每日把皇帝的行住起坐和說笑，都要記在冊子上，給張宰相看過；倘然有不在道理的地方，張宰相便要當面埋怨。因此，神宗皇帝便不敢偷懶胡爲。

又叫許多大臣，天天陪著皇帝讀書，張宰相自己也陪著皇帝，每天在講筵上坐一個時辰。那張宰相坐在一塊兒的時候，把個神宗直急得背脊上淌下汗珠來。

有一天，神宗皇帝讀論語，讀到『色勃如也』一句，把個『勃』字錯讀做『背』字一樣的聲音；張宰相便板起面孔，站起來，大聲大氣的對皇帝說道：『這不是背字的聲音，是勃然大怒的勃字聲音！』這幾句話，把個神宗皇帝嚇了一大跳；當時許多日講官聽了，也個個臉上變了顏色。」

英明皇帝聽到這裏，便不禁嘆了一口氣，說道：「好宰相！明朝有這個張居正，看來我們一時還惹他不得。」一面忙把這個消息去報與林丹汗知道，一面吩咐探子，再進關打聽去。

誰知明朝神宗皇帝，自從張宰相死去以後，卻十分不濟事；滿朝都站滿了奸臣，神宗皇帝又懶管朝政，終日在深宮裏和妃子遊玩。朝廷大事聽憑幾個太監在那裏作威作福。接著，甘肅寧夏地方的哱拜反亂起來，那日本大將豐臣秀吉，又帶領十三萬陸軍和九千二百名水師，來攻打朝鮮。攻破了王城，朝鮮王李昭逃到義州；一面到明朝來求救。

那英明皇帝趁此機會，便把李昭的兩個王子去捉來，攻打朝鮮北面。這個消息傳到神宗皇帝耳朵裏，忙打發將軍祖承訓，帶領大隊人馬前去救援。在路上遇到日本的先鋒隊小西行長打了一仗，大敗逃回。那時李如松的兵隊正駐紮在關外，自己仗著兵強力壯，帶著兵隊，和日本的小早川將軍，在碧蹄驛惡戰一場。李如松逃回平壤。明朝宰相石星得了這個消息，十分害怕；便立刻打發沈惟敬前去講和。

但是明朝此番在寧夏用兵，用去兵費一百八十八萬八十多兩銀子；在朝鮮用兵七年，又用去兵費七百八十二萬二千多兩銀子。弄得國庫空虛，人心大亂。神宗皇帝急得搔耳摸腮，無法可想，便有那親近的太監趁此機會，勸說把全國的礦產開放了，許百姓開採，朝廷便從中收取礦稅，那時國庫裏，豈不是又多了一大宗收入？神宗皇帝答應了，聖旨下去，凡是有礦脈的地方，許百姓隨時報告開採。

那班太監便借著這個名目，和地方官串通一氣，到處騷擾；凡是礦苗旺盛的地方，都是他們霸佔了去，又借著朝廷的勢力，硬逼著百姓替他開採。倘然採不得礦苗，還要硬逼著百姓賠償他的損失。百姓若稍不依順，他便硬說他田地房屋下面有礦脈，把你的田地也收沒了，房屋也拉坍了；弄得百姓個個怨恨，人人切齒。

那班太監還不知足，又哄著神宗皇帝下上諭：「在天津地方，收店舖稅；廣州地方，收採珠稅；兩淮地方，收鹽稅；浙江、福建、廣東地方，收市舶稅；成都地方，收茶鹽稅；重慶地方，收名木稅；長江一帶，收船稅；荊州地方，收店稅，寶坻地方，收魚葦稅。」那班貪官污吏便趁火打劫，百般敲詐；在平常人家，養一頭雞一頭豬，都要抽稅。鬧得民窮財盡，十室九空。

可笑那神宗皇帝，天天在深宮裏和那班妃子美人玩得昏天黑地，他好似矇在鼓裏，怎麼知道百姓的痛苦和百姓的憤怒？那班太監還怕皇帝一旦臨朝，查出他們的底細來，便又買通宮裏的總管魏太監，求他在皇帝跟前欺哄著。說：「國家大事，自有百官料理；天子玉食萬方，理應享受人間的極樂。從來說的：『人壽幾何？』陛下倘不趁這年富力強的時候及時行樂；百年以後和草木同腐，豈不可嘆？」

一句話觸動了皇帝的歪性，便越發湩日連夜的尋起快活來了。從此金鑾殿上，永不設朝；冷冷清清的景陽鐘鼓，伴著荒荒涼涼的殿頭野草。祇有那成群結伴的狐鼠蝙蝠，在裏面封王拜相便了！

這裏，魏太監看看皇帝高興，便大興土木，仿著元朝的舊制，在大內建造德壽宮、翠華宮、連天宮、紅鑾殿、入霄殿和五花殿。

這時正是盛夏天氣，魏太監便在樹木茂盛的地方，造一座清林閣；四面圍著長松翠竹，南風吹著樹葉，蕭蕭的響著，好似吹彈絲竹。東面又有松聲亭，西面又有竹風亭。在清林閣的南面，萬壽山腳下，又造一座春熙堂；拿花椒滿塗著牆壁，四面滿掛著錦繡簾幃，拿香柱做柱子，烏骨做屏風，孔雀毛做帳子，滿地鋪著又軟又厚的繡毯；一走進屋子，真是溫柔香豔，鬧得神宗皇帝神魂顛倒，眼花撩亂。

魏太監又在江南地方選了五七百個絕色的秀女，安頓在各處房櫳宮闈裏，聽憑皇帝隨時遊幸。他又仿著元朝的名稱，在碧桃花盛開的時候，宮中便排下筵宴，稱做愛嬌之宴；紅梅初開的時候，稱做澆紅之宴；海棠花開的時候，稱做暖粧宴；瑞香花開的時候，稱做撥寒宴；牡丹花開的時候，稱做惜香宴；花落的時候，稱做鑾春宴；花未開的時候，稱做奪秀宴。

此外還有落帽宴、踏青宴、清暑宴、清寒宴、迎春宴、佩蘭宴、採蓮宴；沒有一事不宴，沒有一地不宴。天天鬧著筵宴，處處聽得笙歌；脂香粉膩，把個風流天子，鬧得昏昏沉沉。

這裏面最得皇帝寵愛的，便是鄭貴妃。說起那鄭貴妃的美貌，真可抵得上「回眸一笑百媚生，六宮粉黛無顏色。」兩句詞兒。神宗皇帝行動坐臥，如沒有鄭貴妃陪在一旁，他是不歡喜的。

那鄭貴妃又和魏太監打成一片，想出各種新奇的玩意兒來哄著皇帝。魏太監又替鄭貴妃製了一套霧帔雲裳，又輕又薄；暑天穿著，好似霧裏看花，一肌一膚，都隱隱約約露在外面。皇帝看了，越發是神思顛倒起來。一霎時，宮裏的婦女全都穿起這種輕薄衣裳來；走來走去，在日光下面映著，好似精赤的一般。

這時正是炎天盛暑，到了夜間，還是薰蒸得叫人耐不住；幸而一輪皓月掛在空中。神宗皇帝正帶著許多妃嬪，在清林閣中賞月納涼；忽然鄭貴妃出了一個主意，請皇帝到太液池中泛月去。魏太監得了這個號令，忙忙過去預備。

這裏皇帝和鄭貴妃，手拉著手走到太液池邊，上了畫舫，慢慢的蕩到水中央。祇見月色臨波，水光映月；綠荷含香，芳藻吐秀。回頭看看畫舫四圍，都有採蓮小艇夾持著，艇子上都載著女軍。

左面領隊的一個宮女，倒也長得花容月貌，異常清秀；頭上戴著赤羽冠，披著斑文甲，手裏拿著泥金畫戟，船頭上插著鳳尾旗，風吹著，旗上露出「鳳隊」兩字來。右面領隊的一個宮女，也出落的長眉秀眼，十分嫵媚；頭上戴著漆朱帽，穿著雪氅甲，手裏拿著瀝粉雕戈，船頭上插著鶴翼旗，月光照著，旗上露出「鶴團」兩字來。此外又有採菱採蓮的小船，船上結著綵，滿載著宮女，輕快便捷，在水面上往來如飛。

這時候看看月麗中天，彩雲四合；鄭貴妃便吩咐下去，開宴張樂。皇帝和貴妃並肩兒坐在中艙，四面窗櫺子打開，月光射進船艙來，照在筵席上，分外有光彩。那細樂吹打到中間，便有一隊披羅曳穀的宮女，在筵前作群仙之舞；月光射進羅裳裏去，照出她們雪也似的肢體來，婉轉輕盈。又嬌聲滴滴唱著「賀新涼」的曲子。

神宗皇帝看了十分歡喜；笑著對鄭貴妃說道：「昔西王母宴穆天子在瑤池地方，後人稱羨他，古今來沒有再比他快活的了；但是朕今天和卿等賞此月圓，共此良夜，液池之樂，卻不減於瑤池。可惜沒有上元夫人在坐，不得聽他一曲『步玄之聲』。」

貴妃聽了，便吩咐樂隊奏月照臨之曲；自己出席來，在當筵舞著唱著道：

五華兮如織！照臨兮一色！麗正兮中域！同樂兮萬國！

鄭貴妃唱罷，皇帝親自上去扶她入席；又賞貴妃八寶盤玳瑁盞，貴妃又起來拜謝。船中宮女又都來替貴妃道賀。這時神宗皇帝酒已吃得半醉，便靠著貴妃的肩頭離席而起。

船窗外面，採菱船送進青菱來，採蓮船送進蓮子來；貴妃坐在皇帝的腳下，親自剝著菱肉蓮心給皇帝吃。皇帝一面吃著，一面望著船艙外；祇見月到中天，分外明淨，水面上照出萬道金光來，一隻一隻小艇子，在金光中盪漾著，一陣陣笙歌從水面吹來，悠悠悅耳。

皇帝憑著船舷，傳旨下去：「教兩軍水戲。」祇聽得一聲鼓響，那鳳隊和鶴團排成陣勢，來往旋轉，愈轉愈快，水面上起了一層波瀾；兩隊宮女，有的拿戟打，有的打槍挑，弄得滿船是水。身上穿著的紗衫被水濕透了，黏住在身上，襯出雪也似的肌膚來，分外嬌豔。

皇帝看了不禁大笑，那宮女們也一齊笑起來。一時裏鶯嗔燕叱，水面上起了一陣繁噪。遊戲多時，皇帝下旨停戰；那兩隊水軍，便一字兒排在皇帝坐船跟前。皇帝吩咐賞下紗羅脂粉去，幾百個宮女便一齊嬌聲喚道：「皇帝萬歲！」神宗皇帝又把那兩個領隊的宮女宣上船來，帶回翠華宮臨幸去了。

過了幾天，魏太監又請皇帝臨漾碧池去遊玩。那漾碧池，都用綠石砌成，四面圍著綠色的羅幃，又種著綠葉的花草；池中滿儲清水，望去好似碧玉盤一般。池上橫跨著三個橋洞，橋上結著三座錦亭，排著三方匾額；右面是「凝霞」兩字，左面是「承雲」兩字，中央是「進鑾」兩字。皇帝和各院妃嬪在亭中飲酒作樂，酒罷，一隊細樂領著三十六院妃嬪，到香泉潭中洗澡去。

皇帝便張著紫雲九龍華蓋，坐在潭邊觀看；祇見那潭水熱氣噴騰，芳香觸鼻；那班妃嬪一個個跳下水去戲弄著。水中間立著一頭一頭玉狻猊、水晶鹿、紅石馬，那班妃嬪戲弄了一陣，各自騎上牲口背去。有的斜依著的，有的橫陳著的，有的抱著的，有的撲著的，有的騎著的，有的坐著的；有的手裏拿著各種花枝的，有的彈著各種樂器的；有的在水面上打著彩球的，有的在水裏對舞著的。

鄭貴妃看了高興，便也卸下衣裙跳進水裏去，遊戲了一回；爬在一頭玉馬背上騎著。皇帝看去，見鄭貴妃長得一身雪也似的肌膚，和那白分不出深淺來，心中十分歡喜。

那許多妃嬪見貴妃來了，便大家圍著她，在水裏跳著唱著。那水花飛舞起來，濺得皇帝也是一頭一臉。皇帝卻不惱怒，哈哈大笑著，自己拿汗巾揩去了水珠；又從水裏把貴妃扶了出來，回宮尋他的歡樂去了。神宗皇帝這樣的無度，精神漸漸的有點不濟起來；鄭貴妃暗暗的和魏太監商量，魏太監又去弄了鴉片煙來勸皇帝吃。皇帝見它果然能夠振作精神，便又終日呑雲吐霧大吃起來。

他這樣子，在深宮裏昏天黑地的鬧了二十年工夫，那朝廷的大事越發糟得不堪設想；魏太監裏面打通了鄭貴妃，外面結識了一班奸臣，大弄威權。神宗皇帝原有兩個兒子，大兒子名叫常洛，是王恭妃生的；次子名叫常洵，是鄭貴妃生的。這常洵子以母貴，神宗也十分寵愛他；二歲的時候，便封他做福王。那長子常洛卻落得無名無位，便有許多正直的大臣出來幫助他，常常上奏章，請皇帝立常洛爲太子。

無奈神宗聽了鄭貴妃的枕邊狀，便不許臣子議論立太子的事情。那班大臣還不肯罷休，早上一本，晚上一本，都是說請皇上早立太子；那許多奏章都被魏太監捺住了，神宗皇帝一眼也不曾瞧見。好在皇帝在二十六年裏面，不曾設過一次朝；那班臣子也無從面奏。

這再再惱動了一位吏部郎中，名叫顧憲成的，特特的又上了一本奏章，設法買通小太監，送進宮去；神宗看了大發雷霆，立刻下一道聖旨，把顧憲成革職。那時還有考功郎趙南星、左都御史鄒元標和王家屏一班官員，一齊丟了功名，回到家鄉地方，召集了一班自命爲清流的讀書人，在無錫地方立了一個東林書院。

他借著講學的名頭，天天聚在一塊兒，談論朝政，辱罵太監。其中有一個高攀龍，最是厲害；他朋友又多，勢力又大，不多幾時，便到處有他們的同黨，人人稱他們是「東林黨」。他們又結識了一班在朝做御史官的，常常上奏章，彈劾那班私通太監的大官。又有一個祭酒官湯賓尹，立了一個宣崑黨；那直隸、山東、湖南、湖北、江蘇、浙江幾省地方，都有他的同黨。

日子久了，那班大臣見了這兩黨的人也有些害怕；這兩黨的人，口口聲聲要立常洛做太子，後來越鬧越兇了，那班太監和大臣都有性命之憂；他們沒有法想，把二十六年不坐朝的神宗皇帝請出來，上了一本奏章，說東林黨和宣崑黨的人如何兇橫。

皇帝勃然大怒，連下了幾道上諭，把兩黨的人革職的革職，捉拿的捉拿，一齊關在監牢裏。一面便

把常洛冊立爲太子，又把福王調到河南去，造著高大的王府，花了二十多萬兩銀子。這鄭貴妃心中還是十分不願意，暗暗的和魏太監商量。

在萬曆四十三年時，忽然有一個大漢名叫張節的，手裏拿著木棍，慌慌張張的闖進皇太子住的慈慶宮裏去。那看守宮門的侍衛上去攔阻，也被他打傷了。一時裏，宮裏太監聲張起來，跑來許多護兵，把那張節捉住了，送到刑部衙門裏去審問。那刺客直認是鄭貴妃宮裏的太監，名叫馬三道的，指使他來行刺太子的。

這句話一傳出去，外面便沸沸揚揚，說是鄭貴妃欲謀死太子。那鄭貴妃聽得了，便在神宗皇帝面前撒癡撒嬌的哭訴；神宗皇帝便把太子宣進宮去，一手拉著貴妃，一手拉著太子，替貴妃辯白。說：「這事，貴妃是完全不知情的。」太子看在父子情面上，也推說那張節是個瘋癲的。刑部郎中胡士相，便把張節定了一個殺頭的罪，又把馬三道充軍到三千里外去。

自從出了這梃擊案件以後，這鄭貴妃忽然拿好心看待太子起來；常常親自做些針線送給太子，又弄些食物給太子吃。太子看她並無惡意，便也常常進宮去朝見貴妃。因此太子和神宗父子的恩愛，又十分濃厚起來。鄭貴妃又怕太子不相信她，便和神宗說了，下一道聖旨給福王，以後不奉宣召，不得擅自進宮。這一來，又討好了太子，又杜絕了她母子間的嫌疑。

誰知道，這神宗皇帝在萬曆四十八年時死了，太子常洛即位，便是光宗皇帝，這光宗皇帝因為鄭貴妃和他好，便把她留在宮裏，如母親一般看待。又誰知，光宗皇帝即位不多幾天，便害起病來；光宗皇后卻沒有急壞，倒急壞了一個鄭貴妃，便傳命出去，叫大臣到處求醫問藥。

這時有一個太監，名叫崔文昇，獻了一味丹方，給皇帝吃下去，那病勢越發沉重了；這時又有一位大臣，名叫方從哲的，打發鴻臚寺丞李可灼，送進一粒紅丸來。鄭貴妃勸光宗吞服，那時有一個鄭貴妃做媒給光宗做妃子的李選侍，也力勸皇帝服這一粒紅丸，光宗聽了兩位妃子的話，便把紅丸吞下肚去；誰知到了第二天，那藥性發作起來，這位做不上一年的光宗皇帝，便有些性命難保了。

第十七回　寧遠巨炮

卻說光宗皇帝自從服了李可灼的紅丸，到第二天便一命歸天，宮裏便頓時擾亂起來；那李可灼進了紅丸，藥死了皇帝，非但沒有罪名，那方從哲反推說是皇帝的遺旨，賞李可灼銀兩。外面便有人疑心是鄭貴妃的指使，便有禮部尚書孫慎行、御史王安舜、給事中惠世揚，上奏章說方從哲有弒逆的罪名。

這時熹宗皇帝即了位，知道國事已糟到十分，不願追究家事。但是明朝自從楊鎬兵敗，張宰相去世以後，神宗皇帝二十多年不問朝政，光宗皇帝即位不到一年，便即逝世，這裏邊再加上太監弄權、大臣貪贓、開礦加稅的事情，鬧得天怒人怨，又是什麼東林黨、宣崑黨，鬧得昏天黑地；宮裏又鬧什麼梃擊紅丸的案件，全國的君臣人民終日在慘霧愁雲裏，還有什麼工夫，去管那關外的滿洲人？

那滿洲的英明皇帝便趁此機會，得步進步；他一方面勤修內政，一方面結好蒙古，一方面卻悄悄的買馬招兵，先鋒隊已進到瀋陽一帶，先攻取了瀋陽東西的懿路、蒲河兩座城池。這軍情報到明朝京裏，那神宗皇帝正在宮裏遊玩，得了這個消息，便慌得手足無措，立刻升殿，召集了大小臣工，商議禦敵之策。

當時便有人保舉江夏人熊廷弼，熟悉邊情，才堪大用，神宗皇帝聽了，便接二連三的傳聖旨下去，把熊廷弼召進京來，給他掛上遼東經略使的印綬；又賜尙方劍一口，准他先斬後奏。神宗皇帝打發熊廷弼去了以後，便又躲在深宮裏，不問外事了。他在二十六年裏面，祇有這一回接見大臣。

那熊經略奉了皇上的旨意，便帶領十八萬大兵，殺奔關外來，誰知他才出得山海關，探子報來，那鐵嶺城又失守了。熊經略便催促兵士，晝夜兼程而進。到了遼陽地方，看看那沿路逃難的軍民，實在狼狽得可憐；又看那駐紮的兵隊，實在腐敗得不成個樣子，他便赫然大怒，捉住劉遇節、玉捷、王文鼎三個逃將，綁在院子裏，審問明白，斫下腦袋來，送到各營去示眾。那班軍士們看了，個個害怕，人人聽令。

熊經略一面教練兵士，一面督造戰車火砲，掘壕修城；把十八萬精兵，分紮在靉陽、清河、撫順、柴河、三岔兒、鎮江幾個要緊隘口上。這時打聽得滿洲兵隊已到了奉集堡，祇離瀋陽四十五里路；熊經略忙帶領大兵，趁雪夜趕到瀋陽。一面安撫百姓，一面又進守撫順，和滿洲兵對壘。那英明皇帝打聽得熊廷弼是中原第一條好漢，便也不敢進去，傳令退守興京去了。

這裏熊經略正要整隊進兵，忽然北京接連來了幾道上諭，把熊廷弼革了職，又派袁應泰接任遼東經略使。熊經略接了聖旨，不得不交卸了兵權，垂頭喪氣的回去；到得京裏，才知道朝廷大捉東林黨人，因爲熊廷弼也和東林黨人通聲氣，所以也把他革了職。

這時神宗皇帝已死，朝廷裏正亂得不可開交；熊經略也祇得嘆了一口氣，回老家種田去了。這裏袁應泰接了經略的職，消息傳到英明皇帝耳朵裏，便拍手大笑道：「我獨怕那個熊蠻子，如今他去了，這個袁蠻子卻是一個文官，懂得什麼兵法？」便又點起大兵，進駐奉集堡。

明朝的守將李秉誠出城應敵，英明皇帝分左翼四旗兵去和他廝殺，卻分右翼四旗兵去攻打黃山。四貝勒獨領一支精兵，殺向武靖營去。英明皇帝親統八旗大軍進圍瀋陽；一面約蒙古兵在西北角上夾攻，打了十三天，便把瀋陽城打破，急進兵至遼陽，那時經略使袁應泰統領大兵，在遼陽駐紮；一聽得瀋陽失守的消息，便嚇得魂不附體，忙召集大小將領，商量守城之策。

有一位巡按御史，名叫張銓的，便獻計：「快快決太子河的水，灌入城壕，沿壕排列槍砲，小心把

守，另派分守道何廷魁，帶領五千人馬，在城外東北角上駐紮，成個犄角之勢。」那東北角上，有一座馬鞍山，是進遼陽城的咽喉；何廷魁確是一員有名的武將，袁應泰所以派他去當這個要隘。

說起這位何將軍，雖十分有英雄氣，卻又很有兒女情；他有兩位如夫人，是他心上的人兒。那兩位如夫人，原也長得標緻；一個能操琴，一個能作畫，日夜伴著何將軍，寸步不離的。這兩位如夫人又各生有一女；那面龐兒和她母親長得一模一樣，何將軍看了，又是十分寵愛。

如今聽說要調他去把守馬鞍山，叫他如何丟得下這四個寶貝?嘴裏雖答應著，臉上早露出不快活的神色來，袁應泰深知道他的心病，便許他把家眷隨帶在營裏；這一來，把個何廷魁感激到五體投地，便說了一句：「末將以死報國！」立刻出城去了。

那邊英明皇帝打聽得明白；便帶著砲車，渡過太子河，在東山上結一個大營，和東門的明兵砲火交攻，明兵漸漸的有些不支。英明皇帝親統八千步兵去攻打小西門，一面又約蒙古兵去攻東門；又打發大貝勒帶領左翼四旗，直取馬鞍山的明兵。

那何將軍帶兵在馬鞍山駐紮，原要在山下紮營；又怕兩位如夫人受了驚慌，便搬到山頂上一座娘娘廟中去住下。卻派一二百名兵士在山下做探子。誰知那大貝勒在深夜時候，踏雪進兵；這一二百名探子兵，在睡夢中被他們打得一個也不留。待到山頂上何將軍知道，要衝殺下去，早已被滿洲兵圍得鐵桶似的，休想下得出來。眼看著滿洲大隊人馬在山下走過，卻不曾攔得住一個。

到第三天時，忽見遼城中火光燭天；何將軍知道大勢已去，這時也顧不得他的家眷，催逼人馬，衝殺下山去。卻被大貝勒的兵殺死的殺死，活捉的活捉，休想逃得一個；何將軍也被他們捉住了，便破口大罵，又被滿洲兵斬成肉泥。山上的兩位如夫人聽說丈夫已死，便各自抱著她們的女兒，向廟後井中一跳。後人感動她們的烈性，便把這座廟改稱「雙烈婦廟」，供著兩位如夫人的神主。此是後話。

卻說，當時滿洲兵打進遼陽城的小西門，放起一把火，城內大亂；袁應泰知勢不可救，便跑上城樓去，意欲跳下城去盡忠。後面巡按御史張銓卻上來把他扯住了，袁應泰淌著眼淚，對張銓說道：「我受了皇上的恩典，不能保住城池，原當以身殉國；但將軍有閫外之寄，我死後，遠望將軍收合殘兵，為退守河西之計。」袁經略說罷，急拔下佩刀來，自刎而死。

張銓捧著屍首哭了一陣，正要走下樓去，那滿洲兵已蜂擁似的上來，把他們捉住，推到大營裏去，見了英明皇帝，頓足大罵；四貝勒聽了大怒，一刀砍下頭來。這時遼河以東七十多座城池，都投降了滿

洲。英明皇帝便把京師搬到遼陽城中來。

這遼陽城失守的消息報到北京城裏，把個熹宗皇帝急得捶胸頓足；第二天臨朝，便商議抵敵滿兵的計策。當時大臣劉一燝出班，奏請皇上，仍舊起用熊廷弼；又薦王化臣巡撫遼東。皇帝一一依他的奏章，立刻派人到鄉間去，把熊廷弼拉進京來；熹宗皇帝在偏殿賜宴，拜他做遼東經略使。給他統帶二十萬大兵，又向山東登州萊州地方調動海軍，歸他節制。

大軍出發的時候，皇帝親送出城，賞他一件麒麟戰袍，彩幣四箱；又在城外設宴，命滿朝文武大臣陪他餞行。熊經略打發王化臣，帶領大兵先出關去；自己卻帶了四千親兵，慢慢的向遼東進發。沿路察看地勢，撫問民情，到了廣寧，便住在經略衙門裏。

第二天，王化臣來見，熊經略問起兵隊的事；王化臣回稱：「已把大軍分做六營，沿遼河西岸把守著。」

熊經略聽了，大不高興；說：「遼河狹窄難守，堡小難容大兵；今日的情形，祇須牢守廣寧。如今駐兵河上，兵分便無力；倘然敵兵以輕騎偷渡，專打一營，力必不敵。一營敗，那六營都敗；便是廣寧也守不住了。」

熊經略再三開導，無奈王化臣生性倔強，依舊把守遼河去。這裏衹留經略使的親兵四千人把守廣寧城，熊經略看看王化臣不聽號令，他是一位巡撫官，又不好輕易得罪他；衹得寫了一本奏章，送回北京去。

誰知滿洲英明皇帝用兵神速，這時，他統領八旗大軍渡過遼河來，攻打鎮武、西平、閭陽、鎮寧一路的明兵，卻十分勇猛。打一處，得一處；攻一城，破一城，王化臣在閭陽地方大敗。

這戰報傳到廣寧，熊經略十分驚慌，急急帶了兵隊，從錦州趕到大凌河去；在山僻小路上遇到王化臣，赤腳蓬頭，衹跟著兩個差役。他見了熊經略，不禁嚎咷大哭起來。熊經略嘆了一口氣，說道：「早不聽我的話，致有今日之敗！如今大勢已去，我兩人衹有拚命而已！」正說話時，忽聽得前面金鼓大震，一彪軍殺出，正是大貝勒代善；帶領他的一萬鐵騎兵直衝過來，一陣混殺，早把四千個明兵殺得如落花流水一般。

熊經略和王巡撫夾在難民裏面，逃進關來。這時英明皇帝早已攻破了廣寧城。北京城裏，接連報著敗陣失城的戰報，嚇得全朝文武，個個都面無人色。熹宗皇帝赫然大怒，下旨捉住熊王二人，押到西城去斬首；把他的腦袋，送到邊地上去號令。

那邊英明皇帝既得了廣寧各地，便又把京城搬到瀋陽來駐紮。把東路兵馬聚集在瀋陽地方，共有十萬人。一面和諸貝勒大臣，商量進攻山海關之計；一面再派精明的探子，前去探聽明朝的消息。

這時明朝已改任王在晉爲遼東經略使，在山海關外八里鋪地方造一座新城，設下關隘，小心把守；這時忽然有一個大漢，獨自騎著一匹馬闖出城來。嘴裏大聲說道：「祇求皇上給我軍馬錢穀，我一人便足以對付十萬滿兵。」那守城兵士聽得了，立刻送他去見王在晉；問起遼東的事情，他便滔滔不絕的說了個透澈。王經略大喜，一面把他留在城中，一面上奏皇帝。

原來這大漢名叫袁崇煥；在熊經略任上也曾做過武官。後來明兵大敗，他便流落在關外，到處察看地勢，訪問風俗；因此結識了許多關外的屯民和關內的散兵；後來北京聖旨下來，任袁崇煥爲關外監軍，發國庫二十萬，著他招募散兵。這時兵部尚書孫承宗，也十分信任袁崇煥，常常在熹宗皇帝跟前替他說話。後來王在晉告退，袁崇煥便做了遼東經略使。袁經略主張水陸並重，陸路守寧遠城，水路守覺華島。袁崇煥在寧遠地方造了高大的城池，激勵將士，誓與城共存亡。

到天啓六年正月，英明皇帝親統大兵十三萬去攻寧遠；袁經略聽說滿洲兵到，便把葡萄牙國的大砲排列在城上，又調善放火箭的福建兵把守城頭，親自登城督戰。吃、喝、睡、息都在城樓上，和兵士們一樣；那兵士們個個感激，都肯爲袁崇煥拚命。

袁崇煥在城樓上和他的翻譯官談詩論文；忽然城外金鼓大震，袁經略笑說道：「敵兵來了！」忙把大砲架起，又從城堞上推出一隻一隻木櫃，櫃裏面躲著火箭兵；看看滿洲兵已到外城，這是袁經略的計策，把敵兵誘進外城，一聲砲響，那外城門緊緊關住，滿洲兵好似圍在鐵桶裏。城頭上砲火齊發，祇聽得一片哭聲，打死了滿洲兵無數；停了一會，「轟」的一聲地雷大發，祇見空中拋起許多滿兵，都是焦頭爛腦、斷手折腿的。

這時，那英明皇帝也被困在內城，被地雷打倒在地；虧得他身旁有一個小兵搶得快，把英明皇帝抱起。接著又是第一個地雷起來，正在英明皇帝倒下的地方；那小兵雖跑得快，仍是被城牆上一塊磚頭落下來，打在英明皇帝的腦殼上，昏暈過去了。這時滿洲兵馬大亂，各人自尋生路；大貝勒在塵土中爬起來，找到了他父親，忙扶到馬上。幸而這時東西城根被地雷震坍了一個缺口，大貝勒保護著他父親，從缺口裏逃了出去，在路上遇到四貝勒帶兵來接應。

這時英明皇帝已淸醒過來，覺得渾身疼痛；知道自己內傷甚重，便吩咐大貝勒：「從速退兵，守住廣寧要緊。」一自己卻坐著船，沿太子河下去，到了淸河地方，在溫泉裏洗了一個澡；看看傷勢卻一天重似一天。

英明皇帝睡在床上，幾回暈厥過去；他昏昏沉沉的時候，心中便記念著他最心愛的繼大妃烏拉納喇氏，和納喇氏生的九王子多爾袞。便打發人星夜到瀋陽去，召她母子到來；一面又到營中去，把大貝勒代善喚來。那大貝勒聽說父皇傳喚，忙把兵權交給四貝勒，匆匆趕到離瀋陽城四十里的靉雞堡地方來。

納喇氏先到，見皇帝病勢危在旦夕，不由得坐在榻前，悲悲切切的哭泣起來；第二天，大貝勒也到了。英明皇帝偶然清醒過來，一手拉著納喇氏，一手拉著代善，囑咐了許多身後的話，又說道：「納喇氏是我最愛的妃子，我死以後，你須如母親一般看待他。」

當時大貝勒聽了父親的話，便對納喇氏跪了下去，磕了三個頭，嘴裏喚著母親，說道：「母親放心，孩子一輩子孝順便了。」

英明皇帝在枕上看了，便點著頭說道：「這才是我的好孩子！」

停了一會，又說道：「講到立太子的事情，我心裏很歡喜九王子多爾袞；可惜他年紀還小，懂不得什麼。你是大哥哥，又是我的孝順兒子，我死以後，你做個攝政王，守候你弟弟年紀大了，便保護他登了皇位。這是我肚子裏第一件心事，如今趁沒人在跟前的時候，咱爺兒兩個說定了，免得日後爭執。」

說著，便拉過多爾袞的手來，放在大貝勒手心裏；大貝勒一時感動了骨肉的情份，便把他弟弟攬在懷裏，緊緊的摟住。英明皇帝看了，微微一笑，便把雙腳一頓，兩眼一翻，死過去了。納喇氏倒在她丈夫身上，嚎啕大哭。那代善和多爾袞弟兄兩人，也拉著手對哭。

正悽惶的時候，忽見四貝勒慌慌張張的進來，見他父皇死了，他也不哭泣，便連連追問：「父皇可曾吩咐立誰爲太子？」

大貝勒見他氣色不善，知道一時不能直說，便含糊說道：「父皇才死，我們諸事再從長計較。」

四貝勒聽了，冷冷的說道：「有什麼從長計較？父皇身後，立太子是第一件緊要事情。大哥請在裏面料理父皇的喪事，我如今手中有的是兵權，可以做得主；便是那阿敏，莽古爾泰兩位哥哥，我也和他們商量過了，他們也很肯聽我說的話。外面的事情，大哥哥不用管，由我安排去。」四貝勒說完了話，便揚揚得意的出去了。

這裏納喇氏和大貝勒看了這情形，知道四貝勒外面已有預備，這件事倘然爭鬧起來，定然十分兇

狠；便是納喇氏，也不願把自己寵愛的兒子送了性命去。當下便悄悄的求著大貝勒：「千萬不要把父皇要立多爾袞做太子的話說出來，情願丟了這個皇位，保全母子的性命。」大貝勒看看納喇氏求得可憐，便也耐了這口氣。

到了第二天，諸位貝勒大臣把英明皇帝的屍首迎進瀋陽城去，在正殿上供著；自有達海法師帶領眾喇嘛僧，在殿上捧經超度。看看到了大殮時候，那許多文武百官和貝勒親王都齊集在殿上，預備送殮。忽然四貝勒、二貝勒，三貝勒，個個帶著佩刀闖進殿來，後面跟定了二三百名武士，一字兒站在階下。

四貝勒走上殿去，口中大聲嚷道：「還有大事未定，父皇的遺體且慢收殮！」說著，過去一把將大貝勒拉了過來，嚇得滿殿的大臣都面無神色。

祇聽得四貝勒大聲對大貝勒說道：「國不可一日無君，民不可一日無主；如今父皇賓天已有三日，還不曾立定國主，弄得外面軍心搖亂。我雖掌著兵權，卻一天一天的壓不住起來；你若不信，你看。」

四貝勒說著，舉手向殿門外一指，祇聽得忽喇喇一聲響亮，那殿門一重一重的一齊打開；殿門外站著無數的兵士，個個全身披掛，拿著雪亮的刀槍。他們見了四貝勒，便齊聲嚷道：「四貝勒萬歲！」把手裏的刀槍高高舉起。

第十八回　皇太極

卻說殿外兵士喊過萬歲以後，四貝勒又接著對大貝勒說道：「父皇臨死的時候，祇有我和哥哥兩人送終；我父皇對哥哥說些什麼來？」

大貝勒聽了四貝勒的話，才明白他的意思；心想自己原不想做什麼太子，樂得順水推舟，解了這個仇恨；當下便說道：「父皇臨死的時候，曾對我說來：『四貝勒年少有識，應立為太子。』」

這句話一出口，接著殿下又齊聲喊著：「萬歲！」便有二貝勒阿敏、三貝勒莽古爾泰搶上殿來，扶著四貝勒，在寶位上坐定；回過頭來，對大眾說道：「如今大行皇帝龍馭上賓，也無所為立太子不立太子；國不可以一日無君，如今我們便奉四貝勒為君，有不依的，看我寶刀！」說著，自己先趴下地去，對四貝勒行了大禮。

那滿殿的文武百官，也不由得一齊上去磕頭朝賀，口稱：「皇帝萬歲萬萬歲！」

這四貝勒到了這時候，倒又不好意思起來，忙拉著大貝勒、二貝勒、三貝勒並肩兒坐下，同受百官的朝賀。一時朝賀已畢，喇嘛僧前來請皇上送殮；皇太極坐在上面動也不動。大貝勒以為他沒有聽得，便重說了一遍，皇太極忽然說道：「大行皇帝還有心願未了，且慢收殮。」接著便傳承宣官，請繼大妃出殿。

大貝勒聽了，知道皇帝不懷好意，忙上前奏道：「不可！一來，如今繼大妃已是太后的地位，皇上倘有諭旨，祇宜屈尊到太后宮中去傳諭；二來，如今大行皇帝新喪，繼大妃正萬分傷感的時候，皇上不宜有所宣召。」

皇太極聽了，笑笑說道：「大貝勒的話雖是不錯，但是如今的事，不是朕敢宣召繼大妃，乃是大行皇帝的遺旨宣召大妃；朕如何敢違抗父皇遺旨？」

大貝勒聽他名正言順，也不好再去攔阻；不一刻，那納喇氏滿面淚痕，走出殿來。文武百官上去請安，皇太極也請過安；喝一聲：「聽遺旨！」皇太極自己先朝上跪倒，文武百官也跟著跪倒；祇聽得皇太極趴在地上，說道：「大行皇帝有口詔付朕道：『我死後，必以納喇氏殉葬』。」這句話說罷，便站了起來。

納喇氏聽了這句話，「嗡」的一聲，一縷柔魂飛出了泥丸宮；身軀一歪，倒在宮女懷裏。停了一會，悠悠醒來，她的親生子多爾袞、多鐸兩人，上去拉住他們母親的衣袖，大哭起來。

納喇氏也哭著說道：「我自十二歲得侍奉先帝，至今二十六年，海樣深情，原不忍相離；祇是我兩兒多爾袞、多鐸年紀都小，我死以後，總求皇上看在先帝面上，好好看待他們。」說著，便對皇太極拜下地去；皇太極也慌忙回拜。

納喇氏站起身來回宮去了。過了一會，宮女出來報說：「大妃已殉節了！」接著又報說：「庶妃阿濟根氏、德因澤氏，也自縊死了。」這裏正殿上，才大吹大擂的，把英明皇帝的屍首收殮起來。

從此改年號稱天聰元年，皇帝稱做太宗。這太宗皇帝又因大貝勒、二貝勒、三貝勒有功於他，便也另眼相看，每日設朝，便和三位哥哥並肩坐在上面，受百官的拜跪；後來太宗又和大貝勒商量立皇后的事情，大貝勒便問：「意欲冊立何人？」

太宗說道：「父皇在日，雖已給朕娶了元妃，此外後宮得寵的妃嬪卻也很多；但是朕心目中，祇有那博爾濟吉特氏。朕意欲立她爲后，又怕人知道她是再醮之婦，給人恥笑，因此遲疑不決。」

大貝勒便回奏道：「陛下也忒煞過慮了，從來夫婦以愛情爲重，吉特氏既合陛下的心意，便也不妨冊立爲后；若然怕人恥笑，臣今有一策，陛下可與吉特氏重行婚禮，告過宗廟，還有誰敢恥笑陛下？」

太宗聽了，連說：「不錯。」；又說：「這禮節卻須十分隆重，如今叫誰去籌備這個大典呢？」

大貝勒思索了一會，說道：「有了！有了！陛下宮裏不是有一個范先生麼？他肚子裏有的是禮數，不妨叫他去擬來。」太宗聽了也點頭稱是。

這日退朝回宮，便把那范文程傳了進去，一夜工夫，擬定了一張大婚的禮節單兒；太宗下旨，發交禮部籌備。一霎時滿城傳遍，都嚷道：「皇帝要娶皇后了。」

到了大婚的那日，皇宮裏燈彩輝煌，果然熱鬧非常。皇后坐著鳳輦，一隊一隊細樂迎進宮去；見了太宗，先行君臣之禮，後行夫妻之禮。皇帝與皇后並肩坐在寶座上，受過百官的朝賀，然後起駕往太廟行廟見禮。回進宮來，受過妃嬪的朝賀，又行家族禮；那弟兄叔伯妯娌姊妹，都一一見過禮，接著又受命婦的朝賀。

行禮已畢，夫妻雙雙回寢宮去行合巹禮。太宗放眼看時，見吉特氏穿著皇后的服式，便覺得儀態萬方、容顏絕代；後面隨著的一群妃嬪，雖也華服鮮衣，卻都被吉特后的顏色壓下去了。好似鴉鵲隨著鳳凰，野花傍著牡丹，都是黯然無色。太宗這時心中止不住癢癢的，忙命眾妃嬪退去，自己拉著吉特后的纖手並肩坐下，淺斟低酌起來。

原來，這位吉特后與太宗的一段姻緣，真是說來話長；如今趁他們吃酒的空檔兒，待我約略的補敘幾句。

講起這段姻緣，還是在英明皇帝出兵撫順的這一年結成的。皇太極的生母，便是葉赫納喇氏，這時英明皇帝和葉赫氏十分恩愛，皇太極也長得俊秀聰明，越發能夠得他父親的寵愛。皇太極年紀雖輕，辦事情卻極有決斷；因此英明皇帝把他留在城裏，代理部務；又叫阿拜、湯古岱、塔拜、阿巴泰幾個哥哥，幫著他照料照料。

皇太極奉了父親之命，不敢怠慢，日日夜夜辦著公事，連吃飯睡覺也沒有工夫。葉赫氏見她兒子這樣辛苦，不由她不肉痛起來；又知道他是喜歡打獵的，父親在家的時候，他終日在外面追飛逐走，快樂逍遙；如今拿他拘束得寸步不移，豈不要把他悶壞了。

葉赫氏想到這裏，便和皇太極的幾位哥哥商量，弟兄五人輪流著管理部務；皇太極空下來，也給他出外去舒散舒散。幾位哥哥都答應了，便放他三天假，任他遊玩去。皇太極得了空，依舊帶了他的一班侍衛，到西山打獵去。他們打得十分高興，愈走愈遠，足足走了四五十里路；便在深山裏支起棚帳，胡亂宿了一宵。

到了第二天，又向前進，打得的野獸越發多了；看看走到一座松林裏，遠望林外空地上，有一群梅花大鹿正在那裏吃草。皇太極見了，開心得不得了，忙發下號令去；一百多名騎馬的侍衛，向西面趕去。這裏祇留下皇太極一個人，站在林子裏。

忽然一頭母鹿，被人追趕得慌慌張張，躦進林子裏來。皇太極見了，急急跳上馬，搶上前去；那母鹿見林子裏有人，便向東一繞，繞出林子外，箭也似的逃去。皇太極哪裏肯捨，在後面緊緊跟住，在一片平陽上，流星似的趕著。

皇太極的一匹馬，是有名的大宛馬，騎在馬背上又穩又快，真是瞬息千里。看看趕上，皇太極便左手彎弓，右手抽箭，吱吱吱的連飛三箭；有一箭射中在母鹿的背脊上，那母鹿忍著痛，便發了瘋似的，連跑帶跏，竄過山頭去。

這匹大宛馬也有幾分靈性，見這頭鹿逃得快，他便追得快；看看追過山頭，前面漆黑一座林子高高的兩座山崗對峙著，倒掛在林子上面。皇太極這時覺得有些疲倦，意欲到林子裏去休息；那頭鹿也不知跑到什麼地方去了，他便放寬了手中的韁繩，慢慢的踱到林子裏面；正要下馬，忽然腦脖子後面「呼」

的一聲，一枝箭從頭頂上飛過。接著呼呼兩枝箭，一枝從皇太極的臂下攢過，一枝直插在肩頭的軟甲上。

皇太極知道有人欲謀害他，忙一低頭，把手中韁繩緊一緊，那頭馬潑剌剌直向林子裏跑去。祇聽得後面一聲吶喊，一陣馬蹄聲緊緊跟住；那飛蝗似的箭，在他馬尾肩頭落下來。一枝箭射中了馬的後腿；一枝箭射在皇太極的大腿上。幸而路隔得遠，箭力不強，皇太極急把箭頭拔去；那馬中了箭，發起怒來大叫一聲，四腳騰空，穿崗越嶺的過去了。

皇太極騎在馬上，緊緊抱住馬頸子，耳中祇聽得風聲嗚嗚的響著，昏昏沉沉的跑了許多時候，那馬才慢慢的放緩。皇太極在馬上，喘過一口氣來；抬頭看時，四圍一帶山崗，草長鶯飛，另是一種風景。

遠遠聽得山泉潺潺的響，皇太極嘴裏覺得萬分枯渴，又想這頭馬也乏了，須得給牠吃一口水，養息養息精神，再想法覓路回去。回過頭去看看，後面並沒有人追趕；他便跳下馬來，一手拉著韁繩，在長草堆裏慢慢走著。那腿上的箭傷原不十分疼痛，走著路也沒妨礙。聽聽泉聲近在耳邊，左找右找，卻找不著。

慢慢的走過一座山峽，祇見一股瀑布從山峽裏直衝下來；曲曲折折向平地上流去，流成一道小溪。皇太極蹲身下去，拿手掬著泉水，吃了幾口，頓覺神清氣爽；又拉著馬，走下溪去吃水，他自已則坐在溪邊養一會神。

正靜悄悄的時候，忽聽得一聲吶喊，接著馬蹄聲如風馳電掣一般的過來；皇太極此時已成了驚弓之鳥，聽了這個聲音，不由得心頭一陣亂跳。心想：「莫非那仇人又追上來了嗎？」幸而他坐在溪邊，身子被溪岸遮住，來的人還看他不到。皇太極這時悄悄的把馬拉近身來，伸長了脖子，向岸上一望。

祇見一片平陽，有三四十個騎馬的，正在那裏追一頭大狼。那頭狼被他們趕到平地上來，東奔西竄，四面都有騎馬的圍定；再看馬上的人，不由讓皇太極怔了一怔，原來那騎在馬上的並不是男子，卻個個都是粉雕玉琢的女孩兒。她們一面追著野獸，一面吶喊著；這頭狼給她們逼得無路可走，便向溪邊奔去。

五六個女孩兒拍馬追來，看看快到溪邊，皇太極卻忍不住了，便彎弓搭箭，覷定那野獸的腦門，颼的一聲，中個正著。同時有一個姑娘，馬跑得快，趕上前來，一箭也射中在那野獸的腦殼上，和皇太極那枝箭，恰恰對面。這頭狼長嚎一聲，倒在地下死了。那姑娘趕上前來一看，見有兩枝箭，十分詫異。

正出神的時候，後面一大群女孩兒都跑到溪邊來，圍定那隻死狼。其中有一個女孩兒眼尖，一瞥眼見溪中有一個男子站著；忙聲張起來，大家都跑到溪邊來，皇太極這時也躲不過了，祇好拉著馬走上岸來。

許多女孩兒領他到一位姑娘跟前去，皇太極抬頭一看，不覺眼花撩亂起來。這姑娘真長得俊呢！你看她，苗條的身材，嬝娜的腰肢，短袖蠻靴，紫縛得俊俏動人；再看她臉上，一張鵝蛋樣的臉兒，不施脂粉，又白淨又滋潤，好似一塊羊脂白玉。彎彎的眉兒，翦水似的瞳兒，瓊瑤似的鼻子，血點也似的朱唇；兩邊粉腮上，露出兩點笑渦來。

這時，她見了陌生男子，不覺有點含羞；便回過頭去對身旁的侍女說道：「妳問他，是什麼人？怎麼這樣沒規矩，闖進我們的圍場來？」

那侍女聽了，便過來對皇太極說道：「我們姑娘的話，你聽得了麼？」連問了幾句，皇太極總是開不得口；原來這時，皇太極眼中見了這絕色的女孩兒，早把他的魂靈兒吸去了。祇是眼睜睜的望著，任妳再三追問他，好似不曾聽得一般。

這時，他前後圍著許多女孩兒，見了他這種失魂落魄的樣子，大家笑說道：「這人怕是聾子吧？」

又說道：「怕是啞子嗎？」又說道：「怕是傻子吧？」

其中有一個女孩子，冷笑一聲說道：「什麼傻子，他正是一個壞蛋呢！」一句話，引得其他姑娘也嗤的一聲笑了。皇太極聽得有人罵他壞蛋，才明白過來，禁不住哈哈大笑，說道：「我做了一輩子貝勒，誰也不敢罵我壞蛋，今天被妳這黃毛丫頭罵得好兇。」

她們聽他說是個貝勒，便又吃吃的笑起來，說道：「再沒看見這樣的窮貝勒，出來連侍衛也沒有一個，卻自拉著馬。我家塞桑貝勒出門來，前呼後擁的帶著一百多人，那才正是威風呢！」

皇太極到此時，才把自己的姓名家世，和出來打獵，獨自射中一隻母鹿，不覺走遠了路；又在半路上遇見仇人，一陣子亂跑，不覺跑到這個地方來；前前後後，一五一十的說了出來。

那位姑娘聽皇太極吐露真情，她也聽得父親常常說起：如今建州部落如何強盛；那四貝勒又是如何英雄。如今看他果然是一表人才，說話流亮。自古佳人愛才子，她不覺心頭有一種說不出的情意；便開口說道：「既是建州四貝勒，咱們都是鄰部，這地方離貴部已有二百里路，想來貝勒一時也不得回去；我們的棚帳便在前面，請貝勒過去坐著，喝一口水再談罷。」說著，自己攀鞍上馬，在前面走著領路。

這時，皇太極早已被她這嚦嚦鶯聲迷住了，也不由得上馬跟去；後面一群女孩子說說笑笑跟著。轉過樹林，便露出一座大棚帳來，皇太極跟著走進帳去，分賓主坐下。侍女拿上酥酪饃饃來，他肚子裏正飢餓了，便也老實不客氣，一邊吃著，一邊動問姑娘的家世。

那姑娘笑笑說道：「這地方已是科爾沁部邊界，我父親便是部主博爾濟吉特塞桑貝勒。」

皇太極聽說她是塞桑貝勒的女兒，早不禁心中一喜，忙上前去請了一個安，說道：「原來是一位格格，真是冒犯冒犯！」

他說著，偷眼看她的肌膚，白淨細膩；心想這玉人兒，果然名不虛傳。原來這滿洲一帶地方，人人知道塞桑貝勒的兩位格格，是兩個尤物；因她們皮膚潔白如玉，那大格格便名大玉兒，二格格便名小玉兒。

這時皇太極故意弄個狡獪，接著問道：「請問格格的芳名是什麼？」

那大玉兒聽了，便把脖子一低，拿手帕掩著朱唇，微微一笑，不肯答他；誰知旁邊站著的侍女卻接著答道：「咱格格名叫大玉兒！」

這大玉兒聽了，霎時把臉兒放了下來，慌得那班侍女倒退不迭。大玉兒把手一揮，說道：「快出

去！莫在此地多嘴；不奉呼喚，便不許進帳。」那班侍女見格格發怒，忙一齊退出，找女伴們說話去了。

這時帳裏祇留下大玉兒和皇太極二人，唧唧噥噥直到天晚，也不喚張燈，也不傳晚飯。侍女們又不敢進帳去問，祇在帳外伺候著。祇聽得裏面說一陣，笑一陣，直到天明，才喚侍女預備酒飯。大玉兒和皇太極並肩兒坐著，淺斟低酌起來，這一席酒直吃了兩個時辰。

皇太極因記念家裏，再三告辭，大玉兒沒奈何，祇得打發人到自己部落裏去，調一隊兵士來，護送皇太極回家去。侍女們留心看時，祇見她格格兩個眼皮哭得紅腫，騎在馬上，直送到邊界上還不肯回去。皇太極再三勸慰，兩人並著馬頭，說了許多話，才依依不捨的分別。大玉兒也無心打獵了，便偃旗息鼓，回自己的部落裏去了。

卻說葉赫納喇氏自從皇太極出去打獵，她心中常常掛念著；第一天夜裏，不見她兒子回來，原不十分盼望，因爲皇太極打獵，常常在外面過夜的。到了第二天，看看天晚還不見他回來，心下便著急起來；直到上燈時候，祇見跟去的一班侍衛，慌慌張張的跑來說：「四貝勒走失了。」

葉赫氏便詫異起來，仔仔細細的盤問那班侍衛；他們也說不出原因，祇說：「大家趕一群鹿去，祇有四貝勒留在林子裏，待到回來，去林子裏找時，已是影跡全無。後來又在山前山後各處找去，直找到天黑，也不見四貝勒的影蹤。奴才們沒有法想，衹得先回來稟告大福晉，請大福晉想個主意。」

葉赫氏衹生有這個兒子，如今聽說走失了，不由她不掉下淚來；便立刻傳集一千兵士，同著侍衛，再到西山上找去。又對他們說道：「倘然不把四貝勒找回來，休想活命！」

可憐那班兵士們，翻山過嶺的找尋，直找到第四天時，衹見四貝勒洋洋得意的回來。葉赫氏見了一把摟住，「心肝肉兒」地喚著問道；四貝勒不說別的，衹嚷著：「快打發人到科爾沁說媒去！」

那班福晉格格聽了他的話，認做他是瘋了；葉赫氏再三追問，四貝勒才把遇見仇人和見了大玉兒的情形說了出來。又說：「我這一遭才看見真正的美人呢！」又立逼著他母親打發人說親去。

葉赫氏聽了，皺一皺眉頭說道：「你父親不是早已給你說了親事嗎？怎麼又到別家說媒去？」

四貝勒再三纏擾不休，他母親便推說：「你父親早晚要回來了，這事情也得待你父親回來做主。」四貝勒無可奈何，衹得天天望著父親回來。

不多幾天，那英明皇帝果然回來。此番出兵又打了勝仗，正是十分高興；四貝勒把說媒的事情說了，英明皇帝一口答應。吃過了慶功筵宴以後，便打發大臣帶了許多聘禮，到科爾沁說親去。

四貝勒自從大臣去了以後，天天伸長了脖子盼望著；望了許多日子，好不容易，盼望到這大臣回來；祇見他拿去的聘禮，又原封不動的帶了回來。

英明皇帝問時，那大臣說道：「可惜去遲了！臣到科爾沁部，見到塞桑貝勒，把來意說了；塞桑貝勒一口回絕，說：『小女卻巧已於昨天說定了，配給葉赫國貝勒金台石的世子德爾格勒了。』；臣當時不信，那塞桑貝勒說：『媒人現在。』喚出一個人來，原來是葉赫國的臣子，名叫阿爾塔石的。當時臣也無話可說，祇得告辭回來。」

英明皇帝聽了這話，便也沒得說；祇是皇太極聽說這樣一個美人，被舅舅家的表哥搶了去，他如何肯依？便逼著他母親去對他舅舅說，要把那美人讓給他。

葉赫氏關礙著自己娘家人的面子，如何肯去說？皇太極惱恨起來，便打算帶了人馬打他舅舅去；被英明皇帝攔住了，一面給他成親。

四貝勒在新婚的時候，倒也忘了那大玉兒了。誰知後來因為葉赫部暗助明朝，英明皇帝在薩爾滸山打敗了明兵；便移師去征伐葉赫。皇太極第一個自告奮勇，充著先鋒隊去打東城；這東城正是金台石父子兩人住著。皇太極心中記掛著大玉兒，便督率士卒，不分晝夜的攻打；那座東城，居然被他打開了。

金台石帶了他的福晉和小兒子，逃到高臺上。

四貝勒以爲那大玉兒也在高臺上，便帶了兵士把高臺緊緊圍定，大叫：「舅舅快降！免得舅母表嫂受驚。」後來聽說大玉兒還在宮裏，卻巧人貝勒代善也帶兵到來；他便把人馬交與哥哥，自己帶了一二百親兵，飛也似的趕向宮裏去。

那大玉兒自從嫁了德爾格勒，倒也一雙兩好，夫妻兩人常常並馬出獵，放鷹逐犬，十分快活；有時想起未嫁時，和皇太極在棚帳裏一夜的情景，便又忍不住芳心搖動起來。祇因德爾格勒待她萬分恩愛，便也慢慢的把想皇太極的心淡了下去。

到了這時，國破家亡，她丈夫又被滿洲兵捉了去，生死未卜；獨自一人躲在宮裏，心中不由得害怕起來。轉心一想：我家和愛親覺羅氏是甥舅之親，想來他們也決不難爲我丈夫的。正想時，祇見那班宮女倉皇失色的跑進來，說道：「不好了！滿洲兵已闖進宮裏來了！」接著又聽得外面許多腳步聲。

大玉兒到了此時，也祇得大著膽，帶著宮女出去，正言厲色的對那班兵士說道：「你們帶著兵器向宮裏亂闖，是何道理？你家皇帝和我家是郎舅至親，便一時失和，也不該來騷擾宮禁。你家皇帝知道了，怕不砍下你的腦袋來。」

看她的容貌，真是豔如桃李；聽她的說話，又是冷如冰霜。把那班兵士倒弄得進退兩難，手足無措起來。

正尷尬的時候，忽見一個少年將軍騎著馬，飛也似的趕來，到宮門口下馬。那班兵士見了，忙上去打了一個欠，嘴裏叫著：「四貝勒。」便垂手站在一旁。大玉兒認得是皇太極，偷眼看時，見他面龐兒越長得俊秀了；止不住粉腮兒上飛起一朵紅雲來。

那貝勒搶上前去，請了一個安，問一聲：「表嫂好！」偷看她粉龐兒，又比前豐滿得多了。一時想起從前的情愛，忍不住挨近身去，要拉她的手；回心一想：「給兵士們看見不好意思。」便回過頭來，把手裏的馬鞭子一揮，說一聲：「退去！」那班兵士便如潮水一般的退出宮去了。

皇太極這才挨身上去，向大玉兒兜頭一揖，說道：「我來遲一步，驚動了嫂嫂，請嫂嫂恕罪，我在這裏賠禮了。」

大玉兒嬌羞滿面，低頭斂衽，含笑說道：「貴部兵士闖進宮來，不由我不害怕；幸得貝勒到來，免受驚恐。但是我如今變成了亡國的宮嬪，便受些驚嚇，也是分內！又怎麼敢怨恨貝勒呢？」她說著，由不得眼圈兒一紅，向皇太極臉上看了一眼，露出無限怨恨來。

皇太極看了，恨不得上去撫慰她一番；又礙著宮女的眼，一時不敢放肆。便挨近身去，低低的說道：「我站了半天，腿也酸了，可否求嫂嫂帶我進宮去，略坐一會？我還有緊要的說話奉告。」

大玉兒卻坦然說道：「彼此原是至親，坐坐何妨？」說著，自己扶著宮女，在前面領路。

皇太極在後面跟著她，曲曲折折走過許多院子，到了一所錦繡的所在；皇太極知是大玉兒的臥房了，卻站住了不好意思進去。大玉兒回過頭來嫣然一笑，說道：「這地方可還坐得嗎？」

皇太極接著說道：「坐得！坐得！」一忙走進房去，揀了一個座兒坐下。

大玉兒打發宮女出去，皇太極看看左右沒人，便站起來，上去拉住大玉兒的手，說道：「嫂嫂，想得我好苦啊！」

大玉兒一甩手，轉過背去，拿一方大紅手帕抹著眼淚，抽抽噎噎的說道：「好一個薄倖郎！」祇說得一句，便悲悲切切的痛哭起來。皇太極這時打疊起千百溫存，把從前一番經過和自己的苦心，委委婉婉的說了出來；接著又說了無數的勸慰話，又自己再三賠罪。好不容易，把這位美人的眼淚止住了。

皇太極伸手過去，輕輕的把她拉近身來，一面替她揩著眼淚說道：「妳不用過於傷心，我若不真心愛妳，便也不會拚著性命來打仗了；如今既見了妳，咱們從前的交情還在，妳還愁什麼國亡家破呢？」

他兩人墜歡再拾，破鏡重圓，便說不出的有許多悲歡啼笑。

第十九回　大玉兒

卻說大玉兒原是天生尤物，她在七歲旳時候，跟著奴僕到牧場上去遊玩；有一個喇嘛見了她，便說道：「這位格格，卻有大貴之相。」奴僕在一旁笑說道：「咱科爾沁貝勒旳格格，不貴也是貴了，何用你多說？」那喇嘛搖著頭，說道：「我說的貴，是貴爲天子的貴。」那班奴僕又笑說道：「你這和尚說話，越說越離經了。咱這滿洲地方和內外蒙古，哪裏找個天子去？難道叫我們格格嫁那明朝皇帝去？」

這幾句話，大玉兒的母親常常拿她說笑，大玉兒也聽在耳朵裏。如今見了皇太極，又想起他父親現在已做了皇帝，保不定他將來也是一個太子；再加上她兩人原有一番舊日的恩情，如今她又在患難之中，心中早有了一段私意。她兩人在宮中唧唧噥噥的談著心，宮女們在房門外站著，又不敢闖進房去，

隔了半晌，裏面傳出話來，給福晉備馬。

祇見皇太極和大玉兒兩人，手拉著手兒走出宮來；大玉兒又招呼她貼身服侍的四個宮女，一齊上馬。由皇太極帶領著到自己的營裏去藏起來。從此大玉兒做了皇太極的妃子，宮中都稱她爲吉特妃子。皇太極又看在吉特氏面下，求著父親，饒過了德爾格勒的一條命。

這都是過去的事實，如今皇太極趁自己即位的時候，便把他心愛的吉特氏冊立爲皇后，稱爲孝莊文皇后；他的元配祇封爲關雎宮宸妃。文皇后住的宮，稱做永福宮。太宗皇帝天天在永福宮裏住宿，別的妃嬪休想得到一夜的臨幸。

皇太極雖做了皇帝，祇因常常要陪伴文皇后，所有國家大事，都由大貝勒、二貝勒、三貝勒分管。這時十四親王多爾袞，年紀祇有十五歲；十五親王多鐸，年紀祇有十三歲。因爲文皇后喜歡他弟兄兩人，便留在宮中，常常和皇后做伴；太宗也因他們母親死得慘，這時良心發現，便格外好意看待他們。多爾袞格外生得乖巧，面貌也漂亮，文皇后便格外多喜歡他些。

文皇后有一個妹妹，名叫小玉兒；這時也跟著她姊姊住在宮裏，和多爾袞同年伴歲。他兩人朝朝見面，自然容易親熱；再加上那小玉兒的面貌，和她姊姊真是長得一模一樣。她姊妹兩人的皮膚，都長得潔白無瑕，因此她們父母便拿個玉字做爲她們的名字。

這時正是長夏無事，文皇后午睡醒來，不見了小玉兒和多爾袞兩人；知道他們又往園子裏玩耍去了，便也帶著幾個宮女向園裏走來。走到　帶高槐下面，樹蔭罩地；遠遠的祇見小玉兒坐在樹下一方湖石上。不知什麼事惱了小玉兒，慌得多爾袞左一個揖，右一個揖，向她拜著；小玉兒祇是轉過臉去不理他。

文皇后看了，不覺好笑起來；說道：「小丫頭！總是這副執拗脾氣，老不肯改的。」說著，自己在一方湖石上坐下，吩咐宮女過去，把他兩人喚來。

多爾袞走到皇后跟前，皇后伸手過去，把他攬在懷裏；多爾袞跪在地下，仰著臉，皇后兩手按在他肩上，低著脖子看他。真是長得眉清目秀，唇紅齒白；忍不住低下頭去，在他唇上親了一個嘴；說：「好叔叔！你愛上了她嗎？我便拿她給你，好嗎？」

多爾袞倒也乖巧，聽了，忙磕頭謝恩。這時小玉兒站在一邊，心裏雖也愛多爾袞，但是見她姊姊和他親嘴，心裏不覺起了一陣醋意。後來聽她姊姊又把自己的終身許給了多爾袞，她臉上一陣臊，便一轉身，飛也似的逃去了。

到了晚上，皇后便把這個意思對皇帝說了，皇帝也十分歡喜，立刻傳了內務大臣來，吩咐給十四親王造一座高大的王邸，便在衍慶宮後面。到了第二年，多爾袞和小玉兒都是十六歲了，便行了大禮；這一場喜事做得十分熱鬧，便是他小夫妻兩口，也過得十分恩愛。

可是這一來，卻撇得文皇后十分冷清了；雖說有太宗皇帝天天陪伴著，但是自古說的：「日久生厭。」；任妳是第一等的恩愛夫妻，倘然是朝夕不離，行監坐守，甜蜜到十分親，熱到十分，便也要覺得厭倦起來。何況赫赫一位皇帝，有的是三宮六院；緩立遠視而望幸的，隨處都是。皇帝到了厭倦的時候，豈有個不想異味的嗎？因此太宗空閒下來，也常到別的宮院裏去走走，越發撇得文皇后冷清清地。

文皇后到十分冷清的時候，便帶了一班宮女，臂鷹跨馬，依舊到外面打獵去。滿洲人無論男女，都拿打獵當一件消遣事情；皇帝知道了，也不去攔阻她。誰知文皇后今天打獵，明天打獵，卻打出意外的奇緣來了。

這一天，文皇后在花崗子打獵，正追著一頭野豬；文皇后馬快，趕在前面，追進林子去。那頭豬卻也乖巧，儘在林子裏左繞右繞；文皇后盤馬彎弓，東趕到西，西趕到東，兀自射牠不著。把個文皇后弄得嬌喘細細，香汗涔涔；正忙亂的時候，那頭豬忽然惱怒起來，大叫一聲，掉轉身體直向文皇后撲來。張著血盆似的大口，露著鋼刀似的齒牙；把個文皇后嚇得魂不附體，嬌聲叫喚起來。

正危急的時候，忽聽得「颼颼」兩聲，左右林中飛出兩枝箭來；不偏不斜，齊插入那頭野豬的兩隻耳朵裏去。祇聽大嚎一聲，這頭野豬便倒在地下死了。接著後面的宮女也趕到了，文皇后略定了一定神，便吩咐到左右林子裏搜人去；誰知也不用搜，那林子裏忽攢出兩個大漢來，一齊跪倒在文皇后馬前。

文皇后吩咐宮女，問他：「什麼地方人？姓什麼？爲什麼躲在林子裏？」

那兩個大漢見問，便有一個磕著頭說道：「奴才名叫土皋，他叫鄧侉子；都是山東人氏，祖上在關外做買賣，折了本錢，流落在遼陽地方，不得回家。因爲家貧不能度日，幸喜習得一手弓箭本事，便以打獵爲生。弟兄兩個常在撫順捉幾頭野獸度日，這幾天，因爲那地方野獸稀少，所以趕到這瀋陽地方來尋些野獸；祇因人地生疏，不知道這裏是禁地，誤犯了娘娘的聖駕，求娘娘饒恕了奴才的一條狗命罷！」

文皇后聽他說話伶俐，狀貌魁梧，心頭不覺一動；又想起方才那種慌張樣子，虧得他兩人救了危急，心裏又有幾分感激他們。心想在宮裏終日和宮女纏得怪膩的，這兩人說話又伶俐又爽快，倒不如把他兩人帶進宮去，空閒下來，也好找他們說話，解解悶兒。

皇后想到這裏，便自己撥轉馬頭，繞到林子外去；把個貼心的宮女喚近身來，悄悄的對她說了，自己卻在林子外面。等了一會，宮女把王皋、鄧侉子兩人領出來，皇后看時，不覺好笑起來，原來她們把這兩個漢子也打扮成宮女模樣，趁皇后回宮的時候，混進宮去。

從此這兩個獵戶，一跤跌在青雲裏，輪流著伺候皇后；空閒下來，便搬出許多鄉間的故事來說說。文皇后生在宮闈，這些事情，真是她聞所未聞，她越發覺得這兩個人的可愛；因此，文皇后便安安靜靜的住在宮裏，也不出去打獵了。

好得太宗皇帝終究是英雄性格，他在宮裏和皇后妃嬪廝守得膩煩起來，便天天上朝，和貝勒大臣們商量國家大事。

天聰五年十一月的時候，忽然有探子報稱：「內蒙古林丹汗，私受明朝賄賂白銀四萬兩；現今出兵在西剌木倫上源地方，窺探我國邊地。」

太宗皇帝聽了，十分動怒；說：「我國和林丹汗結盟在先，共拒明國；如今他們貪利忘義，罪由自取，朕誓必討之。」一面把國事託付給和碩睿親王多爾袞，一面點兵大隊人馬，親自帶領著，直攻察哈爾。

太宗皇帝多年不打仗了，如今帶兵出來，十分興奮；到了第二年，又召集了許多蒙古歸附來的部主，到西剌木倫河上。過興安嶺，到達里泊地方，打敗了林丹軍隊；那林丹汗帶了他的人民，逃過歸化城，渡過黃河口，到了大草灘地方，忽然害病死了。太宗皇帝便收兵回去，路過明國邊地，他便越過萬里長城，到大同宣府一帶地方，耀武揚威的走著；明朝人也奈何他不得。到天聰九年時候，打聽得林丹汗的兒子額哲，逃在托里圖地方，另立了一個部落。

小玉兒雖說是一個女流，她卻常勸多爾袞帶兵出去收服額哲，借此也立些功勞；多爾袞卻也聽小玉兒的話，便奏明太宗皇帝，出兵到托里圖地方，收服了林丹的部眾，又得了林丹的傳國璽回來。從此內蒙古各部落完全歸併在太宗部下。太宗見多爾袞有功，便又格外和他親熱，常常傳他夫妻兩人進宮去；姊妹弟兄四人，在一塊兒吃酒說笑。

那文皇后從小看著多爾袞長大，自然格外親熱些。文皇后長得一個美人西子似的，任你鐵石人見了也要動心；這時，文皇后親手遞了一個果子去給多爾袞，多爾袞忙上前接著；在皇后的臂膀上一擦，覺得滑膩如酥，不覺心中一動。

他想：「小玉兒的肌膚白淨滑膩，和她姊姊不相上下；這文皇后身上不知怎麼個有趣？我今生若得和文皇后真個銷魂，便死也甘心的。」他祇是怔怔的想著，皇后問他的話，他也聽不得了。皇后看他這癡呆的樣子，知道他心中不轉好念頭；又看他的臉兒依舊是眉淸目秀，唇紅齒白，她陡然想起那年在槐樹蔭下和他親嘴的情形，不覺心中一動，急回過臉去，不覺一陣臊熱，紅上臉來。

幸而這時，皇帝正和小玉兒說著話，不曾留意到他們。但是他兩人自從這一回種下愛根，到底忍耐不住；後來鬧出一段風流佳話來，這也是前生注定的緣份，無可勉強的。這都是後話。

第二天太宗坐朝，祇見武英郡王阿濟格出班奏道：「今有明將總提兵大元帥孔有德，總督糧餉總兵官耿仲明，帶領他兵士一萬三千八百七十四名，前來投降我朝；如今他兵隊駐紮在安東，現有降書在此，請陛下的旨意。」

說著，把那降書捧上御案去；太宗看時，上面大略說道：「昨奉部調西援，錢糧缺乏，兼沿途閉門罷市，日不得食，夜不得宿；忍氣吞聲，行至吳橋。又因惡官把持，以致眾兵奮激起義；遂破新城，破登州，隨收服各州縣。繼因援兵四集，圍困半載；我兵糧少，只得棄登州而駕舟師，飄至廣鹿島。本帥即乘機收服廣鹿、長山、石城等島。久仰明汗網羅海內英豪，有堯舜湯武之胸襟；是願率眾投誠，特差副將劉承祖、曹紹中爲光容。汗速乘此機會，成其大事；即天賜汗之福，亦本帥之幸也。」

太宗看了降書，不覺心中大喜，立刻傳見劉承祖、曹紹中兩人，當面褒獎了幾句；又打發二貝勒、三貝勒、貝子博洛內、大臣圖爾格，帶了大隊人馬，到安東迎接去。

那明朝和朝鮮，聽說孔有德、耿仲明兩人在安東上岸，便也調動兵隊前去攔擊。祇因滿洲兵十分厲害，孔耿二將的兵也出死力抵抗，便得安全上岸。太宗傳諭：在遼陽地方賜他田地房屋，孔耿兩人心中十分感激，要親自進京去朝見太宗，當面謝恩。當下便寫了一道謝恩表文道：

皇上萬福萬安：德等所部先來，官兵俱已安插，均蒙給糧，恩同於天！德等欲赴都門謝恩，聽候皇上鈞旨，赴闕叩首。不勝戰慄之至！

太宗聽說孔耿二將要進京來，便親自帶了許多貝勒大臣上去迎接；孔耿走到渾河右岸，遇到了太宗，太宗住在一座黃緞的棚帳裏。孔有德和耿仲明走進帳去，趴在地下磕頭，嘴裏說：「謝皇帝天恩。」太宗忙上去親自扶他們起來，又伸著兩手，在他們腰上一抱；兩邊站著的大臣，臉上都不覺露出詫異的神色來。原來這抱見的禮，是滿洲人十分看重的，如今太宗和孔耿兩人行抱見禮，那班大臣心中自是十分詫異。行過了禮，便在帳中賜宴；當時立下聖旨，封孔有德做都元帥，耿仲明做總兵官。

第二天，太宗回京，孔耿兩人也跟著進京去；連日許多貝勒大官，輪流替他二人接風。孔有德每天朝罷回來，住在客館裏，和耿仲明談論太宗的恩德，卻不知報答的法子；後來孔有德想出一個尊號的法子來，立刻邀集了許多滿洲蒙古的貝勒大臣，在客館裏商議上皇帝的尊號。

那班貝勒大臣一齊說願意，便請范文程擬表文，又把表文寫成滿蒙漢三國的文字。趁翌日大朝的時候，吏部和碩墨勒根代青貝勒多爾袞捧著滿洲表文，科爾沁國土謝國濟農捧著蒙古表文，孔有德捧著漢字表文，一齊跪在殿下。侍衛官把表文送上龍案去，太宗看時，上面寫道：

> 諸貝勒大臣文武各官及外藩貝勒，恭惟皇上承天眷佑，應運而興，當天下昏亂之時，修德體天，逆者威之以兵，順者撫之以德。寬溫之譽，施及萬分。征服朝鮮，混一蒙古，更獲玉璽，內外化成；上合天意，下協輿情。以是臣等仰體天心，敬上尊號，一切儀物，俱已完備。

伏願俯賜俞允，勿虛眾望。

太宗看了說道：「現在時局未定，正在用兵的時候，也無暇及此。」諸貝勒大臣一齊勸駕，說道：「從來說的，『名正言順』，皇上功蓋寰宇，如今要用兵明國，須先上尊號，才能和明朝皇帝下個敵體的戰書。」

太宗聽他們說話有理，便也答應了；揀了個吉日，祭告天地，受寬溫仁聖皇帝的尊號，改國號稱大清，改元稱崇德元年。

第二天，太宗帶領諸貝勒去祭太廟；尊始祖稱澤王，高祖稱慶王，曾祖稱昌王，祖稱福王；尊太祖努爾哈齊稱武皇帝，廟稱太廟，陵稱福陵。封孔有德做恭順王，耿仲明做懷順王。此外，貝勒大臣都加封進爵；一面拜睿親王多爾袞爲統帥，進兵到大凌河，猛戰三天三夜，攻破了大凌河，捉住明將祖大壽，又放他回國去，替清朝做著偵探。

多爾袞又進兵圍住錦州，消息報到明朝，熹宗便拜洪承疇做經略使，帶著王樸、曹變蛟、馬科、吳三桂、李輔明、唐通、白廣恩、王廷臣八個總兵官及參將游擊守備二百多名，馬步兵十三萬人去救錦州；把營頭紮在松山城北，乳峰山的山崗上。

多爾袞打聽得明朝兵勢浩大，怕自己抵敵不住；便打發旗牌官回盛京求救兵去。太宗得了消息，便立刻調動大隊兵馬，親自統帶著到錦州來。京城裏的事情，自有鄭親王濟爾哈朗照管。

不多幾天，太宗兵馬到了遼河西岸；多爾袞前來接駕，便說起：「洪承疇兵來攻我右翼和土謝圖親王的營盤，被我們的兵士打退。」

太宗聽了，也不說話；騎著馬，帶著許多親王大臣，到松山腳下去看敵兵的形勢。回到自己營裏，便吩咐把大兵散開，包圍住松山到杏山這一段路，又從烏忻河紮營，直紮到海邊，攔斷了一條大路。

那明朝兵將見自己被清兵包圍住了，心裏個個驚慌起來，都打算偷偷的逃走。到第二天一清早，明朝八個總兵官都帶領本部兵馬，嗚鼓吹角，直衝進噶布什賢的陣地裏來；誰知那噶布什賢已早得了太宗的機宜，祇是把守營門，偃旗息鼓的不動聲色。看看明兵走近營門，祇看見紅旗一動，營裡面萬弩齊發，一箭一個。明兵的先鋒隊被他射倒了四五百人；明兵嚇了一跳，急轉身逃命。

後面的人馬被前面的人馬衝動，一齊如潮水般倒退下去；祇聽得吶喊聲、叫嚎聲，自己踏死自己的兵馬，也不知有多少。清國兵馬乘勢追殺，鑲藍旗擺牙喇、武英郡王阿濟格、貝子博洛內和大臣圖爾格四路夾攻，直追到塔山地方。明兵有糧米十二堆，在筆架山地方統被清兵奪去。明朝將官吃了這一回敗仗，都打算逃回國去，撤退了七營步兵，靠著松山城駐紮；那清朝鑲紅旗兵，攔住了明兵的去路。

第二天，洪承疇傳令猛撲鑲紅旗兵；兩軍各出死力對敵，正殺得起勁，明兵一見前面一簇人馬，張著黃傘，傘下面一個人，威風凜凜的騎在馬上，早嚇得心驚膽戰，撇下敵兵，便逃回營去。太宗一面鳴金收軍，立刻傳集諸將到帳下議事。

太宗說道：「我看明兵營中旌旗不整，今夜敵兵必逃。」當即傳令：「著左翼四旗擺牙喇，合著阿禮哈蒙古兵、噶布什賢兵，連接著擺一個長蛇陣；直到海邊，攔住明兵的去路。」

第二十回　紅粉干戈

卻說這一夜一更向盡，祇聽得北風獵獵、刁斗聲聲；清兵御營中，列炬如晝。太宗坐在豹皮椅上，許多猛將分左右站立；御案上攤著一張地圖，太宗手指著地圖，對眾將講著敵兵的形勢。

正說著，忽然有一個將軍進帳來說道：「明軍人馬在暗地裏移動，今夜怕要來偷營，請萬歲保重。」

太宗聽了，冷笑一聲說道：「鼠輩決沒有這樣的膽量。」一句話沒有說完，忽然探馬來報說：「明兵逃了！」那吳三桂、王樸、唐通、馬科、白廣恩、李輔明幾個總兵，帶了馬步兵，向噶布什賢陣地上逃去；太宗追去。

這裏，太宗又打發蒙古固山額真阿賴庫魯、克爾漢察哈爾，各帶本部兵馬，埋伏在杏山一路；如見有敵兵，立刻攔頭痛打，不得遠追，也不得擅自回軍。又下令睿親王多爾袞、貝子羅託公屯濟一班主將，帶領四旗擺牙喇兵和土謝圖親王兵，前往錦州城外、塔山大路上，攔腰截斷敵兵；又傳令達齊堪辛達里納林，率領槍砲手，前往筆架山保守糧米；又傳令正黃旗阿禮哈超哈、鎮國將軍宗室巴布海纛、章京圖賴，帶兵去攔截塔山路敵兵；又傳令武英郡王阿濟格，也去攔截塔山路敵兵，倘然敵兵要偷過塔山，可率領巴布海圖賴從寧遠直向連山路上追去；又令貝子博洛帶兵從桑噶爾塞堡攔截敵兵。

又打聽得明國郎中張若麒，從小凌河口坐船逃去；便令鑲黃旗蒙古固山梅勒章京賴虎察哈爾的部下巴特肥，帶兵往前追趕。

各路兵馬奉令四出；趕的趕，殺的殺，可憐那班明朝兵丁，被清兵殺得屍橫遍野，血流成河，東奔西逃，祇恨爹娘不給他多長兩條腿，跑得快些。太宗皇帝看看軍事順手，便命多爾袞、阿濟格，調動主要軍隊進圍塔山；又調紅衣大砲十尊，幫著攻打，攻破了塔山城，活捉明副將王希賢、參將崔定國、都司楊重鎮。

明總兵吳三桂、王樸逃向杏山城一帶去。太宗秘兵進逼松山，四面掘壕，緊緊圍定。當夜，明總兵曹變蛟撤退乳峰山的兵隊，棄營而逃，衝進太宗的御營來；太宗上馬提刀，親自督戰。曹變蛟受傷，逃回松山城去。

卻說噶布什賢帶兵在杏山埋伏，守候到第三天，果見前面塵頭起處一隊明兵到來。打聽得是總兵吳三桂、王樸帶領本部人馬，要逃向寧遠去；噶布什賢按兵不動，待明兵過去一半，一聲砲響，伏兵齊起，好似餓狼撲羊，一陣掩殺，明兵死了三四千，剩下來的，也是四散逃去。

吳三桂帶領敗殘人馬，逃到高橋地方；一聲吹角，清國伏兵又起，前面一員大將，正是多鐸，攔住去路，大聲喊殺，聲震天地。慌得明兵手忙腳亂，反撞進清朝營盤裏去；被清兵關起營門來，殺得一個不留。吳三桂和王樸兩人，單身獨馬，落荒而走。這一場好殺，先後斬殺明兵五萬三千七百八十多人，得到馬七千四百四十匹，駝六十六匹，盔甲九千三百四十六副。

當夜太宗便在營裏犒賞兵士，大開筵宴；正吃得熱鬧時候，貝勒岳託站起來，對太宗說道：「臣請陛下下令，領一旅兵隊，趁今夜月色皎潔，前去攻取松山城。」

太宗搖著頭說道：「不可。我國將士連日血戰，趁今夜無事，便該休養；再者，你也莫小覷了這座松山城，我打聽得城裏明朝將士很多，有洪承疇、邱民仰、張斗、姚恭、王士禎這班大將，又有總兵王廷臣、曹變蛟、祖大樂，帶領三萬人馬，把守城池。其中那位洪經略，是朕心愛的；聽說他是中原才子，又熟悉中國政治風俗，朕欲併吞中原，先要說降這位經略大臣，才能成功。」

太宗說著，祇見帳下走出一位大臣來，說道：「這事容易，臣和松山副將夏承德頗有幾分交情；如今臣親自送勸降書，走進松山城去，先說降了夏承德，再請他幫著臣說降洪經略，豈不是好？」

太宗看時，原來是貝勒多鐸；不覺大喜，說道：「吾弟肯親自去說降，是大清之幸也！」當下修下勸降書，由多鐸帶了五百名兵士，走進松山城去。

這裏，太宗伸長了脖子望他，直望到日落西山，才見多鐸回來；說：「夏承德頗有投降之意，洪承疇卻抵死不從；他說：『城可破，頭可斷，大明經略卻不可降！』」

太宗聽了，皺一皺眉頭，便把范文程傳來，再寫一封勸降書，著范文程自己送去；洪經略總是不肯降。太宗一連送了六回勸降書，後來洪承疇索性關上城門，拒絕來使；太宗無法可想，祇得把勸降的告示，綁在箭頭上，射進城去。

那告示上大略說道：

> 余率師至此，知汝援兵必逃；預遣兵出，圍守松山，使不得入。自塔山南至於海，北至於山，去路俱斷；又分兵各路截守，被斬者屍積遍野，投海者海水為紅。今汝援兵已絕，此乃

天意佑我也。汝等早降，決不殺死；并保全汝等祿位，爾等可自思之。

到了九月初一這一天，太宗看看洪承疇終沒有降意，便帶領內外諸王貝勒、貝子、大臣們，拈香拜天；一面打發睿親王多爾袞、肅郡王豪格，回守盛京。一面拔寨齊起，向松山進兵；傳令：「倘然遇見洪經略，須要活捉，不可殺死。」親自押著紅衣砲隊直攻松山。

洪承疇在城裏出死力抵敵，兩軍相持不下。忽見一匹馬，飛也似的向御營裏跑來，守營兵上前扣住，馬上一位將軍跳下馬來，手裏捧著文書，直跑進帳去，將文書送上御案；太宗一看文書時，不覺嚇了一大跳。原來這人是來報喪的，太宗的元配關睢宮宸妃已死了；太宗雖寵愛莊后，但宸妃和他是結髮夫妻，自有一番恩愛；太宗不覺大哭，便立刻把兵事交給諸位貝勒，星夜趕回盛京去。

說起這位宸妃，也有十分姿色，祇是趕不上莊后那種風流體態；太宗念在夫妻分上，也時時臨幸，這莊妃看了，心中不免起了一點醋意。此番太宗出兵的時侯，宸妃還是好好的，不曾有一點疾病，誰知太宗出兵不多幾天，宸妃忽然死了。當時大學士希福剛林、梅勒章京冷僧機，得了宸妃薨逝的消息，急急進宮去察看；見宸妃面貌很美，豐容盛鬋，也不像是害病死的。

希福剛林看了十分詫異，說道：「皇上遠出，宮裏大變；倘然皇上回來問我，叫我拿什麼話回奏呢？」

冷僧機在一旁說道：「這個容易，我們祇叫把關睢宮裏的宮女捉來，審問她宸妃死的時候，有什麼人在身旁，我們便把那人抓來一問，便可以知道了。」

這幾句話，傳到永福宮莊后耳朵裏，不禁慌張起來；忙打發一個小宮女出去，把大學士傳進宮去，一面又把睿親王多爾袞傳進宮去，幾句話，把一天大事化爲烏有。

第二天，多爾袞打發冷僧機出城去迎接聖駕；冷僧機是多爾袞的心腹，見了太宗，自然有一番掩飾。這裏，希福剛林聽了皇后的吩咐，便潦潦草草把宸妃的屍身收殮了。

太宗到來，祇看見一口棺木，便也沒有什麼說的。那文皇后又怕太宗悲傷，便打疊起全副精神趨奉太宗；太宗有這樣一個美人陪在身旁，有說有笑，早把一肚子悲傷消滅得無影無蹤了。

皇后知道太宗歡喜打獵，便哄著皇帝到葉赫部打獵去；兩人談起舊情，便越發覺得恩愛，當夜便在棚帳裏雙雙宿下。從此皇后把個皇帝全個兒霸佔著，再沒有第二個人可以分她的寵了。

看看打獵到第四天時，忽然見他大兒子肅郡王豪格笑盈盈的走進帳來；見了太宗，便請下安去。說道：「父皇大喜！那松山城已經被孩兒打下來了。」

太宗這一喜，直喜得心花怒放，拉住他兒子的手，坐下來問個仔細。

豪格說道：「原是松山守城副將夏承德預先打發人來說，他把守城南，今夜豎起雲梯，向南面爬進城來，他在裏面接應。到了夜裏，孩兒帶了大隊人馬，果然從城南打了進去；當時捉住明朝經略洪承疇、巡撫邱民仰、總兵王廷臣、曹變蛟、祖大樂、游擊祖大名、祖大成一班官員，又殺死明兵三千六十三人，活捉住婦女孩童一千二百四十九口，獲得盔甲弓箭一萬五千多副，大小紅衣砲、鳥槍三千二百七十三件，請父皇快快回京安插去。」

太宗聽了，不禁哈哈大笑；趕快收拾圍場回盛京去。到了宮裏，便有一起一起的大臣，前來報告軍情；太宗都拿好言安慰，又吩咐不許虐待漢人。並准了貝勒岳託的奏章，一品的漢官，便把諸貝勒的格格賞他做妻子；二品官，則把國裏大臣的女兒賞他做妻子。又特下上諭，把洪承疇送到客館去，好好的看待，每天送筵席去請他吃，又挑選四個宮女去伺候呼喚。

那洪承疇原是明朝的忠臣，也是一位名將；如今被清兵捉來，原拚一死，誰知送他到盛京來，太宗既不傳見，也不殺他；看看那班總兵官，殺的殺，降的降，早已一個也不在他身旁。又看看自己住在客館裏，吃的是山珍海味，住的是錦被繡榻，便知道清朝還有勸他投降的意思。他便立定主意，從這一天起，一粒飯也不上嘴；一天到晚，祇是向西呆坐著。

太宗皇帝派人來勸他吃，他也不吃，勸他降，他也不降。後來惱了他，索性把房門關鎖起來，所有一切侍從宮女都不得進去。看看過了兩天，洪承疇卻粒米未進；這消息傳到太宗耳朵裏，太宗十分憂愁。對諸大臣說道：「倘然洪經略不肯投降，眼見這中原便取不成了！」便下聖旨：「有誰人能出奇謀，說得洪經略投降的，便賞黃金萬兩。」

這個聖旨一下，誰不想得黃金？便有許多大臣，想盡方法去勸說；無奈洪經略總給你個老不見面。看看又到了第四天時，洪承疇已餓得不像個模樣了，那多鐸便把洪承疇一個貼身的書僮，名叫金升的，捉來百般恐嚇他；問他：「洪經略生平最愛什麼？」

那金升起初不肯說，後來多鐸吩咐自己府裏的侍女把金升領去，大家哄著他，勸他吃酒，又和他胡纏。其中有一個侍女，面貌長得十分白淨；金升看上了她，那侍女便陪他睡去，在被窩裏，金升才說她主人是獨愛女色的。

這個消息一傳出去，多鐸便去奏明皇帝，挑選了四個絕色的宮女；又在擄來的婦女裏面，挑選了四個美貌的漢女，一齊送進客館裏去。誰知洪承疇連正眼也不看一眼，把個太宗皇帝急得在宮裏祇是搔耳摸腮，長吁短嘆；文皇后在一旁看了卻莫名其妙。問時，太宗皇帝便把洪經略不肯投降的事說了出來。

文皇后聽了微微一笑，說道：「想來那洪經略雖說好色，卻決不愛那種下等女人；這件事陛下放心，託付在賤妾身上，在這三天裏，管教說得洪經略投降。」

太宗說道：「這如何使得？卿是朕心愛的，又是堂堂一位國母，倘然傳說出去，教朕這張臉擱到什麼地方去？」

文皇后聽了又說道：「陛下為國家大事，何惜一皇后？再者，賤妾此去為皇上辦事，我們夫妻的情愛仍在。陛下若慮漏洩春光，有礙陛下的顏面，這事情做得秘密些就是了。」

文皇后說到這裏，太宗看看皇后的面龐實在長得標緻；心想：任你鐵石人，見了也要動心的。便嘆了一口氣，說道：「去罷！做得秘密些，莫叫他們笑我。」

文皇后得了聖旨，便回宮去換了一身豔服；梳著高高的髻兒，擦著紅紅的胭脂，鬢影釵光，真是行一步也可人意兒。

文皇后打扮停當，便僱一輛小車，帶著一個貼身宮女，從宮後夾道上偷偷的出去。到了客館裏，那

輛車兒直拉進內院去；裏面忽然傳出皇帝的手諭來，貼在客館門外，上面寫著：「不論官民人等，不許進館。」

那文皇后到了館裏，看看那洪承疇倒也長得清秀；他盤腿兒坐在椅子上，已是五日不吃飯了，早把他餓得眼花頭暈，神志昏沉；文皇后指揮宮女，把他扶下椅子來，放倒在炕上。宮女一齊退出去，文皇后爬上炕去，盤腿兒坐著，把洪經略的身體輕輕扶起，斜倚在炕邊上。

那洪承疇昏昏沉沉，起初由她們擺弄去，他總是閉上眼；到了這時，覺得自己身子落了溫柔鄉，一陣一陣脂粉香吹進鼻管來，洪經略是天生一位多情人，別的事情都打不動他的心，祇有這女色上的勾當，便是在他臨死的時候，也多少要動一動心。況且那陣香味，原是文皇后所獨有的；只覺得異樣觸鼻，不由他心中怦怦的跳動起來。便忍不住開眼一看，祇見一個絕色女子，明眸皓齒，翠黛朱唇，看著他盈盈一笑；那種輕盈嫵媚的姿態，真可以勾魂攝魄。

洪經略忍不住問了一聲：「妳是什麼人？」

接著聽得那女子櫻唇中「嗤」的一笑，說道：「好一個殉國的忠臣！你死你的，快莫問我什麼人。」

洪經略聽她鶯聲嚦嚦，不覺精神一振，便坐起身來，說道：「我殉我的國，與妳什麼相干？」

那女子說道：「妾身心腸十分慈悲，見經略在此受苦，滿心要來救經略早早脫離苦海。」

洪經略聽了，冷笑一聲說道：「妳敢是也來勸我投降的麼？但是我的主意已定，再過一兩天，便可以如我的心願了；妳雖然長得美貌，倘然說別的話，我是願意聽的，妳若是說勸降的話，我是不願聽的。快去罷！」

那女子聽了，又微微一笑，把身子格外挨近些，說道：「我雖說是一個女子，卻也很敬重經略的氣節；現在經略既然打定主意，我怎麼敢來破壞經略的志氣呢？但是我看經略也十分可憐……」

洪經略問道：「妳可憐我什麼來？」

那女子說道：「我看經略好好一個男子，在家的時候三妻四妾、呼奴喚婢、席豐履厚、錦衣玉食，何等尊貴？如今孤淒淒一個人，舉目無親，求死不得；雖說是祇有一兩天便可以成事，但是，我想這一兩天的難受，比前五天還要勝過幾倍。好好一個人，吃著這樣的苦，豈不是可憐？」

那女子說著話，一陣陣的口脂香射進鼻管來；洪承疇心中不覺又是一動，急急閉上眼，止住了心，要把這女子推開，那手臂又是軟綿綿的，沒有氣力。接著又聽那女子悲切切的聲音說道：「經略降又不

肯降，死又不快死；如今我有一碗毒酒在此，經略快快吃下去，可以立刻送命，也免得在這裏受苦。我可憐經略，這一點，便是我來救經略早離苦海的慈悲心腸。」

洪承疇這時正餓得難受，聽說有毒酒，便睜開眼來一看；見那女子玉也似的一隻手，捧著一隻碗，碗裏盛著黃澄澄的一碗酒。洪承疇硬一硬心腸，劈手去奪過來，仰著脖子往嘴裏一倒；「咕嘟」、「咕嘟」的一陣響，把這碗毒酒吃得涓滴不留。那女子便拿回碗去，轉過身來，扶他睡倒；自己卻也和他倒在一個枕上，那一陣陣的脂粉香和頭上的花香，又送進鼻管來。洪承疇卻衹是仰天躺著，閉著眼睛等死；那女子也靜悄悄的不作一聲兒。

誰知這時，他越睡越睡不熟，越想死越不肯死，那一陣一陣的香氣，越來得濃厚；洪經略每聞著這香味，不覺心中一動，每心一動，便忙自己止住。這樣子捱了許多時候，洪經略覺得越發的清醒了，翻來覆去的衹是睡不熟；那女子看他不得安睡，便有一搭沒一搭的和他說些閒話。

洪經略起初也不去睬她，後來那女子問起：「經略府上有幾位姨太太？哪位姨太太年紀最輕、面貌最美？」

洪經略聽了這幾句話，便勾起了他無限心事，心中一陣翻騰，好似熱油熬煎一般難受；又聽那女子接著說道：「經略此番離家萬里，盡忠在客館裏，倒也罷了；祇是府上那一位美人兒，從此春花秋月，深閨夢裏，想來不知要怎麼難受呢！」

洪經略聽到這裏，早已撐不住了，「哇」的幾聲，轉過身來，對著那女子抽抽噎噎的哭個不住；那女子打疊起溫言軟語，再三勸慰著。

第廿一回　宮闈豔情

卻說洪經略才止住了哭，嘆一口氣說道：「事已如此，也顧不得這許多了！祇是這毒藥吃下肚去，怎麼還不死呢？」

一句話，祇引得那女子一頭躲在洪經略懷裏，祇是嗤嗤的笑個不休；洪經略問她：「什麼好笑？」那女子拿手帕按著朱唇，笑說道：「什麼毒藥不毒藥，那是上好的參湯呢！我看你餓得難受，求生不能，求死不得；便哄著你吃一碗參湯下去接接力。這是咱家從吉林進貢來的上好人參，這一碗吃下去，少說也有五六天可以活命。看經略如今死也不死？」說著，又忍不住吃吃的笑。

洪經略給她這一番話說得臉上紅一塊白一塊，果然覺得神氣越發清醒了；又聽那女子在他耳邊低低的說道：「經略大人，我看你還是投降的好；一來也保全了大人的性命，二來也不失封侯之位，三來，也免得家裏幾位姨太太守一世孤單，四來，也不辜負了我一番相勸的好意。」

她說到這裏，霍地坐起身來，一手掠著鬢兒，斜過眼珠來，向經略溜了一眼；接著粉腮兒上飛起了兩朵紅雲，低著脖子，祇是弄那圍巾上的流蘇。那種妖媚的姿態，把個洪經略看得眼光撩亂；他忙收一收神，跳下地來，大聲喝道：「妳是哪裏來的淫婢！敢來誘惑老夫？」

那女子聽了，卻不慌不忙盤腿兒向炕沿上一坐，從懷裏掏出一方小小的金印來，向洪經略懷中一丟；洪經略接在手中看時，不覺把他嚇得魂靈兒直透出泥丸，兩條腿兒軟綿綿的跪倒在地，連連磕著頭，說道：「外臣該死！外臣蒙娘娘天恩高厚，情願投降，一輩子伺候娘娘鳳駕。」

原來那方金印上刻著兩行字，一行是滿洲字，一行是漢字；有「永福宮之寶璽」六個字。洪經略到這時才知道，坐在炕上的，便是赫赫有名的關外第一美人，滿洲第一貴婦人，孝莊文皇后；便嚇得他不住的磕頭，祇求娘娘饒命。

那娘娘伸出玉也似的臂膀來，把洪經略拉上炕去；洪經略看時，見皇后穿一件棗紅嵌金帶的旗袍，那大襟上揩著自己的眼淚鼻涕，濕了一大塊。他越發的不好意思，趴在炕上，還是不住的磕頭；此後卻不聽得他兩人的聲息。

良宵易度，第二天一清早，洪經略從夢中醒來，枕上早已不見了那昨夜勸駕的女子；停了一會，四

個宮女捧著洗臉水、燕窩粥進來，洪經略胡亂洗過臉，吃過粥。接著外面遞進許多手本來，睿親王多爾袞、鄭親王濟爾哈朗、肅郡王豪格、貝勒岳託、貝子羅託、大學士希福剛林、梅勒章京冷僧機，都親自來拜望。

多爾袞又說：「皇上十分記念經略，務必請經略進宮去一見。」

過了一會，裏面傳話出來，宣待詔進館；洪承疇剃去了四面頭髮，頭頂上結一條小辮，穿著皇帝賞的紅頂花翎、黃馬褂，大搖大擺的踱出館去。跨上馬，後面跟著一班貝勒大臣，直走到大清門外下馬；那時祖大壽、董協、祖大樂、祖大弼、夏承德、高勳、祖澤遠一班明朝的降將，都候在朝門外；見洪承疇來了，大家上前去迎接，跟著一塊兒上殿去。

從大清門走到篤恭殿，從篤恭殿走到崇政殿，兩旁滿站著御林軍士；洪承疇跪在殿下，三跪九叩首，稱皇帝陛下。禮畢，太宗皇帝宣洪承疇上殿，在寶座左面安設金漆椅一隻，金唾盂一，金壺一，貯水金瓶一，香爐二，香盒二；後面站著穿綠衣黃帶、青補褂、戴涼帽的侍衛四人。

皇帝賞洪承疇坐下，問他明朝的政教、禮制、風俗、軍制，十分詳細；足足講談了兩三個時辰。皇帝退朝，聖旨下來，拜洪承疇爲內院大學士，在崇政殿賜宴。

從此以後，太宗常常爲國家大事召洪學士進宮去，文皇后也坐在一旁；洪學士見了文皇后，忙趴下地去，多磕好幾個頭，口稱罪臣。文皇后見了，總微微一笑。太宗也因爲文皇后有勸降的功勞，便另眼看待她；有時指著洪學士，對文皇后說道：「他是投降皇后的！」大家笑著。

雖說如此，卻不知怎麼，自從洪承疇投降以後，太宗待文皇后卻冷淡的起來了；文皇后心裏也有幾分明白，心中便說不出的怨恨。悶起來，便帶著那王皋、鄧侉子兩人出外打獵去。

有一天，在回場上遇到睿王多爾袞，文皇后把他喚到馬前，深深的瞪了他一眼，說道：「老九！你好！怎麼這幾天不進宮來？」

多爾袞故意裝出詫異的樣子來，說道：「啊喲！宮裏是什麼地方，臣子不奉宣召，怎麼得進來？」

文皇后聽了，把她小嘴兒一撇，笑罵道：「小崽子！你裝傻嗎？你是我的妹夫，又是叔叔，還鬧這些過節兒嗎？」說著，把手裏的馬鞭子撩過去，在睿親王頭上「啪」的打了一下，說道：「去你的！」

睿親王磕過頭，轉身走去；又聽得文皇后在背後說道：「明天再不進宮來，小心你的腿！」

多爾袞這時已騎上了馬，聽了皇后的說話，便掉轉馬頭，正要回去；見那文皇后已經轉過馬頭走去，左邊王皋，右邊鄧侉子，三個人並著馬頭，把臉湊在一處，做出十分親密的樣子來。多爾袞在後面看了，不覺一縷酸氣從腳跟直沖頂門；自己對自己說道：「你們這兩個王八蛋！看我明天好好的收拾你們。」

到了第二天，多爾袞真的進宮去，見他哥哥，悄悄的把昨天在回場上，見王皋如何如何無禮的情形說了出來。誰知太宗對這兩人，心中本來有一個疑團，前幾天，太宗走進永福宮去，遠遠的看見皇后正和鄧侉子在那裏調笑；當時太宗還認做自己眼花，忍耐在肚子裏，不曾發作。如今聽了多爾袞說的話，回想到從前的情形，愈想愈懷疑，不覺勃然大怒，心想這兩個光棍留在宮裏，終究不是辦法，便不如趁今天打發了他們。想罷，立刻打發侍衛傳諭進去，把王皋和鄧侉子兩人，一齊喚出宮來。

皇后正和兩人說笑著，聽說有諭旨，皇后急問：「為什麼事情？」

宮女回說：「不知道。」

王皋兩人祇得跟著侍衛出去，見了太宗皇帝，立刻跪下磕頭。太宗一句話也不說，祇把令箭遞給多爾袞，把這兩人押出朝門外去，砍下腦袋來，待到文皇后知道這個消息已經遲了。明知道多爾袞為愛自己，所以殺了這兩人；但是文皇后眼前少了這兩人湊趣，便覺鬱鬱寡歡。太宗皇帝近日又因為有朝鮮的

事情，天天和幾位貝勒大臣商議出兵的事，也沒有工夫進宮來陪伴她；祇把個皇后丟得冷清清地。

那太宗為何要出兵朝鮮？祇因朝鮮王仁祖反對太宗加尊號，恰巧仁祖的妃子韓氏死了，太宗打發英俄爾岱、馬福太兩人到朝鮮去弔孝，趁便勸他投降稱臣。那仁祖非但不肯投降，反埋伏下兵士在客館裏，要刺殺這兩個使臣。這兩個使臣逃回國來，把這情形詳細奏明了太宗；太宗大怒，便立刻調齊了十萬人馬，一面和諸位貝勒大臣，在朝堂上商量御駕親征的事情。

文皇后打聽得皇帝又要親征，便又想起一件事來，趁太宗朝罷回宮的時候，便親自去見皇帝；皇帝因為殺了王皋的事情，也多日不見皇后了，當下夫妻兩人見了面，十分客氣。

皇帝提起不久要出征朝鮮的事情，皇后便問皇上：「此番出征，命何人監國？」

太宗道：「朕已將朝裏的事情託付了洪學士，他雖說是新近歸順的，卻是十分可靠的人；宮裏的事，自有皇后主持，照那上回出兵撫順一樣辦理。」

皇后聽了忙奏道：「這一回可不能照上回的辦法了，因為妾身近來多病，不能多受辛苦，求皇上留下一個親信的人監國才好。」

皇帝聽了倒躊躇起來，說道：「留什麼人監國呢？偏偏那阿敏和莽古爾泰又病了。」

皇后聽了，冷笑一聲說道：「皇上以為他們可靠麼？妾身害怕的，就是他們兩個人！」

太宗聽了詫異起來，忙說：「這兩人怎麼樣？」

皇后忙攔著說道：「皇上出兵在即，這兩人怎麼樣且不去問他；總之，請皇上留下人監國，妾身可以保得無事。」

太宗因心中有事，便也不追問下去；祇說道：「只是留誰呢？」

皇后忽然說道：「有了！多爾袞這人，皇上不是常常稱讚他忠心嗎？況且又是臣妾的妹夫，倘然留他在朝裏監國，一定沒有亂子。他也可以管得宮裏的事情，臣妾也不用避什麼嫌疑。」

太宗聽了，拍著手說道：「是啊！怎麼我一時把老九忘了呢！快傳他進來！」那宮女聽了，飛也似的傳話出來，不多時候，多爾袞進宮來，太宗把留京監國和提防阿敏、莽古爾泰的話，再三叮囑了一回，自己便站起身來出宮上馬，帶著大兵，一直向朝鮮進發去了。

這裏多爾袞見皇帝去了，正要送出宮去，走到門簾下面，忽聽得皇后在裏面喚道：「老九！回來，我還有話說呢。」

多爾袞聽了，忙回進去，直挺挺的站在皇后面前候旨意；半晌，皇后也不開口，也不叫去。多爾袞

忙請了一個安，說道：「多爾袞伺候著呢。」

皇后微微一笑，說道：「我有要緊話和你商量，這裏不是說話的地方，快隨我到寢宮去。」說著，自己站起身來向前走去，多爾袞跟在後面；看看到了寢宮裏面，裝飾得金碧輝煌，皇后便在逍遙椅上坐下，向宮女們望了一眼，宮女們知道皇后的意思，急急退出，祇剩他叔嫂二人在內，唧唧噥噥，不知商量些什麼。

直到天色已晚，掌上燈來，多爾袞要告辭回去，皇后向他溜了一眼，接著笑了一笑，說道：「用了晚膳回去。」自己便轉進套房去，重勻脂粉，換了晚粧；宮人擺上晚膳，皇后居中坐下，多爾袞在一旁陪坐。宮女斟上了酒，兩人便淺斟低酌起來；一面說笑著，一面吃喝著。

這時廊下的宮女，祇聽得屋子裏皇后吃吃的笑聲，停了一會，那貼身服侍的兩個宮女也退了出來，大家在外面守著。祇覺得燈影昏沉，語言纏綿，唧唧噥噥的，直到半夜時分，多爾袞才告辭出來。宮女們掌著宮燈送他出去，臨走的時候，多爾袞還是依依不捨的說了許多話。

皇后膩煩起來，「嗤」的一笑，把手在多爾袞肩上一推，說道：「得啦！時候不早了，快去罷，當心涼著。我那小玉兒，不知怎麼掛念你呢！」多爾袞聽了，也笑著出去了。

說起那阿敏和莽古爾泰兩人，確實有謀反的心腸；祇因他兩人和太宗是異母弟兄，莽古爾泰又仗著自己是富察后的長子，如今褚英、代善已死，這皇帝的寶位便應當輪到自己坐；誰知在先皇賓天的時候，太宗卻用威力劫奪了去。自從皇太極做了皇帝，又替他南征北討，東蕩西殺，也不曾有安閒的日子，因此心中十分怒恨；便是阿敏，也自己仗著是舒爾哈齊的長子，努爾哈齊的長子既已死了，這帝位便該輪到自己身上來。如今又被太宗佔據了去，心中也十分怒恨。

兩人肚子裏的心事，在沒人的時候常常說起；兄弟兩人便聯絡起來，暗中結交黨羽，四下佈置心腹。在太宗出征撫順的時候原打算發作，不料太宗回來得很快，措手不及，大家祇好按兵不動。此番太宗又親自帶兵出去，原是他們的好機會；誰知這個大事，卻敗壞在一個女子手裏。

這女子是什麼人呢？便是那莽古濟格格。這莽古濟格格，平日仗著自己有幾分姿色，到處搔首弄姿，勾引男子；她心目中第一個喜歡的，便是太宗的大兒子豪格。她打算把豪格勾引上了，自己便是穩穩的一位將來的皇后了；誰知天不做美，後來那豪格娶了博爾濟錦氏做了妃子，把個莽古濟格格氣得一佛出世，二佛昇天。她從此把個豪格恨入切骨，掉過來，便入了莽古爾泰的黨；那時和莽古爾泰同黨的，還有德格類、瑣諾木、杜稜一班人。天天秘密會議，預備起事。

莽古濟格格看看這一班人，又沒有一個中得她意的；不知怎麼，她又勾引了冷僧機。從此他兩人暗去明來，十分恩愛；莽古濟格格認做冷僧機是自己的心腹，便把他們的陰謀，通通告訴了他。誰知冷僧機卻是睿王的心腹，早把這件事悄悄的對睿王說了；睿王便打發他妃子小玉兒進宮去，告訴她姊姊。

這時正是太宗出兵撫順未回，後來太宗回來，皇后也因沒有真實憑據，不敢告發；此番皇帝又要出征，因此皇后便請皇帝留下監國的人。卻巧留下了一個多爾袞，真是公私兩便。從此多爾袞便以監國爲名，天天進宮去，皇后卻把莽古爾泰謀反的事情，掛在心裏；常常催著多爾袞，叫他從早下手。

多爾袞這時已經是假意入了莽古爾泰的黨，他們天天會議，多爾袞也在座；假意說些怨恨皇帝的話，又說到起事的那天，他在宮裏做內應，又如何調動兵馬，如何截斷太宗的歸路，說得天花亂墜，把個莽古爾泰哄得心悅誠服。

第二天，多爾袞請這班反叛在府中吃酒，趁他們酒醉的時候一齊拿下；又在各處貝勒府中，搜出許多造反的告示來。多爾袞一面吩咐把這班人監禁起來，一面自己進宮去報告皇后；皇后聽了大喜，伸手在多爾袞的肩上一拍，笑說道：「我的好妹夫！到底我的眼力不錯，保舉得人了！」說著，忙傳洪學士

和冷僧機進宮來，吩咐把這班反賊好好的看守起來，待皇帝回宮，再行發付。

這裏皇后便把多爾袞留在宮裏，夜夜取樂。正在快活的時候，卻聽得一聲傳說，皇上回來了！多爾袞也無可奈何，祇得垂頭喪氣退出宮來，帶領一班文武大臣，出城迎接去。太宗此番打勝了朝鮮，受了朝鮮王李仲的投降，心下十分快活；回得國來，大宴功臣。多爾袞看看皇帝正在快活時候，不好把阿敏謀反的事情說出來。到了第二天，才把這件事情原原本本的說明了；太宗聽了十分動怒，立刻要升殿親自審問。後來還是洪學士奏請發交九親王審問。

誰知那莽古爾泰在牢監裏，聽得皇帝回京的消息，把他一嚇，一時裏嚇破了膽，死了。多爾袞得了皇帝的旨意，便把阿敏、德格類、瑣諾木、杜稜，還有莽古濟格格一班反叛，從牢裏提出來審問；多爾袞是和他們假意做同黨的，他們的陰謀，多爾袞統統知道，他們也無可抵賴，祇得一一招認。多爾袞取了口供，奏明皇帝，一一定了死罪，發交刑部大臣執行。

太宗想起皇后的功勞，便站起身來，踱進永福宮去；一眼瞥眼，見皇后陪著一個美貌少年，在那裏吃酒。那少年見皇帝來了，忙搶上前去請安，皇帝看看這少年十分面善，問時，原來是文皇后的內姪，科爾沁卓禮克圖親王吳克善的兒子，名喚弼爾塔噶爾。自從皇帝上尊號的那年，他跟著父親進京來道

賀，文皇后便把他留下了；祇因太宗連年帶兵在外，祇和他見過一面，所以不十分認識。

當時經文皇后說明了，皇帝便把他拉近身來，仔細打量著，果然長得清秀漂亮；問他：「多少年紀？」他回說：「十八歲了。」又問他：「拉得弓，騎得馬嗎？」他回說：「勉強學會。」

文皇后接著說道：「講起他的弓馬來，真是了得！他還救了公主的性命呢。」

皇帝便問：「怎麼一回事？」

皇后說道：「我們阿頓生性歡喜打獵；那天是皇上出兵去的第三天，阿頓帶了宮女們到東山打獵去。忽然一頭白兔，在公主馬前跑過，公主拍馬直追進林子裏去，忽然林子裏跳出一頭老虎來，那老虎直撲公主馬頭；這時宮女們在林子外站得很遠的，祇有喊救的分兒，卻沒有人敢上前去打老虎。看看那頭老虎已抓住馬蹄兒了，那馬大吼一聲，像人一般的站了起來；公主一個翻身，摔下馬來。正在萬分危急的時候，忽然林子那面搶進一個少年來，提著短刀，一跳跳上了虎背，揪住了牠的頷骨。

那老虎仰起頭來，那少年一刀下去，直刺進老虎的眼眶裏；那頭老虎大叫一聲，屁股一蹶，把那少年掀下背來，壓在老虎的肚子底下。這時咱們公主自己得了性命，見這少年正在虎口之下，便急急彎弓搭箭，要射過去；又怕誤中了少年，正慌張的時候，那少年不慌不忙，拔出短刀，在老虎肚子下面，狠命一戳。祇見那老虎倒在地下，翻了幾翻，死了。那少年卻笑盈盈的站在公主跟前，公主看時，那少年不是別人，原來是他。」

文皇后說到這裏，把一個手指指著弼爾塔噶爾；又說道：「那頭大蟲，原來是他趕進林子來的，這一天，他也在東山上打獵呢。」

皇帝聽了接著說道：「這一頭虎，卻也抵得那年我和妳的一頭鹿呢！」說著，不禁哈哈大笑。

文皇后聽了皇帝的話，想起從前的情形，粉腮兒上不覺起了一層紅雲，微微一笑；正在這時，祇聽得宮女說一聲：「公主來了！」便見四個宮女，簇擁著一位花枝招展的固倫公主。

皇后便喚道：「阿頓！快去見了妳父王。」

固倫公主上去行過禮，回過頭來，見了弼爾塔噶爾，不禁盈盈一笑；那一笑，兩面粉腮兒上露出兩個酒窩兒來，接著低低的喚了一聲：「哥哥！」

太宗看了十分歡喜，笑說道：「好一對兒！」便回過頭來問著皇后道：「阿頓今年幾歲了？」

文皇后笑了一聲，說道：「陛下怎麼連阿頓的年紀也忘了，她是陛下滅科爾沁部那年生的。」

太宗聽了，拍著手說道：「記得記得，阿顛今年十七歲了。」

原來皇后說這句話，是有意思的；這位固倫公主，雖說是太宗的大女兒，實在還是那文皇后的前夫德爾格勒的種子。那文皇后是天命四年八月裏嫁太宗皇帝的，第二年正月，便生下這固倫公主來。

這時，太宗看看弼爾塔噶爾人才出眾，便和皇后說明，把公主下嫁給他。當時即把皇后的哥哥吳克善喚來，當面說定親事；一面吩咐豪格，在京城裏造起一座高大的駙馬府來，一面派人到四處去替公主採辦嫁粧。這事整整忙了一年，還不曾完備。文皇后這時又生了一個太子，滿月以後，太宗進永福宮去看望皇后，見她調養得面龐兒越發豐潤了；再看那太子時，又是長得潔白清秀，啼聲洪大。

太宗笑說道：「這樣的母親，才生得出這樣的好兒子！」

皇后聽了，也微微一笑說道：「請陛下賞一個名兒。」

太宗略略思索了一會，說道：「便取名福臨罷。」

宮裏因太子滿月，連日吃著筵宴，把公主出嫁的事情反擱起了。皇后再三催著皇帝，太宗便吩咐豪格，到薩滿那裏請好日子去；豪格回來回說：「薩滿說，今年沒有好日子，姊姊的好日子，揀定在明年六月初一。」皇后聽了，也沒有法，祇得耐性候著。

這裏多爾袞自從太宗回京來，便沒有機會進宮和皇后見面去；把他急得在家裏祇拿小玉妃出氣，夫妻兩口兒常常吵嘴。小玉妃也知道皇后的私事，心裏想起便酸溜溜的；祇因是同胞姊妹，不好意思發作，因此也常常藉著事端和多爾袞爭吵。

那皇后在宮裏，也想這位九叔叔想得厲害。到第二年的正月裏，皇帝忽然又要出兵去了。原來明朝自從洪承疇投降，松山失守以後，便派兵部尚書陳新甲前來和太宗議和。太宗皇帝開了六條合約，那明朝因為太宗的條約十分苛刻，便置之不理。直到如今七八個年頭，太宗再也忍耐不住，便點起兵馬，命貝勒阿巴泰充先鋒，打進關去；自己帶領大兵，隨後進攻。

第廿二回　攝政王

卻說太宗皇帝因爲憤恨和明朝和議不成，便也等不得固倫公主出閣，便親自帶兵，打進關去。臨走的時候，依舊把朝廷的事情託付了睿親王，自己帶著左右兩翼八萬人馬，晝夜趲程。那左翼的兵馬，從界凡山腳下攻破了邊牆進去；右翼兵馬從雁門關、黃崖口打進去，兩支兵馬在薊州地方會齊。合在一塊兒，直打到兗州地方，沿路攻破三座府城、十八座州城、六十七座縣城。捉住明朝的魯王，便在軍前斬首，擄得明朝男女百姓三十六萬人，牲口五十五萬頭。

那先鋒阿巴泰從南路打來，大兵駐紮在山東莒州，住了一個多月，也不曾見一個明朝的兵馬。阿巴泰便把沿路擄得的錦繡金銀，綑裝在駝車上，從天津到涿鹿一帶三十多里地面，車輪接著不斷。渡蘆溝橋，十多天還不曾渡完。那明朝崇禎皇帝下詔，令各省起勤王兵，那勤王兵隊到達通州地方，見清兵強盛，大家嚇得躲起來，不敢去攔阻他；眼看著滿洲兵馬一隊一隊的退出關去。

太宗皇帝看看不費一兵一卒的力，白白得了許多金銀珠寶，心下如何不快活；便在營裏辦起慶功筵宴來，揀定吉日班師。誰知這裏太宗正志得意滿的時候，他宮裏卻鬧出極大的風波來；太宗皇帝的性命，也便送在這一朝。

原來，此番睿親王多爾袞受了太宗的託付，天天住在宮裏和皇后成雙作對，毫無顧忌，好在宮裏上上下下的人，都是多爾袞的心腹，誰敢走漏消息？這其間卻有兩個人恨得咬牙切骨；一個是太宗的長子豪格；一個是多爾袞的妃子，小玉兒。

那豪格雖奉命辦理固倫公主的婚事，卻事事不得自由，樣樣都要聽他叔叔的命令；他叔叔多爾袞正和皇后伴得火熱，深宮密院，便是要找他說一句話，也是不容易的事情。這時豪格督造駙馬府，工程已是完成，要找他叔叔商量佈置府內的事情；便特特的跑進宮去求見。

多爾袞平常總在永福宮西書房裏起坐，他便一逕向西書房走去；看看書房裏靜悄悄的，祇有三五個太監守著，並沒有多爾袞這個人。問時，大家都推說不知道；豪格急退出宮來，折到睿親王府中去；一問，說：「王爺有四天不曾回府了。」

這時事有湊巧，那小玉妃正因多爾袞進宮去一連四天不回府，心中醋勁正無處發洩；忽聽說豪格到

來，便傳話出去，請郡王進內院去。那豪格一見了他嬸母，便問起：「叔叔連日不回府來，不知到什麼地方去了？」

那小玉妃這時正悶著一肚子冤氣，也不及檢點，便冷笑一聲說道：「你叔叔麼！他不住在宮裏，還有什麼地方住得！他們正樂呢！哪裏還想得到回府啊！」

多爾袞的事，豪格早有十分瞧料；祇因沒有機會，不好發作出來。如今不防他嬸嬸卻直說出來，他禁不住臉兒漲得通紅，勉強捺住了性子，問道：「叔叔不回家，嬸嬸怎麼不到宮裏找去？」

小玉妃說道：「我也曾找去，宮裏的人得了你叔叔的好處，都回說不在；我要闖進去找，卻被宮女們攔住，說：『萬歲爺留下意旨，非奉皇后呼喚，不准擅自進宮。』我這幾天正無處拉把。好姪兒！你既來了，須要替我想一個主意，也得替你自己想一個主意；儘這樣鬧下去，我和你兩人的臉面，擱到什麼地方去呢？」

一句話說惱了肅郡王，當下他把胸脯一拍，說道：「嬸嬸放心！此番父皇回來，我便把這番情形面奏父皇；請父皇下旨，禁止叔叔進宮。現在嬸嬸卻須耐著性兒，千萬不可聲張；倘然給叔叔知道，嬸嬸和姪兒的性命都是不保。」

他說著，告辭出來，又去料理固倫公主的婚事去了。看看快到了下嫁的吉日，忽然一隊人馬飛也似的跑進宮來；說：「皇帝駕到！」滿朝文武，聽了這個消息，忙亂著披掛出城去接駕。

自然是睿親王多爾袞領班，他騎著一頭栗色駿馬走在前頭；出城九里地方，遇到太宗大隊人馬，文武百官都趴在地下，口稱萬歲。太宗見多爾袞也趴在路旁，忙跳下馬來，親自扶起；兄弟兩人，並肩兒騎在馬上走進城去。到崇政殿前下馬。皇帝上殿，百官依次朝賀；皇帝傳旨，便在西偏殿賜宴。一時傳杯遞盞，直吃到日落西山，才各自謝宴回家。皇帝這一晚，暫不回宮，在東偏殿裏息宿，自有宮娥伺候。

第二天，便是固倫公主下嫁的正日，滿個盛京城裏車馬擠擁，大街小巷塞滿了那看熱鬧的百姓。那駙馬索爾哈全身披掛進宮去親迎；固倫公主拜過太廟，辭別父皇母后，跟著駙馬出宮，下嫁到駙馬府去。那班親王、郡王、貝勒、貝子、奉國將軍，和碩親王、福晉、格格等一班皇親國戚，一隊一隊的進宮去道賀。

依豪格的意思，立刻要把多爾袞的事奏明父皇；後來還是他福晉勸住，說：「父皇連日辛苦，又接著辦慶功筵宴、下嫁喜筵，心中正十分快樂；不如待事過以後，慢慢奏明。」

豪格聽了福晉的話，暫時忍耐。看看喜事已過，皇帝便下諭夜間進宮，日間又在西偏殿上設慶功筵宴，大小臣子個個吃得酒醉飯飽。大家站在崇政殿下，預備送皇帝進宮。誰知直守到天色昏暗，還不見有動靜；那文武官員個個站得腿酸腰痛，散又不敢散，問又不敢問。

正徬徨的時候，忽然殿上傳下諭旨來說：「今夜不進宮了，改在明早進宮，百官們退去。」

多爾袞領著百官退出朝門來；忽見一個太監飛也似的趕上來，在多爾袞耳邊低低的說了幾句話，把個睿王嚇得臉色大變。忙吩咐百官各自散去，自己跨上馬，箭也似的向永福宮跑去。直到宮門口下馬，走進宮去，見了皇后，兩人對拉著手兒，祇是發怔。

文皇后連連問他：「什麼事？」

多爾袞喘過一口氣來，便說道：「豪格這個小子！已把妳我的事奏明皇上！如今皇上大怒，眼見有大禍到來。我們要趕快想一個法子，避了這場禍水才是。」

接著他叔嫂兩人唧唧噥噥的說了許多話，多爾袞想了一個主意出來，叮囑皇后照辦；皇后起初還不肯，後來想想不肯也沒有別的好法子，便點頭答應了。接著他兩人又說笑了一陣，多爾袞退出宮去。

到了第二天五更時分，大小臣子又齊集在崇政廳殿伺候皇帝進宮；到平明時候，皇帝走出殿來，看

他一臉怒氣，嚇得大臣們忙趴下地去磕頭，祇有肅郡王豪格跟在父皇身後。皇帝上了暖轎，三十二個人抬著，一班親王們在兩旁護擁著；到永福宮門口一齊退出。

才走出大清門，忽見一個太監搶上前來，拉住眾官們的衣袖，喘吁吁的說道：「皇上升天了！」一句話，把百官們嚇怔了，呆呆的站著，你看看我，我看看你，也說不出一句話來。

後來還是睿親王說道：「站在這裏也不中用，咱們還是回到朝房裏候遺旨去。」說著，帶著百官們回到朝房裏來，還不曾坐定，宮裏傳出皇后懿旨來，傳睿親王進宮去商量大事。多爾袞聽了，忙趕進宮去。

這時皇上的屍身，安放在永福宮正院裏；多爾袞進去行過禮，宮女領著到寢宮。皇后低垂粉頸，坐在床沿上；多爾袞上去請了安，皇后好似不曾看見一般。那班宮女見了這樣子，一齊退出屋子來；裏面有一個貼身的宮女，便站在廊下伺候皇后呼喚。她悄悄的在窗眼兒裏望進去，祇見睿親王在安樂椅上坐著；皇后站起身來，慢慢的走上前去，拉著多爾袞的手，低低的說了許多話，那睿親王祇是搖著頭。

那皇后翠眉緊鎖，粉臉含愁，一隻玉也似的手，按在睿親王肩頭，連連搖著睿親王的身體。睿親王兀自搖著頭不說話。皇后急了，「噗」的拜倒在地，求著；睿親王急轉過身子去，抬著臉，望著別處，依舊不說話。皇后又湊在他耳邊，輕輕的說了許多話；睿親王聽了，才慢慢的臉上露著笑容，連連點著頭；站起身來，扶皇后坐下，自己退出宮去，回到崇政殿。文武官員，都圍著問消息。

多爾袞高聲說道：「如今皇上賓天，皇后悽楚萬分，心神昏亂，沒有主意，特喚小王進宮商議國家大事，皇后的懿旨，已決定立皇九子福臨爲皇帝，諸位大臣可遵旨麼？」

睿親王的話，誰敢不依？祇聽得「哄」的一聲，齊說：「遵旨！」多爾袞便帶著百官進宮去哭拜，拜過以後，把皇帝的屍身搬到崇政殿收殮；一面抱著皇九子陞坐篤恭殿，受百官的朝賀。

那福臨年紀祇有六歲，一切禮節都聽睿親王指導。禮罷，皇后傳旨出來，說著：「封多爾袞、濟爾哈郎兩人爲輔政王，幫著皇帝辦理朝政。」

多爾袞接過懿旨，便對大臣們說道：「我們今天同心共事幼主，便當對天立誓，永無二心。」當下眾大臣齊聲答應。

多爾袞便請大學士范文程當殿寫下誓書，當天立下香案。親王大臣們拜過了，贊禮官捧過誓書來，大聲讀道：

代善，濟爾哈朗，多爾袞，豪格，阿濟格，多鐸，阿達禮，阿巴泰，羅洛尼，堪博洛碩託，艾度裡，滿達海，屯齊，費揚古，博和託，屯齊喀和託等，不幸值先帝升遐，國不可無主，公議奉先帝子纘承大位；嗣後有不遵先帝定制，弗殫忠誠，藐視皇上沖幼，明知欺君懷奸之人，互徇情面，不行舉發，及修舊怨傾害無辜，兄弟讒搆，私結黨羽者；天地譴之，令短折而死！

福臨即位以後，世稱世祖皇帝，改年號稱順治元年，從此一切朝政大權，都在多爾袞一人手中；那鄭親王濟爾哈朗，也明知道這睿親王不是好纏的，便也樂得做個人情，諸事不管，一任多爾袞在宮裏獨斷獨行。

這時文皇后升做皇太后，正在盛年，如何守待空房；虧得睿親王知趣，早晚陪伴著，說笑解悶。皇太后又怕外人說閒話，便封睿親王做攝政王；朝廷大事由攝政王一人管理。從此攝政王便住在宮裏，借著辦理朝政的名義，時時和皇太后見面，越發把家裏的小玉妃丟在腦後了。獨有肅郡王豪格心中十分難受，他便對豫王多鐸商量，借著訪問朝政爲名，進宮去見攝政王。

這時多爾袞正和皇太后說得情濃，聽說豪格求見，心下老大一個不樂意，便在上書房傳見。豪格見了多爾袞，臉上止不住露出怒容來；多爾袞問他：「什麼事？」

豪格說道：「如今皇上年幼，朝廷事務又繁，攝政王一人怕有精神不濟的地方；小王和豫王，意思要每天進宮來，幫著攝政王辦事。」

一句話不曾說完，多爾袞早明白了他們的來意，便冷笑一聲說道：「多謝兩位王爺的好意！如今我既當了這個職分，萬事都有我擔當；辦得好，是我的功，辦得不好，是我的罪。不用兩位王爺費心！沒得人多主意雜，反把國家的大事耽誤了！」

一頓話說得他兩人啞口無言，祇得諾諾連聲；一場沒趣，退了出來。從此攝政王和豫王、肅王的仇恨愈深，派人四下裏偵探他們的動靜。

大學士范文程原是多爾袞的心腹，他又是歸在豫王部下的，多爾袞便把范文程傳進宮來，悄悄的囑咐他，留心豫王的動靜。知道他正斷了絃，便把一個鶯姑娘賞給他做繼妃。

說起這位鶯姑娘，原是明朝顏參將的女兒；那時多爾袞在松山打仗，把她擄來，養在自己府裏。這

時鶯姑娘年紀還小，已出落得皓齒明眸，輕盈嬌小；多爾袞原打算待她長大後，自己受用的。如今爲籠絡人心起見，便把她賞了范文程。

范學士見了這樣一個絕色美人，早把攝政王感激得深入肺腑；他天天伴著這鶯姑娘在房裏親熱調笑。說起偵探豫王的事情，鶯姑娘便替他想法子，備下上好的酒菜，請豫王到家裏來吃酒說笑；又打扮四個齊整丫頭，輪流在豫王身旁侍奉。有時也把豪格請來，他兩人便在背地裏，說了許多怨恨多爾袞的話。

豫王覺得范文程家裏有趣，便也常常來走動；說起酒菜滋味很美，豫王問：「是誰做這酒菜？」范文程便老實說：「是內人料理的。」

豫王久聽得范文程的繼妃是一位美人，苦於沒有機會；如今聽得范文程說起，便接口說道：「既勞動了夫人，便請出來，待小王當面謝過。」

范文程不敢違拗，便吩咐丫頭到內院去請夫人。他夫人顏氏聽說豫王請見，忙梳粧了一會，四個丫頭尾隨著走出客廳來；多鐸見了，不覺眼前一亮，看那顏氏打扮得好似一枝花朵兒；那一陣陣脂粉香味，送進鼻管來。豫王原是一個好色的人，當時引得他目瞪口呆，做出許多醜態來；顏氏遠遠的站著，行過禮，一轉身進去了。

隔了許多時候，豫王才回過氣來；對范文程冷笑一聲說道：「范老先生！你年紀已經六十歲，鬚髮都全白了；家裏藏著這位嬌滴滴的大人，不怕人說閒話麼？如今限你一夜，快快和那美人兒商量去，明天到府中來回話。」豫王說完了話，一摔袖子，大踏步踱出去了。

豫王去了多時，范文程才會過他的意思來，知道他不懷好意；忙到內院去，和顏氏商量。顏氏說道：「這事祇有睿王爺救得咱夫妻的性命，你快去求睿王去！」

這日天色已晚，到了第二天一清早，范文程穿戴起來，趕進宮去。誰知學士府中，范文程一轉背，便有豫王府的一隊親兵到來，不問情由，擁進內院，搶著顏氏便走。把顏氏推進煖車，簇擁著進了豫王府，多鐸正在府中盼望，見顏氏到來，把他喜得心花怒放；忙上前去，拉著顏氏的手，勸她莫要驚慌。祇因咱福晉知道夫人又聰明又美貌，特把妳接進府來做一個伴兒。

顏氏原是一個貞節的婦人，聽了豫王的話，便亂嚷亂哭，又指著豫王大罵。豫王被她罵得老羞成怒，便喝令侍女，拉下這賤人的小衣來！原來豫王生成有一個下流脾氣，他專喜歡看女人的身體。兩旁的丫頭便一齊動手，把顏氏按在榻上，先把羅裙拉下；祇見顏氏兩隻小腳兒亂蹬，又上來兩個丫頭把小腳捏住。

正待要動手，忽見兩個內監慌慌張張的跑進來，說道：「王王王爺！不不不好了！宮裏來了三百名御林軍，把府門前後看住！……」一句話不曾說完，祇見一個太監帶著十多名兵士，蹉進屋子來，口稱皇太后有旨。

豫王到了這時候，也頓時矮了半截，忙噗的跪倒在地接旨。太監讀過了懿旨，便吩咐把王爺押進宮去；待豫王到得宮裏，那肅郡王豪格也被御林軍押著進宮來。多爾袞坐在上面，審明豫王強搶命婦、圖姦未成的罪名，罰銀一千兩，奪去十五牛彔；肅親王豪格坐知情不發的罪，罰銀三百兩。

那豫王受了罰，出宮來，滿肚抱著怨恨；便索性放肆，天天帶著府中的兵丁，到百姓人家去，見有年輕的女人，便硬拉來看他。嚇得八旗的女人個個躲在屋裏，不敢到外面來探頭。後來給都察院承政公滿達海知道了，上了一本；攝政王大怒，又把豫王拉進宮去，罰了許多銀子。

因此豫王把多爾袞越發恨入骨髓，去和豪格商量；豪格平空裏罰去銀子，心中原十分怨恨，便悄悄的拉了固山額真、何洛會、議政大臣楊善、早喇章京伊成格、羅碩和及他一班私黨，在府中商量行刺多爾袞的事情，又說道：「多爾袞死後，小王便做攝政王，到那時諸位還怕不富貴嗎？」

誰知說話的時候，那何洛會早已一溜煙逃出府去。他原是攝政王的心腹，當時便趕進宮去請見。這時多爾袞正在內宮看皇太后梳頭，豪格的福晉這時恰巧也進宮來請太后的安；見她婆婆正梳頭，這位福晉原梳得一手玲瓏的髻兒，當時皇太后見了，便喚她幫著梳頭。肅王福晉不敢違命，便把袍袖高高捲起，露出雪也似的臂兒來。

多爾袞在一旁看了這樣潔白的皮膚，早已看得出了神。再看這福晉的臉時，正是一副宜喜宜嗔的春風面；多爾袞心想：「豪格這小子，倒有這樣的豔福，幾時我報了仇，把這美人兒留在府裏，自己享用。」

新滿清十三皇朝（一）問鼎天下

（原書名：滿清十三皇朝 [壹] 鷹揚天下）

作者：許嘯天
發行人：陳曉林
出版所：風雲時代出版股份有限公司
地址：10576台北市民生東路五段178號7樓之3
電話：(02) 2756-0949
傳真：(02) 2765-3799
執行主編：朱墨菲
美術設計：吳宗潔
業務總監：張瑋鳳

出版日期：2023年4月 新版一刷
ISBN：978-626-7153-88-8

風雲書網：http://www.eastbooks.com.tw
官方部落格：http://eastbooks.pixnet.net/blog
Facebook：http://www.facebook.com/h7560949
E-mail：h7560949@ms15.hinet.net
劃撥帳號：12043291
戶名：風雲時代出版股份有限公司

風雲發行所：33373桃園市龜山區公西村2鄰復興街304巷96號
電話：(03) 318-1378
傳真：(03) 318-1378
法律顧問：永然法律事務所 李永然律師
北辰著作權事務所 蕭雄淋律師

行政院新聞局局版台業字第3595號 營利事業統一編號22759935

定價：380元

國家圖書館出版品預行編目資料

新滿清十三皇朝. 一, 問鼎天下 / 許嘯天著. -- 臺北市
: 風雲時代出版股份有限公司, 2023.01　面；　公分

ISBN 978-626-7153-88-8（平裝）

857.457　　112000122